Anne Perry

Eine Weihnachtsreise

Der Weihnachtsgast

© Peter R. Simpkin

Die Engländerin Anne Perry, 1938 in London geboren, verbrachte einen Teil ihrer Jugend in Neuseeland und auf den Bahamas. Schon früh begann sie zu schreiben. Ihre historischen Kriminalromane zeichnen ein lebendiges Bild des spätviktorianischen London und begeistern mittlerweile ein Millionenpublikum. Anne Perry lebt und schreibt in Schottland.

ANNE PERRY

Eine Weihnachtsreise

Der Weihnachtsgast

Zwei Romane in einem Band

Weltbild

Die englische Originalausgabe von *Eine Weihnachtsreise*
erschien 2003 unter dem Titel *A Christmas Journey*
bei Headline Book Publishing.

Die englische Originalausgabe von *Der Weihnachtsgast*
erschien 2005 unter dem Titel *A Christmas Guest* bei Headline
Book Publishing.

Besuchen Sie uns im Internet:
www.weltbild.de

Genehmigte Lizenzausgabe für Verlagsgruppe Weltbild GmbH,
Steinerne Furt, 86167 Augsburg
Eine Weihnachtsreise

Übersetzung: Usch Pilz
Der Weihnachtsgast

Übersetzung: Regina Schirp
Umschlaggestaltung: Jarzina kommunikationsdesign, Holzkirchen
Umschlagmotiv: mauritius images, Mittenwald
(© mauritius images, Mittenwald)
Gesamtherstellung: CPI – Clausen & Bosse, Leck
Printed in the EU
ISBN 978-3-86800-999-6

2014 2013 2012 2011
Die letzte Jahreszahl gibt die aktuelle Lizenzausgabe an.

ANNE PERRY

Eine Weihnachtsreise

Roman

Aus dem Englischen
von Usch Pilz

Weltbild

ERSTER TEIL

Oben an der Treppe hielt Lady Vespasia Cumming-Gould für einen Augenblick inne. Applecross in Berkshire war einer jener prachtvollen Landsitze, in deren herrschaftlichem Haus breite marmorne Stufen in weitem Schwung vom ersten Stock in die Eingangshalle hinabführten. Dort hatten sich bereits die anderen Gäste eingefunden und warteten darauf, zu Tisch gerufen zu werden.

Hier und da hob jemand den Blick zu Lady Vespasia, und nach und nach reckten immer mehr der Versammelten die Köpfe. Zu warten, bis jeder Einzelne zu ihr aufblickte, wäre vielleicht ein wenig übertrieben gewesen. Vespasia hatte sich für ein Kleid in austernfarbenem Satin entschieden. Nur wenige Damen konnten es wagen, sich in dieser Farbe zu zeigen. Doch Prinz Albert persönlich hatte Vespasia zu einer der schönsten Frauen Europas erklärt, ihr herrliches Haar und ihre fein geschnittenen Züge bewundert. Dass der Prinzgemahl ihr so offen seine Bewunderung zeigte, trug allerdings nicht unbedingt dazu bei, die Königin für sie einzunehmen. Dabei hatte Prinz Albert mit seiner Einschätzung wahrscheinlich sogar recht – was die Sache aber eher noch schlimmer machte.

Im Augenblick befand sich Lady Vespasia jedoch nicht auf einer Feier bei Hofe, sondern auf einer ganz gewöhnlichen Landpartie. Anfang Dezember zog es die bessere Gesellschaft oft für Tage oder gar Wochen in die herrschaftlichen Domizile außerhalb der Stadt. Die hektische Londoner Ballsaison mit ihren zahllosen Empfängen und Einladungen war vorüber, und wer einen Landsitz sein Eigen nannte, freute sich dort im Kreise seiner Lieben in aller Beschaulichkeit auf das Weihnachtsfest. Es gab Gerüchte über einen bevorstehenden Krieg auf der Krim. Aber abgesehen davon brachte die Mitte des Jahrhunderts Königin Viktorias weltumspannendem Imperium vor allem Fortschritt und Wohlstand.

Omegus Jones erwartete Vespasia am Fuß der Treppe. Er war nicht nur ein perfekter Gastgeber, sondern auch ihr langjähriger Freund. Dabei hatte er die fünfzig bereits überschritten, während Vespasia kaum mehr als dreißig Lenze zählte. Genau genommen verdankte sie die Bekanntschaft mit Omegus Jones ihrem um einige Jahre älteren Ehemann. Die Kinder hatte sie diesmal nicht mit nach Applecross genommen. In ihrem Haus in London waren sie gut aufgehoben und wurden bestens versorgt.

»Meine liebe Vespasia, Sie sehen einfach hinreißend aus«, sagte Omegus mit einem wie üblich leicht spöttischen Lächeln. »Aber das wissen Sie selbst sicher am besten. Also bitte, halten Sie mich nicht zum Narren, indem Sie vorgeben, überrascht zu sein, oder gar so tun, als würde ich übertreiben.« Der schlanke Omegus galt selbst als recht ansehnlich und brachte das Kunststück fertig, stets natürlich und dabei doch unaufdringlich elegant zu wirken. Aus seinen Zügen sprach ein hintersinniger Humor, und er fühlte sich hier draußen auf dem Land offenbar genauso zu Hause wie in den Londoner Salons.

»Danke«, sagte Vespasia schlicht. Eine ironische Entgegnung erschien ihr unangebracht. Abgesehen davon hatte Omegus ihr durch seine Offenheit ohnehin schon den Wind aus den Segeln genommen.

Mit ihr zusammen tummelten sich im Augenblick etwa ein Dutzend Gäste auf Applecross. Zu den hochrangigsten gehörten zweifellos Lord und Lady Salchester, dicht gefolgt von Sir John und Lady Warburton. Lady Warburtons Schwester hatte einen Herzog geehelicht, und sie ließ keine Gelegenheit aus, die anderen Gäste daran zu erinnern. Vespasia selbst war die Tochter eines Grafen, aber damit ging sie nicht hausieren. Schließlich stellte es keine besondere Leistung dar, in eine Familie von altem Adel hineingeboren worden zu sein. Diejenigen, die ihr Rang etwas anging, kannten ihn ohnehin. Seinen Titel ständig zu erwähnen, war in Vespasias Augen nicht nur geschmacklos, man erweckte dadurch auch den Verdacht, man habe sonst nichts vorzuweisen. Meist dauerte es nicht lange, bis der Respekt, den der Titel anfangs erzeugte, in Geringschätzung umschlug.

Zu den Gästen gehörten neben Fenton und Blanche Twyford auch zwei junge Männer, die so manche Mutter einer heiratsfähigen Tochter nur zu gern als Schwiegersohn gesehen hätte: Peter Hanning und Bertie Rosythe. Gwendolen Kilmuir, die seit über einem Jahr verwitwet war, und Isobel Alvie, die ihren Ehemann vor nunmehr fast drei Jahren verloren hatte, waren ebenfalls mit von der Partie.

Es war nicht üblich, vor dem Dinner Erfrischungen zu reichen. Man machte einfach so lange höfliche Konversation, bis der Butler den Gong ertönen ließ, der alle zu Tisch rief. Dann schritten die Gäste in der Reihenfolge ihres gesellschaftlichen Ranges in den Speisesaal. So verlangte es die Etikette, deren Regeln einem unumstößlichen Gesetz gleichkamen.

Lady Salchester, eine ausgezeichnete Reiterin, trug ein Kleid in tiefem Weinrot mit einem geradezu abenteuerlich ausladenden Rock. Im Augenblick sprach sie über die Rennen der vergangenen Saison im Allgemeinen und über die ereignisreichen Tage von Royal Ascot im Besonderen.

»Welch ein vollkommenes Geschöpf!«, rief sie voller Begeisterung. Ihre Stimme füllte mühelos den Raum. »Dagegen waren alle anderen völlig chancenlos.«

Lady Warburton lächelte, als sei sie derselben Meinung.

Bertie Rosythe – schlank, blond und wie immer makellos gekleidet – gab sich die größte Mühe, seine Langeweile zu verbergen. Er machte seine Sache hervorragend. Wer ihn weniger gut kannte als Vespasia, hätte glauben können, er höre nichts lieber als Berichte über Wochen zurückliegende Pferderennen.

Isobel gesellte sich zu Vespasia. Sie war keine Schönheit, aber doch auf ihre dunkle Art attraktiv, hatte sehr auffallende Augen und einen wachen Geist.

»Ja, wirklich absolut vollkommen«, flüsterte sie. »Und wenn irgendjemand keine Chance hatte, dann sicher Lady Salchester selbst.«

»Wovon redest du überhaupt?«, fragte Vespasia, die bereits ahnte, dass Isobel nicht etwa ein Pferd im Sinn hatte.

»Von Fanny Oakley«, hauchte Isobel. Dabei beugte sie sich noch näher zu Vespasia. »Hast du sie denn in Ascot nicht gesehen? Wo hattest du bloß deine Augen?«

»Auf der Rennbahn«, antwortete Vespasia trocken.

»Das ist nicht dein Ernst!« Isobel lachte. »Oder hast du etwa dein Geld verwettet? Gütiger Himmel!«

Vespasia las Besorgnis in Isobels Zügen. Es kam gar nicht so selten vor, dass wohlhabende junge Frauen, die sich langweilten, weil ihre Ehemänner selten zu Hause waren und das Personal ihnen alle Pflichten abnahm, bis über beide Ohren in Spiel- und Wettschulden versanken.

Für einen kurzen Moment war Vespasia recht unbehaglich zumute. Sie fragte sich, ob Isobel aufmerksam genug war, die schwer bestimmbare, deprimierende Leere wahrzunehmen, die sich in ihre Ehe geschlichen hatte.

Jeder wünschte sich gute Freunde. Ohne sie wäre das Leben nur eine Aneinanderreihung oberflächlicher Vegnügungen. Doch in jedem Herzen gab es versteckte Winkel, die niemanden etwas angingen. Eine bestimmte Art des Schmerzes ließ sich nur im Stillen ertragen. Isobel konnte nicht wissen, was sich in der wilden Zeit der 48er Revolution in Rom zugetragen hatte. Niemand ahnte etwas davon. Eine solche Liebe gab es nur einmal im Leben. Dann musste sie für alle Zeit im Herzen verschlossen werden und durfte sich nur manchmal im Traum hervorwagen. Lady Vespasia Cumming-Gould und Mario Corena würden sich nie wiedersehen. Vespasias Leben spielte sich in den besten Häusern von London und an Orten wie Applecross ab. Hier war ihr Platz und nicht im fernen Italien.

»Nein, mach dir keine Sorgen«, antwortete Vespasia leichthin. »Ich finde die Rennen auch ohne riskante Wetten sehr anregend.«

»Sprichst du von den Pferden?«, fragte Isobel leise.

»Wovon denn sonst?«, gab Vespasia zurück.

Isobel lachte.

Lord Salchester entdeckte Vespasia und nickte ihr anerkennend zu. Lady Salchester verzog den Mund zu einem süßlichen Lächeln. Doch ihr Blick blieb eisig.

»Guten Abend, Lady Vespasia«, sagte sie mit schneidender Stimme. »Wie schön, Sie zu sehen. Offenbar haben Sie sich von den Strapazen der Saison schon ein wenig erholt.« Lady Salchesters ungnädige Anspielung bezog sich auf die fürchterliche Sommergrippe, die Vespasia während der Henley-Regatta zu schaffen gemacht hatte. »Hoffen wir, dass das nächste Jahr nicht zu anstrengend für Sie wird, meine Liebe«, fügte Lady Salchester hinzu. Sie war über zwanzig Jahre älter als Vespasia und galt als zäh und zielstrebig. Nur schön war sie nie gewesen.

Vespasia spürte Lord Salchesters Blicke, doch noch eingehender fühlte sie sich von Omegus Jones beobachtet. Ihm zuliebe hielt sie sich bei ihrer Antwort zurück. Scheinbar witzige Bemerkungen, die vor allem auf die Schwächen einer anderen Person abzielten, fand sie ohnehin nicht besonders lustig. »Das hoffe ich auch«, sagte sie schlicht. »Es ist für alle lästig, wenn jemand nicht so kann, wie er gern möchte. Ich werde mich bemühen, die Stimmung nicht noch einmal zu verderben.«

Isobel war überrascht. Lady Salchester staunte.

Vespasia lächelte lieblich und entschuldigte sich.

Gwendolen Kilmuir sprach gerade in ernstem Ton mit Bertie Rosythe. Dabei neigte sie anmutig den Kopf. Die Lichter in der Halle ließen das tiefe Braun ihrer üppigen Haarpracht mit dem kräftigen Rosa ihres Kleides um die Wette schimmern. Der Tod ihres Mannes lag inzwischen etwas über ein Jahr zurück, und sie hatte die erstbeste Gelegenheit beim Schopf gepackt, die schwarze Trauerkleidung abzulegen. Mit achtundzwanzig Jahren war sie noch längst keine alte Frau und beabsichtigte nicht, die Trauerzeit über die von der Gesellschaft als schicklich empfundene Frist hinaus auszudehnen. Herausfordernd blickte sie zu Bertie auf. Doch sie lächelte dabei, und die Wärme und Weichheit, die in diesem Augenblick in ihren Zügen lagen, sprachen Bände.

Vespasia sah sich nach Isobel um. Sie wunderte sich über den finsteren Schatten in den Augen ihrer Freundin. Als Isobel Vespasias Blick bemerkte, setzte sie schnell ein Lächeln auf.

Nun hatte Bertie sie entdeckt. Er war wie immer die Höflichkeit in Person. Gwendolen hingegen bereitete es sichtlich Mühe, sich über die Ankunft der beiden anderen Damen zu freuen. Vespasia entging nicht, wie sich die Muskeln in Gwendolens Hals und Kinn anspannten, wie sie tief durchatmete, bevor sie sich zu einem Lächeln durchrang. »Guten Abend, Lady Vespasia und Mrs Alvie. Sicher wird es eine Freude sein, gemeinsam mit Ihnen zu Abend zu essen.«

»Wie immer«, murmelte Isobel. »Ich glaube, wir hatten bereits im Sommer bei Lady Cranbourne das Vergnügen. Und beim Gartenfest der Königin.« Sie musterte Gwendolens rosafarbene Robe. »Jedenfalls erinnere ich mich an Ihr Kleid.«

Gwendolen errötete. Bertie lächelte verlegen.

Vespasia fiel es in diesem Moment wie Schuppen von den Augen. Offenbar war Isobels Interesse an Bertie weitaus weniger oberflächlich, als sie bisher angenommen hatte. Die Spitze in ihrer Bemerkung verriet sie. Normalerweise neigte Isobel nicht zu derlei Grausamkeiten.

»Du erinnerst dich an das Kleid?«, sagte Vespasia mit gespieltem Erstaunen. »Wie ungewöhnlich.« Kritisch betrachtete sie Isobels in Altgold gehaltene Robe mit dem üppigen Rock. »Kleider, die es lohnen, dass man sich an sie erinnert, gibt es heutzutage viel zu selten, findest du nicht?«

Isobel japste nach Luft. Ihr Blick flackerte gefährlich auf.

Dafür wirkte Gwendolen nun deutlich entspannter. Sie lachte erleichtert auf und wandte sich wieder ihrer Unterhaltung mit Bertie zu.

Lady Warburton gesellte sich zu den jungen Leuten und versorgte sie mit dem neuesten Tratsch. Mit »Er soll gesagt haben …«, »Von ihr heißt es …« und »Sollte man es denn für möglich halten …?« bestritt sie einen Großteil des Gesprächs.

Schließlich ertönte der Gong zum Abendessen, und Omegus Jones bot Vespasia seinen Arm. Dass er sie zu Tisch führen wollte, obwohl Lady Salchester zugegen war, empfand sie als besondere Ehre. Gemessenen Schrittes zog die Prozession in den langen, ganz in Blau und Gold gehaltenen Speisesaal ein. Jeder ging zu dem Platz, der ihm an der festlich gedeckten Tafel zugedacht war.

Das Licht der Kronleuchter spiegelte sich im Tafelsilber, tanzte auf den Kristallgläsern und ließ das Meer der zu Lilienblüten gefalteten Leinenservietten seidig schimmern. Im Kamin knisterte ein wärmendes Feuer.

Große Schalen mit den Blüten weißer Chrysanthemen schmückten den Tisch. Sie verbreiteten einen Duft nach Erde und Herbstblättern und verliehen dem Saal eine Atmosphäre, die Vespasia an einen herbstlichen Garten erinnerte.

Das Dinner begann mit einer leichten Consommé. Neun Gänge würden aufgetragen werden, aber niemand erwartete, dass jeder von allen Speisen aß. Die Damen mussten auf ihre Figur achten, denn die derzeitige Mode verlangte eine unglaublich schmale Taille. Deshalb galt es, die Gaumenfreuden mit Bedacht zu wählen. In Zeiten wie diesen, in denen das nackte Überleben vergleichsweise einfach war, schuf man sich Regeln, die das gesellschaftliche Überleben umso schwieriger gestalteten. Hielt man sich nicht daran, so wurde man alsbald wie ein Aussätziger behandelt.

Des Austausches belangloser Floskeln überdrüssig, wandte sich die Gesellschaft schließlich tiefgründigeren Gesprächsthemen zu. Sir John Warburton ließ sich über die gegenwärtige politische Lage aus. Er legte seine Ansichten mit großer Ernsthaftigkeit dar. Seine gebräunten mageren Hände hoben sich von dem weißen Tischtuch ab.

»Glauben Sie wirklich, es wird Krieg geben?«, fragte Peter Hanning mit gerunzelter Stirn.

»Sie meinen mit Russland?« Sir John hob die Augenbrauen. »Das ist nicht auszuschließen.«

»Papperlapapp!«, meldete sich Lord Salchester barsch

zu Wort. Dabei schwenkte er sein Weinglas Aufmerksamkeit heischend durch die Luft. »Niemand wird die Waffen gegen uns erheben. Schon gar nicht wegen der Krim! Man wird sich an Waterloo erinnern und uns hübsch in Ruhe lassen.«

»Die Schlacht bei Waterloo liegt inzwischen über fünfunddreißig Jahre zurück«, gab Omegus Jones zu bedenken. »Die Männer, die damals kämpften, haben die Schwerter längst aus der Hand gelegt.«

»Mag sein. Aber die Britische Armee ist dieselbe geblieben, Sir!«, entgegnete Salchester. Vespasia hätte wetten können, dass sich dabei sein Schnurrbart sträubte.

»Ja, das fürchte ich auch«, sagte Omegus trocken. Er presste die Lippen aufeinander, und sein Blick ging in die Ferne.

»Wir verfügen zweifelsohne über die beste, siegreichste Armee der Welt.« Salchester wurde lauter.

»Wir haben Napoleon geschlagen«, korrigierte Omegus ihn. »Aber die Zeiten ändern sich. Gut und Böse wird es immer geben. Genau wie Stolz und Mitgefühl. Aber die Art der Kriegsführung entwickelt sich ständig weiter. Es gibt neue Waffen, neue Strategien.«

»Meinem Gastgeber widerspreche ich nur höchst ungern«, antwortete Salchester. »Reine Höflichkeit hält mich davon ab, Ihnen zu sagen, was ich von Ihren Ansichten halte.«

Über Omegus' Gesicht huschte ein Lächeln. Falls Salchester ihn provoziert hatte, merkte man ihm das nicht an. »Hoffen wir, dass wir nicht schon in Kürze erfahren werden, wer von uns beiden recht hat.«

Livrierte Diener und Hausmädchen mit spitzenbesetzten Schürzen räumten die Suppenteller ab und servierten den Fisch. Der Butler füllte die Weingläser. Das Licht der Kronleuchter verbreitete seinen festlichen Glanz. Nur das leise Klirren von Porzellan und Tafelsilber untermalte die Gespräche, die nun langsam wieder in Gang kamen.

Vespasia fand es weitaus interessanter, die anderen Gäste zu beobachten, als ihnen zuzuhören. Mimik und Gestik einer Person verrieten mehr über ihre Gemütsverfassung als sorgsam gewählte Worte. Sie sah, wie oft Gwendolens Augen zu Bertie Rosythe wanderten, bemerkte die glühenden Wangen der jungen Frau und stellte fest, wie leicht Bertie sie zum Lachen bringen konnte. Offenbar genoss er Gwendolens Aufmerksamkeit, doch er bemühte sich, das nicht allzu deutlich zu zeigen.

Vespasia war nicht die Einzige, der auffiel, wie sehr die beiden einander zugetan waren. Blanche Twynford betrachtete Gwendolen und Bertie mit großer Zufriedenheit, und Vespasia fiel eine beiläufige Beobachtung ein, deren Bedeutung sie nun zu verstehen glaubte. Blanche hatte etwas über die alljährliche Häufung von Hochzeiten im Frühling gesagt und Gwendolen damit zum Erröten gebracht. Vielleicht würde es ja im Laufe des Wochenendes noch eine entsprechende Ankündigung geben. Jedenfalls deutete einiges darauf hin.

Fenton Twyford schien weniger erfreut zu sein. Vespasia las eine gewisse Unruhe in seinen dunklen Zügen. Auch die Blicke, mit denen er Bertie gelegentlich maß, erweckten den Eindruck, als hege er trübe Gedanken. Vespasia hatte nicht die geringste Ahnung, was Fenton so düster stimmte. Vielleicht war Bertie ja doch keine so gute Partie, wie man gemeinhin annahm. Oder hatte Fenton etwas gegen Berties Wahl einzuwenden? Soweit Vespasia wusste, stammte Gwendolen aus gutem Hause. Ihre Familie galt als wohlhabend, was ihre gesellschaftliche Bedeutungslosigkeit halbwegs ausglich. Auch Skandale belasteten Gwendolens Verwandtschaft bisher nicht. Gwendolens verstorbener Ehemann, Roger Kilmuir, war ebenfalls nie durch irgendwelche Eskapaden aufgefallen und stammte noch dazu aus einem Adelsgeschlecht. Wenn sein weitaus älterer Bruder kinderlos starb, was immer wahrscheinlicher wurde, hätte der jüngere Kilmuir den Titel und alle damit verbundenen Güter und Privilegien geerbt.

Nur hatte Gwendolens Gemahl leider vor seinem Bruder das Zeitliche gesegnet. Kein noch so kundiger Pferdefreund war vor tragischen Unfällen mit den oft ungestümen Tieren gefeit. Gwendolen hatte sich lange Zeit in ihrer Trauer vergraben. Es tat gut zu sehen, dass sie nun bereit war, wieder nach dem Glück zu greifen.

Auf feinen Porzellantellern mit Goldrand trug man eine Köstlichkeit nach der anderen herein. Der Butler sorgte dafür, dass die Weingläser stets gefüllt blieben.

Schließlich standen nur noch Berge frischer Trauben aus dem Gewächshaus auf dem Tisch. Wer klebrige Finger hatte, tauchte sie in silberne Schälchen mit parfümiertem Wasser.

Nach dem Ende des Mahles entschuldigten sich die Damen und zogen sich zurück, während die Gentlemen dem Portwein zusprachen und sich dicke Zigarren anzündeten.

Vespasia folgte Isobel und Lady Salchester. Das Rascheln von Seide und Taft sagte ihr, dass hinter ihnen auch Gwendolen, Lady Warburton und Blanche Twyford den Speisesaal verließen. Die Damen setzten sich in einen Salon. Sie arrangierten die ausladenden Röcke so, dass sie ihrer jeweiligen Figur schmeichelten und gleichzeitig niemandem im Weg waren – wenn sich später vielleicht die Herren zu ihnen gesellen wollten.

Den nun vor ihr liegenden Teil des Abends mochte Vespasia am allerwenigsten. Man sprach vor allem über Haushaltsbelange und die Familie, doch seit ihrem Aufenthalt in Rom fand sie es zunehmend schwieriger, sich auf derlei Themen zu konzentrieren. Die Liebe, die sie für ihre Kinder empfand, entsprang einem Instinkt, der älter war als Worte und alles, was die Gesellschaft als gut und schicklich ansah. Auch ihre Ehe konnte sie nicht gerade als unerträglich bezeichnen. Ihr Mann war zuvorkommend und intelligent, wurde allseits geschätzt und geachtet. Sicher beneideten viele Frauen sie um das Leben, das sie führte. Es fehlte ihr nicht an gesellschaftlichem Ansehen und materiellem Wohlstand. Nur die Sehnsucht in ihrem Herzen und der Hunger in ihrer Seele mussten ungestillt bleiben.

Vespasia studierte die Gesichter der anderen Frauen und fragte sich, was wohl hinter diesen selbstzufriedenen Masken vor sich ging. Lady Salchester mochte resolut und intelligent sein, doch ihr Äußeres war eher unscheinbar. Selbst ihre Zofe, ja sogar ihre Hausmädchen und Küchenhilfen wirkten attraktiver als sie. Schon seit geraumer Zeit munkelte man, Lady Salchester genieße in vielerlei Hinsicht nicht mehr die ungeteilte Aufmerksamkeit ihres Gatten.

»Ich weiß, was du gerade denkst.« Isobel hatte sich neben Vespasia niedergelassen und beugte sich ein wenig näher zu ihr, damit sie flüstern konnten.

Vespasia zuckte zusammen. »Bist du sicher?«

»Natürlich!« Isobel lächelte. »Mir ging gerade dasselbe durch den Kopf, und ich finde es ziemlich unfair. Wenn sie mit einem gut aussehenden Dienstboten dasselbe täte, würde die Gesellschaft dies als Skandal betrachten und sie wäre ruiniert. Kein Hahn würde je wieder nach ihr krähen.«

»Dutzende verheirateter Frauen langweilen sich nach ein paar Jahren mit ihren Ehemännern. Haben sie erst einmal die erwartete Anzahl von Nachkommen in die Welt gesetzt, gönnen sie sich die eine oder andere diskrete Affäre«, sagte Vespasia nachdenklich. »Ich weiß nicht, ob ich das gutheißen soll. Aber es kommt immerhin ziemlich häufig vor. Ich könnte dir aus dem Stegreif ein halbes Dutzend Namen aufzählen.«

»Ich dir auch«, sagte Isobel. »Wir sollten es einmal versuchen und dann vergleichen, ob es dieselben sind.«

Blanche Twyford sprach mit Gwendolen. Hin und wieder nickte sie, und Gwendolen lächelte. Es war nicht allzu schwierig zu erraten, worüber sie sich unterhielten.

Vespasia sah ihre Freundin schräg von der Seite an und entdeckte wieder den Schatten in ihrem Blick. Wenn Bertie Gwendolen, wie es offenbar erwartet wurde, an diesem Wochenende einen Heiratsantrag machte – verlor Isobel dann mehr als einen potenziellen Verehrer? Hegte sie tiefere Gefühle für ihn? Oder hatte sie sich am Ende gar selbst Hoffnungen auf eine Zukunft an Berties Seite gemacht? Isobel hatte ihren Mann geliebt, das wusste Vespasia. Aber der Tod ihres Gatten jährte sich nun schon zum dritten Mal, und sie war mit ihren dreißig Jahren noch zu jung, um allein zu bleiben. Einer neuen Liebe stand eigentlich nichts im Wege.

Vespasia überlegte, ob sie etwas sagen sollte. War dies der Augenblick, in dem sich echte Freundschaft über die Angst vor einer peinlichen Situation oder vor einer Zurückweisung hinwegsetzen musste? Oder war es besser zu schweigen und so zu tun, als wäre alles in Ordnung, damit die Wunden im Verborgenen ausheilen konnten?

Lady Warburton nahm Vespasia diese Entscheidung ab. Sie gesellte sich zu ihnen und lenkte die Unterhaltung auf die derzeitige Mode, Prinz Alberts neueste

Ideen zur Förderung der geistigen Beweglichkeit und auf die ganz und gar vorhersehbare Begeisterung der Königin für diese Gedanken. Die Monarchin schien grundsätzlich einer Meinung mit ihrem Gatten zu sein.

Als schließlich die Herren den Salon betraten, veränderte sich die Atmosphäre erneut. Die Damen gaben sich Mühe, ihre Vorzüge ins rechte Licht zu rücken, hielten den Rücken gerade und bewegten sich noch anmutiger als sonst. Das Dienstpersonal zog sich zurück, damit sich die Herrschaften ungestört unterhalten konnten. Den Salon würde man erst aufräumen, wenn die Damen und Herren zu Bett gegangen waren.

Die allgemeine Aufmerksamkeit konzentrierte sich vor allem auf Gwendolen und Bertie. Gwendolens Röcke umwogten sie wie die Meeresbrandung, stolz wie eine Königin saß sie auf ihrem Stuhl. Das Kerzenlicht ließ ihren schlanken Hals wie Elfenbein schimmern. Sie wirkte selbstbewusst und schön. Bertie stand neben ihr und strahlte beinahe so etwas wie Besitzerstolz aus.

»Wie entzückend«, seufzte Lady Warburton leise. Man hätte meinen können, die Verlobung sei bereits bekannt gegeben worden.

Vespasia sah die Anspannung in Isobels Gesicht. Einen Augenblick lang empfand sie tiefes Mitleid mit ihrer Freundin. Ganz gleich, ob der Preis, den man zu erringen hoffte, die Mühe lohnte – es war immer bitter, sich geschlagen geben zu müssen.

Peter Hanning machte eine beiläufige Bemerkung, die

alle zum Lachen brachte. Auf dem Tisch stand ein Glas Wasser. Gwendolen bat um eine Erfrischung.

Bertie stellte das Glas auf ein Tablett und reichte ihr beides mit einer vollendeten Verbeugung. »Madame«, sagte er, »Ihr allzeit ergebener Diener.«

Gwendolen streckte huldvoll die Hand nach dem Wasserglas aus.

»Gütiger Himmel, Bertie, man könnte Sie geradezu für einen Lakaien halten!« Isobels Stimme klang schrill. »Das wäre aber gar nicht gut für Sie, denn einem Dienstboten wird unsere liebe Gwendolen ihre Gunst mit Sicherheit nicht schenken. Zumindest nicht auf Dauer!«

Eine lähmende Stille legte sich über den Raum. Etwas derart Unpassendes durfte man einfach nicht sagen. Vespasia wollte ihren Ohren nicht trauen.

»Ein bisschen Adel darf es schließlich für sie schon sein«, fuhr Isobel fort. »Immerhin hätte auch der gute Kilmuir eines Tages einen Titel geerbt.« Sie wandte sich direkt an Gwendolen. »Ist es nicht so?«

Gwendolen war blass geworden. »Ausschließlich die inneren Werte eines Menschen sind mir wichtig«, sagte sie mit belegter Stimme. »Gesellschaftlicher Status hat keinerlei Bedeutung für mich.«

Isobel zog die Augenbrauen so hoch es eben ging. »Sie würden Ihren Galan also auch erhören, wenn er tatsächlich nur ein Dienstbote wäre?«, fragte sie mit gespieltem Erstaunen. »Ich weiß nicht, ob ich Ihnen das glauben soll, meine Liebe.«

Gwendolen starrte Isobel an, doch ihr Blick war auf seltsame Weise nach innen gerichtet. Offenbar hatten Isobels Worte sie bis ins Mark erschüttert. Langsam erhob sie sich. Dabei schwankte sie ein wenig.

»Gwendolen!«, sagte Bertie hastig, doch sie stakste an ihm vorbei, als sähe sie ihn nicht. Sie stolperte zur Tür, griff unbeholfen nach dem Knauf, brauchte einen Augenblick, bis sie ihn richtig gedreht hatte, und floh in die Eingangshalle.

Lady Warburton drehte sich zu Isobel um. »Also wirklich, Mrs Alvie, Ihre Bemerkungen mögen ja gelegentlich ganz amüsant sein. Aber mit Ihren gehässigen Worten haben Sie nur gezeigt, wie sehr der Neid Ihnen zusetzt. Dabei sollten Sie wissen, dass Neid Ihnen gar nicht gut zu Gesicht steht.« Sie wandte nun an Omegus Jones. »Wenn Sie mich entschuldigen wollen, ich möchte gern nach Gwendolen sehen.« Mit gebauschten Röcken rauschte sie aus dem Salon.

Ein angespanntes Schweigen legte sich über den Raum. Vespasia hatte das Gefühl, etwas tun zu müssen. »Ich glaube nicht, dass der Abend noch irgendwie zu retten ist«, raunte sie Isobel zu. »Am besten, wir ziehen uns erst einmal zurück. Komm, es ist ohnehin schon ziemlich spät.«

Isobel zögerte für einen Augenblick. Doch ein Blick in die Runde zeigte ihr, wie erschrocken und peinlich berührt alle waren. Sie musste einsehen, dass ihre Freundin recht hatte.

Draußen in der Halle griff Vespasia nach Isobels Arm und zwang sie, am Fuß der Treppe stehen zu bleiben. »Was in aller Welt ist bloß in dich gefahren?«, fragte sie. »Du wirst dich morgen bei Gwendolen entschuldigen müssen, und bei allen anderen Gästen natürlich auch. Dass du in Bertie verliebt bist, ist keine Rechtfertigung für dein Verhalten. Du hättest besser daran getan, deine verletzten Gefühle nicht so deutlich zur Schau zu stellen!«

Isobel starrte Vespasia an. Sie war aschfahl, nur auf ihren Wangen tanzten hässliche rote Flecken. Mit aller Macht kämpfte sie gegen die Tränen an. Inzwischen war sie sich ihres unverzeihlichen Fauxpas' voll und ganz bewusst. Mit ihrer hässlichen Bemerkung hatte sie nicht Gwendolen, sondern vor allem sich selbst bloßgestellt. Sie machte sich von Vespasia los und stürmte ohne einen Blick zurück die Treppe hinauf.

Vespasia wälzte sich in jener Nacht unruhig hin und her. Keine Frage, Isobel hatte sich ganz abscheulich benommen. Aber eine Ehe, ganz gleich ob aus Liebe oder aus anderen Gründen geschlossen, konnte geradezu lebenswichtig sein. Für eine Frau ihres Standes stellte sie die einzige gesellschaftlich akzeptierte Lebensform dar, und der Kampf um einen wohlhabenden, charmanten Junggesellen wie Bertie Rosythe wurde mit Klauen und Zähnen ausgetragen. Den Schmerz, den Isobel nun empfand und den sie durch ihren unsäglichen Auftritt mit Sicherheit noch verschlimmert hatte, konnte sich Vespasia nur vage vorstellen. Denn für sie war es ein Kinderspiel gewesen, einen standesgemäßen Ehemann zu finden. Sie war die Tochter eines Grafen und noch dazu auffallend schön. Sogar Herzogin hätte sie werden können, wenn sie gewollt hätte. Doch sie wählte stattdessen einen intelligenten Mann, der den Ehrgeiz besaß, etwas Nützliches zu tun, sie außerdem um ihrer selbst willen liebte und ihr vergleichsweise viel Freiheit ließ. Damit war sie nicht schlecht gefahren. Die Art von Liebe, nach der sie sich im Geheimen verzehrte, hatte sie längst in das Reich der Träume verbannt. Nur während eines heißen Sommers in Rom, wo Vespasia gegen alle Vernunft auf den Barrikaden ausgeharrt hatte, war sie für kurze Zeit Realität geworden. Einer solchen Liebe gab man sich mit Leib und Seele hin. Doch irgendwann obsiegte das Pflichtgefühl, und man kehrte nach Hause und ins wirkliche Leben zurück. Das lodernde Feuer und der süße Schmerz der Leidenschaft durften nur in der Erinnerung weiter leben.

Am Morgen half Vespasias Zofe ihr beim Ankleiden. Ein blaugraues wollenes Gewand sollte sie vor der Dezemberkälte und vor dem scharfen Wind schützen, der ums Haus pfiff und durch alle Ritzen drang. Sie ging bald hinunter zu den anderen Gästen, denn es galt herauszufinden, wie sich der Schaden begrenzen ließ, den Isobel mit ihren törichten Worten angerichtet hatte.

In der Eingangshalle kam ihr Omegus Jones entgegen. Er trug eine dicke Jacke. An seinen Stiefeln klebten dicke Dreckklumpen. Sein dunkles Haar war zerzaust, und die ungewöhnliche Blässe seiner Haut erinnerte Vespasia an Kerzenwachs.

»Vespasia …«

»Was haben Sie denn?« Sie eilte zu ihm. »Sie sehen krank aus! Kann ich Ihnen helfen?« Vespasia berührte seine Hand. Sie war eiskalt – und nass. Plötzlich verspürte sie Angst. Noch nie hatte sie Omegus so verstört gesehen. »Was ist denn passiert?«, fragte sie drängend.

Er wich ihr nicht aus. Sanft legte sich seine eisige Hand um die ihre. »Wir haben Gwendolen gefunden. Im See.« Er deutete in die Richtung, wo sich der Rasen zu einem großen, künstlich angelegten Teich hin senkte. Hohe Zedern und ausgesuchte Ziersträucher säumten Teile des Ufers. »Wir haben sie aus dem Wasser geholt. Aber wir konnten nichts mehr für sie tun. Offenbar ist sie schon seit Stunden tot.«

Vespasia stand wie gelähmt da. Sie glaubte, sich verhört zu haben. »Aber wie konnte sie denn nur ins Wasser fallen?«, fragte sie. Dass Gwendolen tot war, vermochte sie sich nicht vorzustellen. »Am Rand ist der Teich doch sicher nicht sehr tief. Außerdem wächst dort Schilf. Wer dem Wasser versehentlich zu nahe kommt, bleibt höchstens im Matsch stecken! Und überhaupt – warum sollte irgendjemand in einer kalten Dezembernacht allein dort hinuntergehen?«

Omegus sah Vespasia ernst und fast ein wenig mitleidig ins Gesicht. Sie spürte, wie eine schreckliche Angst nach ihrem Herzen griff.

»Es tut mir leid, meine Liebe«, murmelte er. Sein Blick war düster. »Sie muss von der Brücke gesprungen sein. Dort ist das Wasser recht tief. Und dass sie gesprungen ist, steht außer Frage, denn das Geländer ist so hoch, dass niemand aus Versehen darüber stürzen kann. Noch nicht einmal im Dunkeln. Ich habe die Balustrade eigens anfertigen lassen, um solche Unfälle zu verhindern.«

»Omegus! Es tut mir ja so leid!« Vespasias Mitleid galt zunächst einmal ihrem Gastgeber. Sie konnte nur ahnen, wie sehr ihn dieses Unglück noch belasten würde. Schon jetzt warf es einen dunklen Schatten über die Schönheit von Applecross. Nicht allein das wundervolle Herrenhaus mit seinem parkartigen Garten machte das Anwesen zu einem ganz besonderen Ort. Hier waren zudem Bau- und Gartenkunst eine einzigartige Verbindung mit der Natur eingegangen. Bäume, Sträucher, Blumen, Rasen und Wasser fügten sich gemeinsam mit den umgebenden Feldern und Gras bewachsenen Hügeln zu einer perfekten Einheit. Näherte man sich dem Haus über die von imposanten Ulmen beschattete Allee im Südwesten, so konnte man in der Nachmittagssonne die großartige Georgianische Fassade bewundern. Vom Kies des stets ordentlich geharkten Vorhofes aus führte eine flache, steinerne Treppe zwischen Blumenbeeten hinunter auf eine großzügige Rasenfläche, die sich wiederum sanft zum Teich hin senkte. Haus und Garten boten ein Bild vollkommener Harmonie. Die liebevollen Hände vieler Generationen hatten einen Ort geschaffen, dessen

Wärme sogar an einem kalten Wintertag noch spürbar war.

»Ich fürchte, die Sache wird für uns alle sehr unschön werden«, sagte Omegus verdrossen. »Der Tod eines so jungen Menschen erfüllt uns mit Angst, denn er ruft uns auf schmerzliche Weise die Vergänglichkeit unseres eigenen Lebens in Erinnerung. Gerade schien Gwendolen nach ihrem großen Verlust ein neues Glück gefunden zu haben, und schon wurde es ihr wieder entrissen. Nur die Kühnsten unter uns – oder vielleicht diejenigen, denen es an Vorstellungskraft mangelt – sind ganz frei von der stillen Furcht, eines Tages ein ähnliches Schicksal zu erleiden. Nun, man wird jemanden suchen, dem man die Schuld zuschieben kann. Denn ein gerechter Zorn ist leichter zu ertragen als eine unbestimmbare Angst.«

»Ich verstehe das nicht.« Vespasia schluckte. »Warum in aller Welt sollte Gwendolen so etwas tun? Was Isobel gesagt hat, war hässlich. Wenn sich jemand deshalb in Grund und Boden schämen muss, dann doch wohl sie. So wie Isobel sich benommen hat, wird man ihr wenig Verständnis und noch weniger Mitleid entgegenbringen.«

»Sie haben recht, Vespasia«, sagte Omegus leise. Noch immer hielt er ihre Hand so sanft in der seinen, dass sie nur die Kälte, aber nicht den Druck seiner Finger spürte. »Doch man wird sagen, Gwendolen habe sich berechtigte Hoffnungen auf eine Heirat gemacht und sich dann von einer Rivalin vorwerfen lassen müssen, sie hege keine echten Gefühle für den Mann ihrer Wahl. Sie sei vielmehr nur auf sein Geld und einen Titel aus gewesen.« In Omegus' Mundwinkel regte sich ein ironisches Lächeln. »Wie heuchlerisch das alles ist, wissen Sie und ich nur zu gut. In unserer Gesellschaft kann eine Frau es nur durch eine vorteilhafte Heirat zu etwas bringen. Ganz gleich, wie sehr sie sich bemühen mag: Sicherheit und Erfolg gibt es für sie nur innerhalb einer Ehe. Was bleibt dem schwachen Geschlecht also anderes übrig, als sich frühzeitig nach einer passenden Verbindung umzutun? Und dieselbe Gesellschaft, die ihren Frauen diese Lebensweise aufzwingt, nimmt sich heraus, sie dafür zu kritisieren.«

»Wollen Sie … wollen Sie damit etwa sagen, Isobels Gerede hat Gwendolen in den Selbstmord getrieben?« Vespasias Stimme versagte. Ihr Mund und ihre Kehle waren trocken.

»Man könnte es annehmen«, antwortete Omegus. »Denkbar wäre aber auch, dass Bertie und Gwendolen später noch einmal miteinander sprachen, sich vielleicht sogar stritten. Danach könnte Gwendolen die Nerven verloren haben.«

Vespasia wusste nicht, was sie sagen sollte. Sie konnte das ganze furchtbare Ausmaß der Tragödie noch nicht fassen.

»Sie haben mir Ihre Hilfe angeboten«, sagte Omegus. »Möglicherweise werde ich Sie beim Wort nehmen müssen.«

»Was kann ich denn tun?«

»Das weiß ich noch nicht«, gab er zu. »Vielleicht brauche ich Ihre Unterstützung ja deshalb umso mehr.«

Vespasia schluckte. »Ich sage es Isobel.« Sie hatte keine Ahnung, wie sie das Geschehene in schonende Worte fassen sollte. Wie ein gähnender Abgrund voller Trauer und Verwirrung dehnte sich der Tag nun vor ihr aus.

»Ich danke Ihnen«, sagte Omegus. »Ich werde das Personal anweisen, alle anderen Gäste zum Frühstück herunter zu bitten, und es ihnen dann gemeinsam sagen.«

Vespasia nickte. Kurz darauf stieg sie die Treppe hinauf und ging zu Isobels Zimmer. Sie klopfte an und wartete, bis Isobel sie hereinbat.

Isobel lag noch im Bett. Ihr gelöstes dunkles Haar war wie ein Fächer auf dem Kopfkissen drapiert. Die Schatten unter ihren Augen zeigten, dass auch sie eine unruhige Nacht gehabt hatte. Überrascht setzte sie sich auf und starrte Vespasia an.

Lange um den heißen Brei herumzureden, würde die Sache nicht einfacher machen. Vespasia entschied sich für eine direkte Vorgehensweise. Sie setzte sich auf die Bettkante und sah ihrer Freundin offen ins Gesicht. »Ich war gerade unten in der Halle und habe dort Omegus getroffen«, begann sie. »Man hat Gwendolen im Teich gefunden. Es sieht so aus, als wäre sie irgendwann nach deiner unglückseligen Bemerkung dort hinuntergelaufen. Sie muss in einer Art geistiger Verwirrung von der Brücke gesprungen sein. Es ist furchtbar …«

Isobel zog instinktiv die Decken um sich, obwohl es im Zimmer nicht kalt war. »Ist sie …?«

»Natürlich! Schließlich ist Dezember! Wenn sie nicht ertrunken wäre, wäre sie erfroren.«

»Aber es war doch bestimmt ein Unfall!«, protestierte Isobel. Sie strich sich das Haar aus dem Gesicht. »Warum in aller Welt sollte sie ins Wasser springen? Das ist doch lächerlich!« Isobel schüttelte den Kopf. »Das kann ich nicht glauben.«

»Das Brückengeländer ist sehr hoch. Man kann dort nicht aus Versehen in den Teich fallen«, entgegnete Vespasia. »Außerdem, wer macht schon mitten in einer kalten Dezembernacht einen Spaziergang zur Brücke? Noch dazu allein?«

Isobels Gesicht hatte inzwischen jeden Rest von Farbe verloren. Sie war kreidebleich. Zitternd krallte sie die Finger in die Laken.

»Willst du damit etwa sagen, dass meine idiotische Bemerkung sie dazu getrieben hat? Das ist nicht dein Ernst! Schön, ich habe sie beleidigt. Aber sie ist nicht die erste Frau, der man vorwirft, sie sei geldgierig oder auf einen Titel versessen. Mir die Schuld an ihrem Tod zu geben, ist absurd!« Isobels Stimme klang schrill.

»Wir können nicht so tun, als wäre zwischen euch alles in Ordnung gewesen, Isobel«, sagte Vespasia. Sie versuchte, trotz aller Verwirrung und Hilflosigkeit ruhig und vernünftig zu wirken. »Du wirst zu den anderen hinuntergehen müssen, ganz gleich, was sie denken. Je länger du zögerst, desto eher wird der Eindruck entstehen, dass du die Schuld bei dir suchst.«

»Aber ich kann doch nichts dafür!«, rief Isobel empört. »Was ich gesagt habe, war töricht, und ich hätte mich heute bei ihr dafür entschuldigt. Dass sie gleich losrennt und sich von einer Brücke wirft, konnte niemand ahnen. Ich sehe nicht ein, dass man mich dafür verantwortlich macht!«

Sie warf die Decken beiseite und kletterte aus dem Bett. Dabei schwankte sie ein wenig. Vespasia wandte sie demonstrativ den Rücken zu. Offenbar wollte sie die Freundin auf diese Weise für das Überbringen der schlechten Nachricht strafen. Doch Vespasia entging nicht, wie unbeholfen Isobel nach ihrem Morgenmantel griff. Zweimal glitt er ihr aus den Händen, ganz so, als wären ihre Finger steif gefroren.

Das Frühstück verlief mehr als unerfreulich. Vespasia und Isobel waren die Letzten, die ins Frühstückszimmer traten. Alle anderen Gäste saßen bereits am Tisch. Das Essen war auf dem Sideboard angerichtet. Schellfisch, ein Gericht aus Fisch, Eiern und Reis, Rührei, Würstchen, gebratene Nierchen, Speck und Unmengen von frischem knusprigem Toast türmten sich auf den silbernen Platten. Außerdem standen Butter, Marmelade und Tee bereit. Ehe Omegus seinen Gästen eröffnet hatte, was geschehen war, hatten bereits alle herzhaft zugegriffen. Doch nun verspürte niemand mehr den geringsten Appetit.

Unberührt standen die vollen Teller vor den schockierten Gästen.

Isobels Ankunft wurde schweigend übergangen. Man sah geflissentlich an ihr vorbei.

Vespasia fing einen Blick von Omegus auf, der wohl warnend und gleichzeitig entschuldigend sein sollte.

Isobel zögerte. Niemand trug Schwarz. Warum hätte man auch Trauerkleidung einpacken sollen? Schließlich hatte niemand voraussehen können, dass man sie benötigen würde. Isobel war zudem die Einzige, die noch vor dem Ankleiden von dem überraschenden Todesfall erfahren hatte. Sie trug ein Kleid in nüchternem Dunkelgrün.

Lady Warburton war die Erste, die überhaupt Notiz von Isobel nahm. Doch auch sie hatte nur einen eisigen Blick für die junge Frau übrig und verzog ihr matronenhaftes Gesicht zu einer angewiderten Grimasse. Lange musterte sie Isobels Kleid, dann erst schaute sie ihr ins Gesicht. »Offenbar wussten Sie schon beim Ankleiden von der Tragödie«, sagte sie kühl. »Oder wussten Sie gar schon heute Nacht davon?«

»Meine liebe Evelyn, du solltest dich von deiner Trauer und Bestürzung nicht …«, begann Sir John. Doch ein finsterer Blick von seiner Gattin ließ ihn verstummen.

»Es ist doch offensichtlich, dass Mrs Alvie schon früher als wir vom Tod der armen Gwendolen wusste!«, sagte Lady Warburton mit leiser und doch schneidender Stimme. »Warum sollte sie sonst zum Frühstück Trauer tragen?«

»Heuchlerin«, murmelte Blanche Twyford so leise, dass man es gerade noch hören konnte. Niemand zweifelte daran, dass sie damit Isobel meinte und nicht etwa Lady Warburton.

Isobel tat, als habe sie nichts gehört. Sie nahm sich eine Scheibe Toast, stellte dann aber fest, dass sie keinen Bissen hinunterbringen konnte. Nervös schob sie die Brotscheibe auf dem Teller hin und her. Sie hoffte, dass auf diese Weise niemand merkte, wie sehr ihre Hände zitterten.

Bertie wirkte verwirrt und verhärmt.

Vespasia fragte sich, ob er Gwendolen nach der Szene im Salon nachgelaufen war. Eigentlich hätte man das erwarten sollen. Aber hatte er es wirklich getan? Wenn er zu ihr gegangen wäre, ihr seine Liebe gestanden und sie gebeten hätte, seine Frau zu werden – welchen Grund hätte Gwendolen dann noch gehabt, ins Wasser zu gehen? Gingen Bertie in diesem Augenblick dieselben Gedanken durch den Kopf? Wich er deshalb ihrem Blick so beharrlich aus? Und Lady Warburton? War sie Gwendolen wie angekündigt gefolgt, oder hatte sie nur einen Vorwand gesucht, den Salon verlassen zu können?

»Die ganze Sache ist einfach zu grässlich!«, rief Lady Salchester unvermittelt aus. »Nun sitzen wir hier herum und haben keine Ahnung, was tatsächlich passiert ist. Wir wissen ja noch nicht einmal, worüber wir miteinander reden sollen!«

»Was geschehen ist, liegt doch auf der Hand!«, erwiderte Blanche Twyford spitz. »Mrs Alvie hat sich gestern Abend einen durch nichts zu entschuldigenden Fauxpas erlaubt, und die arme Mrs Kilmuir geriet deshalb so außer sich, dass sie sich das Leben nahm. Man muss schon blind und taub sein, um diese Zusammenhänge nicht zu erkennen.«

Lady Salchester erstarrte. »Ich habe mich wohl verhört«, sagte sie in eisigem Ton.

»Gütiger Himmel!« Blanche errötete. »Das war überhaupt nicht auf Sie gemünzt. Ich bin schon ganz durcheinander. Aber das ändert nichts an der Tatsache, dass uns allen klar ist, warum Gwendolen diese Verzweiflungstat begangen hat.«

»Mir nicht«, kam Lord Salchester seiner Gattin überraschend zu Hilfe. »Augen und Ohren haben wir alle im Kopf. Aber es kann nicht schaden, wenn man ihn gelegentlich zum Nachdenken benutzt – und zwar bevor man den Mund aufmacht.«

Nur mit größter Mühe konnte Vespasia ein hysterisches Kichern zurückhalten. Angesichts des ernsten Hintergrundes erschien ihr dieser Schlagabtausch ziemlich absurd. Sie hielt sich die Serviette vor den Mund und täuschte einen Hustenanfall vor.

Blanche Twyford fixierte Lord Salchester feindselig.

Der schüttelte ungerührt den Kopf. »Warum sollte eine gesunde junge Frau, die im Begriff ist, sich wieder zu verheiraten, ins Wasser gehen, nur weil eine Rivalin sie beleidigt hat? Das entbehrt doch jeder Logik.« Er legte die Stirn in nachdenkliche Falten. »Frauen«, setzte er abschätzig hinzu. »Unter Männern hätte man sich gegenseitig ein paar Unflätigkeiten an den Kopf geworfen und wäre am Ende des Abends versöhnt auseinander gegangen.«

»Ich wünschte, du würdest schweigen, Ernest!«, fuhr Lady Salchester ihn an. »Du redest ausgemachten Unsinn.«

»Tue ich das?«, fragte er milde lächelnd. »War Mrs Kilmuir etwa nicht drauf und dran, mit vollen Segeln den Hafen der Ehe anzusteuern? Dann müssten wir alle uns schon sehr getäuscht haben.«

Bertie erhob sich. Schweigend und kreidebleich verließ er den Raum.

»Großer Gott! Er geht doch nicht etwa hinunter zum Teich?«, fragte Salchester. Seine Serviette fiel zu Boden.

Auch Isobel hielt es nun nicht länger aus. Sie eilte durch die zweite Tür des Frühstückszimmers. Diese führte direkt in den Garten und damit hinaus in den Regen und die Eiseskälte dieses grauen Morgens.

»Das schlechte Gewissen treibt sie davon!«, bemerkte Lady Warburton gehässig.

»Ich finde, du gehst mit Mrs Alvie ein wenig zu hart ins Gericht«, erklärte Sir John. »Sie war …«

»Ich spreche von beiden!«, unterbrach ihn seine Gattin. Da sie ihm das Wort abgeschnitten hatte, hielt er es offenbar für klüger, vorerst zu schweigen.

Omegus stand auf. »Lady Vespasia, könnte ich bitte

für einen Augenblick mit Ihnen sprechen? In der Bibliothek.«

»Selbstverständlich.« Vespasia war froh, der vergifteten Atmosphäre im Frühstückszimmer entkommen zu können. Ohne auf die helfende Hand eines Dieners zu warten, schob sie hastig ihren Stuhl zurück.

»Sie werden die Sache doch wohl nicht einfach auf sich beruhen lassen!«, sagte Lady Warburton vorwurfsvoll. »Wir können schließlich nicht so tun, als sei nichts geschehen!«

Omegus musterte sie kalt. »Ich möchte nur gründlich nachdenken, bevor ich etwas unternehme, Lady Warburton. Ein Fehler, den wir jetzt begehen – und sei es in der besten Absicht –, könnte schwerwiegende Folgen haben. Und jetzt entschuldigen Sie mich bitte.« Damit machte er auf dem Absatz kehrt und strebte dicht gefolgt von Vespasia zur Tür.

Omegus führte sie in die behagliche Bibliothek mit den hohen Bücherregalen und den exquisiten Bronzeplastiken. »Evelyn Warburton hat recht«, sagte er grimmig, nachdem er die Tür hinter ihnen geschlossen hatte. In seinen Augen lag eine unsägliche Traurigkeit. Zum ersten Mal bemerkte Vespasia die tiefen Furchen, die sich von seinen Mundwinkeln bis übers Kinn hinunterzogen.

»Isobels Verhalten war töricht«, sagte Vespasia. »Und gemein. Sie hat einen Fehler gemacht, aber ein Verbrechen hat sie nicht begangen. Sonst säße die halbe Londoner Gesellschaft hinter Gittern. Dass Gwendolen sich umgebracht hat, ist furchtbar. Aber ich kann mir nicht vorstellen, dass Isobels Bemerkung der alleinige Grund dafür war. Vielleicht fürchtete Gwendolen, Bertie wolle sie doch nicht zur Frau haben.«

Omegus ließ Vespasia geduldig ausreden. »Schon möglich. Aber die Gesellschaft macht sich nur selten die Mühe, nach verborgenen Wahrheiten zu suchen. Man biegt sich die Dinge lieber so zurecht, wie man sie haben möchte«, sagte er schließlich. »Ob das nun fair ist oder nicht, interessiert dabei höchstens am Rande. Und je öfter die Geschichte erzählt wird, desto mehr haarsträubende Details kommen hinzu. Was Isobel tatsächlich gesagt hat, wird sich nach und nach in den Ausschmückungen der Klatschbasen verlieren, bis sich schließlich niemand mehr an den genauen Wortlaut erinnert. Dieses Phänomen dürfte auch Ihnen nicht ganz unbekannt sein.« In Omegus' Stimme schwang ein leiser Vorwurf mit.

Vespasia merkte, wie ihr die Röte in die Wangen stieg. »Aber was können wir denn tun?«, fragte sie hilflos. »Wie sollen wir je herausfinden, was genau geschehen ist? Gwendolen kann es uns nicht mehr sagen, und wenn sich Bertie mit ihr gestritten hat, wird er das unter den gegebenen Umständen kaum zugeben wollen. Auch ob Lady Warburton der unglückseligen Gwendolen tatsächlich nachgelaufen ist, weiß keiner von uns.«

»Wohl eher nicht«, sagte Omegus. »Wissen Sie, wie

man solche Angelegenheiten im Mittelalter erledigt hat?«, fragte er dann leise.

Vespasia hob überrascht den Kopf. Sie konnte nur hoffen, dass Omegus nicht an dieselben mittelalterlichen Methoden dachte wie sie. »Ich glaube, ich verstehe nicht ganz«, sagte sie unsicher.

Draußen im Garten bellte ein Hund. Im Korridor verhallten die eiligen Schritte eines Dieners. Ein Lächeln huschte über Omegus' Lippen. »Ich spreche nicht von den so genannten peinlichen Befragungen in irgendwelchen schaurigen Folterkellern. Selbst im Mittelalter kannte man Methoden der Wahrheitsfindung, die nichts mit glühenden Eisen und siebenschwänzigen Katzen zu tun hatten. Vielmehr versuchte man in einer Art improvisiertem Gericht, den Dingen auf den Grund zu gehen, so gut es eben ging. Auf diese Weise müssen auch wir herausfinden, ob sich Isobel oder Bertie etwas vorzuwerfen haben. Wenn dem so ist, legen wir, getreu dem Vorbild des Mittelalters, die Form der Buße fest, mit deren Hilfe sie sich von der Schuld reinigen können. Außerdem schwören wir genau wie unsere Altvorderen, Stillschweigen über die Sache zu bewahren.«

Vespasia schöpfte ein wenig Hoffnung. »Meinen Sie wirklich, das könnte gelingen?« Sie wollte es gern glauben. »Aber wie sollen wir die Wahrheit herausfinden? Und was ist, wenn sich die schuldige Person weigert, die ihr auferlegte Buße anzunehmen?« Ratlos zuckte sie die Achseln. »Wie könnte eine solche Buße überhaupt aussehen? Und was tun wir, wenn die anderen sich weigern mitzumachen? Wir können schließlich niemanden zu irgendetwas zwingen. Außerdem – wie sollen wir sicher sein, dass sich alle an das Schweigegelübde halten? Und dass dem Schuldigen wirklich vergeben wird?«

Omegus strich versonnen die schweren Samtvorhänge an einem der hohen Fenster glatt und sah hinaus in den Park. Stumm ließ er den Blick schweifen – über die sanft geschwungenen Rasenflächen und die majestätischen Bäume, die ihre kahlen Äste in den Winterhimmel reckten.

»All diese Fragen habe ich mir auch schon gestellt«, sagte er mehr zu sich selbst als zu Vespasia. »Einfach wird es sicher nicht. Aber ist die Vorstellung von Sühne, Vergebung und einem Neuanfang nicht faszinierend? Ist das nicht die einzige Hoffnung eines jeden Menschen? Wir müssen vergeben lernen, damit wir Vergebung empfangen können.«

In all den Jahren, in denen Vespasia Omegus nun kannte, hatte sie ihn noch nie so von innerem Schmerz gezeichnet gesehen wie jetzt im kalten Licht des Morgens. Dabei hatte er ihr soeben erklärt, wie eine Menschenseele ihren Frieden zu finden vermochte. Sie hoffte inständig, Omegus' Vertrauen in sie rechtfertigen zu können. Er sollte nicht bereuen, sich in diesen schweren Stunden gerade an sie gewandt zu haben.

»Wie sollen wir die anderen von Ihrem Vorschlag überzeugen?«, fragte sie. »Wir können mit Engelszungen reden, aber mehr wohl kaum.«

Omgegus lächelte schief. »Sie sollten die Macht der ungeschriebenen Gesetze unserer ehrenwerten Gesellschaft nicht unterschätzen, meine Liebe. Von den einflussreichen und angesehenen Persönlichkeiten unserer Schicht nicht mehr beachtet zu werden, kommt für viele Zeitgenossen einem Todesurteil gleich. Lässt man sich etwas zuschulden kommen, so wird man bald nicht mehr eingeladen. Alle Türen schließen sich, und man könnte genauso gut unsichtbar sein. Selbst einstmals gute Freunde und Bekannte übersehen den Betroffenen bald geflissentlich. Für eine junge Frau bedeutet dies das Ende all ihrer Heiratspläne, für einen jungen Mann das Ende seiner Karriere. Nie wird er eine Position von auch nur marginaler Bedeutung erringen. Kein Club wird ihn noch in seinen Räumlichkeiten dulden.«

Das war keine Übertreibung. Vespasia selbst hatte Männer und Frauen gekannt, denen es so ergangen war, weil sie gegen irgendeine der tausend Regeln ihres Standes verstoßen hatten. Ein grausames Schicksal – denn für ein Leben außerhalb der eigenen gesellschaftlichen Schicht war kaum jemand gewappnet. Vor allem Frauen ihres Standes wussten nicht, wie man sich mit seiner eigenen Hände Arbeit ernährte. Abgesehen davon gab es für sie keine schicklichen Tätigkeiten. Eine hochwohlgeborene Adelige konnte sich nicht einfach als Zimmermädchen oder Wäscherin verdingen. Selbst wenn es ihr nicht an gutem Willen, an Ausdauer oder Können mangelte: Keine ihrer ehemaligen Freundinnen würde sie je in ihrem Haus beschäftigen. Und auch in der Schicht, in die sie abgeglitten war, durfte sie nicht auf Unterstützung hoffen.

Für eine Frau, die von der Gesellschaft ausgestoßen wurde, gab es schlichtweg keine ehrenvolle Beschäftigung, mit der sie sich über Wasser halten konnte.

Mit einem Mal wurde Vespasia klar, dass Isobel bald zu diesen bedauernswerten Geschöpfen gehören mochte. Sie erschauerte und merkte, wie ihr übel wurde. »Aber wie können wir uns die gesellschaftlichen Konventionen für unseren Zweck zunutze machen?«, fragte sie mit rauer Stimme.

Omegus sah ihr ernst ins Gesicht. »Wenn ich allen erkläre, was mir vorschwebt und sie damit einverstanden sind, müssen sie versprechen zu schweigen. Sie dürfen nicht darüber reden, was sich hier zugetragen hat«, sagte er. »Wer sein Versprechen bricht, wird bald ebenso im Abseits stehen wie derjenige, den tatsächlich eine Schuld an Gwendolens Tod trifft. Das heißt, wer sich nicht an die Regeln hält, wird alle anderen gegen sich haben. Und daran ist sicherlich niemandem gelegen.« Omegus presste die Lippen aufeinander und schüttelte den Kopf. »Ich weiß, das ist Nötigung. Aber in diesem Fall heiligt vielleicht der Zweck tatsächlich einmal die Mittel. Wenn das Vorhaben gelingt, könnten wir damit viel Ungemach und vielleicht eine große Ungerechtigkeit verhindern.« Ein wenig sanfter sprach er weiter. »Genauso wichtig ist es möglicherweise, dass wir Isobel und auch Bertie –

falls dieser sich etwas vorzuwerfen hat – die Möglichkeit geben, mit sich ins Reine zu kommen.«

»Aber auf welche Weise soll das geschehen?«, fragte Vespasia.

»Nun, Gwendolen hat einen Brief hinterlassen«, antwortete Omegus. »Er ist versiegelt und soll es auch bleiben. Adressiert ist er an Mrs Naylor, Gwendolens Mutter. Sie lebt im Norden Schottlands, in Inverness. Wir könnten den Brief dorthin schicken. Doch es wäre grausam, einer Mutter in ein paar Zeilen mitzuteilen, dass ihr Kind das Leben weggeworfen hat, das sie ihm schenkte.«

Vespasia schnappte nach Luft. »Die Schuldigen sollen die arme Frau aufsuchen und ihr den Brief überbringen? Das ist …« Ihr fehlten die Worte. Sie fragte sich, ob Isobel und Bertie dieser Aufgabe überhaupt gewachsen waren. Abgesehen davon war eine Reise nach Schottland zu dieser Jahreszeit alles andere als eine Vergnügungsfahrt.

Omegus hob die Augenbrauen. »Vergebung gibt es nicht umsonst. Aber eine Pilgerfahrt, die Leib, Seele und Geist gleichermaßen fordert, könnte durchaus die erhoffte Absolution bringen.«

»Ich glaube kaum, dass sich dieser Plan in die Tat umsetzen lässt.«

»Aber wollen wir es nicht wenigstens versuchen?«

Vespasia sah Omegus an. Groß, schlank und aufrecht stand ihr alter Freund vor ihr. Gnadenlos beleuchtete das Morgenlicht die tiefen Sorgenfalten in seinem Gesicht.

Vespasia wollte ihn nicht enttäuschen. »Gut, versuchen wir es.«

»Ich danke Ihnen«, sagte er ernst.

»Wie bitte?« Lord Salchester schüttelte energisch den Kopf. Sie saßen gerade beim Lunch. Nach dem ersten Gang hatte Omegus um die Aufmerksamkeit der Gäste gebeten und ihnen seinen Plan erläutert.

»Einfach absurd!«, kam es von Lady Warburton. »Wir wissen doch ganz genau, was passiert ist. Großer Gott, wir haben es schließlich selbst gesehen!«

»Gehört«, verbesserte Sir John seine Gattin.

Sie starrte ihn feindselig an.

»Eigentlich«, fuhr Sir John unbeirrt fort, »ist die Idee gar nicht so übel.«

»Dass wir zu Gericht sitzen sollen, ist doch lächerlich«, beharrte Lady Warburton. »Wir werden Mrs Alvie zweifellos für schuldig befinden. Aber was nutzt uns das?«

»Ich bin noch nicht fertig«, sagte Omegus. Vespasia sah ihm an, wie viel Mühe es ihm bereitete, ruhig und freundlich zu bleiben. »Selbst im Mittelalter stand nicht auf jedes Verbrechen der Kerker oder der Tod«, fuhr er fort. »Häufig gestattete man einem Missetäter, durch eine Pilgerreise Buße zu tun. Kehrte er lebendig zurück, was in jenen unruhigen Zeiten durchaus nicht immer der Fall war, so galten seine Sünden als getilgt. Wer um sein Vergehen wusste, war nun verpflichtet, ihm zu vergeben und ihn wieder in die Gemeinschaft aufzunehmen – gerade so, als sei nichts geschehen. Außerdem mussten alle Eingeweihten versprechen, Stillschweigen über alle Umstände der Untat zu bewahren. Der reuige Sünder aber wurde nach seinem Bußgang genauso geliebt und geachtet wie vor seinem Fehltritt.«

»Eine Reise soll Vergebung bringen?« Peter Hannings Stimme klang skeptisch und ein wenig hochmütig. »Wohin soll es denn um Himmels willen gehen? Nach Walsingham? Nach Canterbury? Oder vielleicht gleich nach Jerusalem? Wie dem auch sei – heutzutage reist man doch vor allem zum Vergnügen. Natürlich immer vorausgesetzt, man kann es sich leisten. Im Übrigen hin ich nicht sehr religiös und schere mich keinen Pfifferling darum, ob Mrs Alvie oder irgendjemand sonst sich auf den Weg zu einem geweihten Ort macht.«

»Sie haben mich nicht ganz verstanden, Peter«, entgegnete Omegus. »Das Ziel der Reise werde ich bestimmen, und die Pilgerfahrt wird weder besonders vergnüglich noch besonders teuer werden. Aber beschwerlich wird sie sein – vor allem für jemanden, der in irgendeiner Weise mitschuldig ist am Tod von Gwendolen Kilmuir. Und noch etwas: Wollen wir der Gerechtigkeit dienen, so dürfen wir kein übereiltes Urteil fällen.«

»Der Meinung bin ich auch«, sagte Sir John sofort.

»Ich auch«, sagte Vespasia.

»Und wenn ich mich dieser Ansicht nicht anschließe?«, fragte Lady Warburton in scharfem Ton. Ihr feindseliger Blick ruhte nun auf Vespasia.

Vespasia lächelte. »Dann müsste man sich fragen, welche Beweggründe Sie dafür haben«, antwortete sie.

»Ich finde die Idee gar nicht so schlecht«, sagte Blanche Twyford nun an Lady Warburton gewandt. »Wenn wir so vorgehen, muss kein Mensch außerhalb dieser Mauern je Einzelheiten über den unglücklichen Vorfall erfahren. Damit können wir auch nicht zur Zielscheibe von Gerüchten und übler Nachrede werden. Wenn erst getratscht wird, ist unser aller Ruf in Gefahr. Legen wir aber ein Schweigegelübde ab und halten uns daran, so brauchen wir keinen Klatsch zu befürchten. Das sehen Sie doch sicher auch so?«

»Von dieser Seite habe ich die Sache noch gar nicht betrachtet…«, sagte Lady Warburton zögernd.

Lord Salchester erklärte sich mit Omegus' Plan einverstanden.

Nun sah Omegus Bertie fragend an.

»Wer soll denn der Richter sein?«, fragte Bertie unsicher. Seine lässige Eleganz und die Selbstsicherheit, die ihm sonst zueigen waren, schienen ihm abhanden gekommen zu sein. Berties teurer Anzug und die exquisite Krawatte wirkten nun beinahe ein wenig deplatziert.

»Omegus«, sagte Vespasia schnell. »Er war nicht beteiligt, und wir dürfen auf seinen ausgeprägten Gerechtigkeitssinn vertrauen.«

»Nicht beteiligt?«, fragte Bertie. »Immerhin gehört ihm Applecross. Damit ist er alles andere als neutral.«

»Aber mit Gwendolens Tod hat er nichts zu tun.« Vespasia konnte ihren wachsenden Unwillen nur mit Mühe im Zaum halten. »Oder haben Sie einen besseren Vorschlag?«

»Ich halte die ganze Idee für grotesk«, antwortete Bertie. »Und für äußerst unpraktikabel.«

»Das sehe ich anders«, sagte Lord Salchester mit großer Bestimmtheit. »Ich finde den Plan exzellent und möchte mich gern zur Mitwirkung verpflichten – und meine Gattin natürlich auch.« Offenbar hielt er es nicht für notwendig, Lady Salchester um ihr Einverständnis zu bitten. »Damit schützen wir unseren Ruf, bringen Klarheit in die Angelegenheit und tun der Gerechtigkeit genüge.« Mit strengem Blick musterte er die Anwesenden. »Ist irgendwer dagegen? Ich meine außer denen, die schuldig sind oder zu kurzsichtig, um zu erkennen, was das Beste für uns alle ist…«

Omegus lächelte grimmig. Er hatte gehofft, die Mitwirkung seiner Gäste eher durch Überzeugungskraft als durch Nötigung zu erlangen. Doch er schwieg. Einer nach dem anderen gab seine Zustimmung. Nur Isobel zögerte.

Vespasia sah ihr ernst ins Gesicht. »Ich glaube nicht, dass es eine bessere Alternative gibt«, sagte sie leise. »Wir geben alle unser Wort, Stillschweigen zu bewahren. Denjenigen, der es bricht, werden die Anwesenden fortan schneiden und von allen gesellschaftlichen Aktivitäten ausschließen. Wir werden den Richterspruch anerkennen und dem Schuldigen verzeihen, sobald er Buße getan hat.«

Schließlich versprach auch Isobel, die Abmachung einzuhalten.

»Danke«, sagte Omegus ernst. »Und jetzt muss ich mich leider entschuldigen. Für die arme Gwendolen gibt es noch einiges zu arrangieren.« Wie eine schwere Last schien die Traurigkeit ihn niederzudrücken. »Ich werde so … taktvoll wie möglich vorgehen.«

Sie versammelten sich im Salon. Von dort aus konnte man den Garten, die Rasenflächen und sogar den Teich sehen. Windböen kräuselten die glitzernde Wasseroberfläche. Omegus hatte die Stühle im Kreis aufstellen lassen und die Diener dann weggeschickt. Die Herrschaften wünschten, nicht gestört zu werden.

Ernst bat Omegus um Ruhe und fragte dann einen nach dem anderen, was er über Gwendolen Kilmuirs Gewohnheiten, ihre Gefühle und Hoffnungen wusste.

Anfangs fielen die Antworten ein wenig einsilbig aus. Die Redner mussten erst Vertrauen fassen. Doch bald weckte die Erinnerung in allen die unterschiedlichsten Gefühle, und die Worte begannen zu sprudeln.

»Sie war so voller Hoffnung«, sagte Blanche unter Tränen. »Sie glaubte, die Zeit der Trauer sei für sie nun endlich vorbei.« Blanche bedachte Isobel mit einem verächtlichen Blick. »Kilmuirs Tod war ein schrecklicher Schlag für Gwendolen.«

»So schlimm kann es nicht gewesen sein. Immerhin wollte sie sich kaum eineinhalb Jahre danach neu vermählen«, stellte Peter Hanning fest. Er lehnte sich auf seinem Stuhl zurück. Seine Krawatte saß ein wenig schief. Ein ironisches Lächeln kräuselte seine Lippen.

»Sie hatten es nicht immer leicht miteinander«, gab Blanche ein wenig verstimmt zu. »Kilmuir war kein besonders umgänglicher Mann.«

»Ich würde eher sagen, Gwendolen war keine einfache Frau«, meldete sich Fenton Twyford zu Wort. »Jedenfalls nahm sie es mit den Aufgaben, die einer Frau in ihrer Stellung nun einmal zufallen, nicht sehr genau. Kilmuir war sehr nachsichtig. Dass ihm gelegentlich der Geduldsfaden riss, ist nur verständlich.«

»Gelegentlich würde ich das nicht nennen«, widersprach Blanche. »Aber er war gerade dabei, sich zu bessern. Gwendolen hoffte so sehr, dass nun alles gut werden würde. Doch dann wurde er gewaltsam aus dem Leben gerissen.«

»Gewaltsam?«, fragte Sir John überrascht.

»Ja, es war ein grässlicher Unfall mit einer Kutsche«, erklärte Blanche. »Gwendolen war lange Zeit untröstlich. Darum gönnte ich ihr das neue Glück auch von Herzen.« Sie warf Bertie einen bedeutungsvollen Blick zu.

Er errötete und wandte sich ab.

Jeder hatte die ein oder andere Beobachtung oder Anekdote beizusteuern. So entstand nach und nach ein immer vollständigeres Bild von Gwendolens jüngerer Vergangenheit, bis die Rede schließlich auf die sich abzeichnende Verbindung zwischen ihr und Bertie kam.

Dass Isobel Bertie und Gwendolen nicht gern beisammen sah, war mehreren Personen aufgefallen. Auf ihre Verstellungskünste durfte sich Isobel offenbar nichts einbilden. Wie nun über sie gesprochen wurde, bereitete ihr großes Unbehagen. Aber sie wagte nicht, die Runde zu verlassen, denn das wäre ihr sicherlich als Schuldeingeständnis ausgelegt worden.

Irgendwann durfte auch Vespasia nicht mehr schweigen. Sie musste sich entscheiden, ob sie für Isobel sprechen oder sich gegen sie stellen wollte. Erst im Laufe der letzten Stunden war ihr aufgegangen, welches Ausmaß die Spannungen zwischen Isobel und Gwendolen bereits angenommen hatten. Alle Freundlichkeiten, die die beiden ausgetauscht hatten, all die belanglosen oder auch geistreichen Unterhaltungen waren nur Täuschung gewesen. In Wahrheit kämpften die beiden unerbittlich um den Sieg, der die Gewinnerin endlich wieder in den Mittelpunkt der Gesellschaft rücken würde, ihr Sicherheit und Anerkennung verhieß. Die Geschlagene musste sich erneut in das Heer der allein stehenden Frauen einreihen, immer ein wenig verloren am Rande des gesellschaftlichen Lebens stehend, sehnsüchtig auf die nächste Einladung, die nächste Gelegenheit wartend. Dabei konnte sie nie sicher sein, ob sich je wieder ein heiratswilliger Mann für sie interessieren würde. Jede Rechnung, die ins Haus flatterte, wurde mit Herzklopfen geöffnet. Man flickte, reparierte und besserte aus. Man arrangierte sich.

Vespasia ergriff Partei für Isobel. Gwendolen konnte

sie nicht mehr helfen. Abgesehen davon hatten sich bereits genügend Fürsprecher für sie gefunden.

»Jede Frau tut, was sie kann«, sagte sie. Dabei sprach sie mehr zu Omegus als zu den anderen. »Gwendolen war hübsch und hatte Charme. Sie nahm andere Menschen für sich ein, indem sie ihren Rat und ihre Hilfe suchte. Und sie zeigte sich stets dankbar. Isobel hingegen ist stolz und geradlinig. Sie verlässt sich nicht gern auf andere. Außerdem hat sie Humor. Dieser kann zugegebenermaßen gelegentlich ein wenig spitzzüngig sein. Nahm Isobel Gwendolen ins Visier, so gab sich diese oft erschrockener und verletzter, als sie es tatsächlich war. Sie hungerte nach Mitgefühl, und sie bekam es auch. Isobel hätte erkennen müssen, dass sie sich mit ihren Sticheleien vor allem selbst schadete.«

»Wenn Isobels Worte Gwendolen nicht zutiefst verwundet hätten, hätte sie sich nicht umgebracht«, sagte Blanche ärgerlich. Sie funkelte Vespasia herausfordernd an. »Und bitte sagen Sie jetzt nicht, sie wollte damit nur unser Mitleid erregen. Ich glaube kaum, dass Gwendolen dafür so weit gegangen wäre.« Bitterer Sarkasmus triefte aus Blanches Stimme.

Vespasia wandte den Blick zu Bertie. »Sind Sie Gwendolen gestern Abend gefolgt? Haben Sie nach ihr gesehen?«, fragte sie ihn. »Haben Sie ihr versichert, dass Sie Isobels Anschuldigungen keinerlei Bedeutung zumessen und nicht an der Aufrichtigkeit von Gwendolens Gefühlen zweifeln? Wusste Gwendolen, dass Sie nicht einen

Augenblick lang glaubten, sie hätte nur an Ihrem Geld und Ihrer Position Gefallen gefunden?«

Bertie lief dunkelrot an und presste die Lippen aufeinander.

Alle warteten auf eine Antwort.

»Haben Sie mit ihr gesprochen?«, fragte Omegus schließlich.

Bertie räusperte sich. »Nein. Ich gebe es zu. Isobel schien ihrer Sache so sicher, dass ich Zweifel bekam. Gott vergebe mir, aber ich wusste wirklich nicht mehr, was ich denken sollte.« Unruhig rutschte er auf seinem Stuhl hin und her. »Plötzlich fielen mir ein paar Dinge wieder ein, die Gwendolen in den letzten Wochen gesagt hatte, und ich erinnerte mich an die Ratschläge gewisser anderer Leute. Sie hatten mich vor ihr gewarnt.« Er versuchte zu lachen, was ihm gründlich misslang. »Jetzt ist mir natürlich klar, dass diese Leute vor allem missgünstig, eifersüchtig oder neidisch waren. Aber gestern Abend zweifelte ich tatsächlich an der Aufrichtigkeit von Gwendolens Gefühlen. Hätte ich es nicht getan, so wäre die Ärmste wohl noch am Leben, und ich säße nicht allein hier und müsste um sie trauern.« Bertie warf Isobel einen feindseligen und gleichzeitig anklagenden Blick zu.

Vespasia erschrak. Diese Art von Antwort hatte sie wahrlich nicht provozieren wollen. Anstatt Isobel zu helfen, hatte sie nur dazu beigetragen, sie in ein noch schlechteres Licht zu rücken und noch mehr Mitleid für Gwendolen und Bertie zu wecken.

Auch Omegus sah ziemlich unglücklich aus. Doch wie alle anderen musste er sich an die Regeln halten. Immerhin hatte er selbst vorgeschlagen, die traurige Angelegenheit gemeinsam durchzusprechen.

Das Urteil war reine Formsache. Mit überwältigender Mehrheit wurde Isobel rücksichtsloser Grausamkeit für schuldig befunden. Durch ihre Gehässigkeit hatte sie Gwendolens Chancen auf eine Zukunft an der Seite des Mannes, den sie liebte, mit einem Schlag ruiniert. Für Bertie empfand man ein gewisses Mitgefühl, in das sich allerdings mehr als nur eine Spur von Verachtung mischte.

»Und wie soll Mrs Alvies Buße nun aussehen?«, fragte Fenton Twyford ärgerlich. »Ich denke da genau wie Peter. Mir ist völlig gleichgültig, wohin sie geht, solange sie mir dabei nicht begegnet. Schandmäuler sind mir zuwider, und Mrs Alvies Verhalten ist durch nichts zu entschuldigen.«

»Es gibt nur sehr wenige Dinge, die durch nichts zu entschuldigen sind«, sagte Omegus scharf. Auf seiner bislang fast ausdruckslosen Miene spiegelte sich tiefes Mitgefühl. »Auch Sie haben Ihr Wort gegeben, dass Sie nach der Pilgerfahrt alles vergeben und vergessen werden.Tun Sie das nicht, so werden Sie wortbrüchig. Das halte ich nun wiederum für unentschuldbar. Ein Mann, der nicht zu seinem Versprechen steht, hat in unserer zivilisierten Gesellschaft nichts zu suchen.«

Twyford wurde blass. Nervös blickte er in der Runde umher. Keiner schenkte ihm ein Lächeln.

Lord Salchester nickte zustimmend. »Ganz meine Meinung«, sagte er. »Genau so ist es.«

»Dann sind wir uns also einig?«, fragte Omegus ein wenig sanfter.

»Jawohl«, antworteten alle außer Isobel.

Omegus sah sie an und wartete.

»Was muss ich tun?«, fragte sie mit rauer Stimme.

Omegus erklärte es ihr. »Gwendolen hat einen Brief an ihre Mutter, Mrs Naylor, hinterlassen. Ich habe ihn nicht gelesen, und Sie werden das auch nicht tun. Der Inhalt geht nur Mrs Naylor etwas an. Sie werden ihr den Brief überbringen. ihr sagen, dass sich Gwendolen das Leben genommen hat, und ihr auch erklären, welchen Anteil Sie daran hatten. Wenn Mrs Naylor nach London oder hierher nach Applecross kommen möchte, werden Sie sie begleiten – es sei denn, sie verwahrt sich dagegen. Aber Sie werden alles in Ihrer Macht Stehende tun, diesen Auftrag erfolgreich auszuführen. Mrs Naylor lebt in Inverness, im Schottischen Hochland. Die genaue Adresse steht auf dem Briefumschlag.«

Eine atemlose Stille hatte sich über den Raum gelegt. Der Wind drückte den Regen an die Fensterscheiben. Das Trommeln der schweren Tropfen klang unnatürlich laut.

»Das werde ich nicht tun!«, sagte Isobel empört. »Eine Reise in den Norden Schottlands? Mitten im Winter? Und dann noch zu… zu… nein. Das mache ich nicht.« Isobel schob ihren Stuhl zurück und stand auf.

Sie zitterte am ganzen Körper. Hektische rote Flecken bedeckten ihre Wangen und ihren Hals. »Völlig ausgeschlossen.« Einen Augenblick lang starrte sie noch in die Runde, dann riss sie die Tür so heftig auf, dass sie zuerst gegen die Wand knallte und anschließend geräuschvoll hinter ihr ins Schloss fiel.

Vespasia wollte ihr nachlaufen, ließ es dann aber doch sein.

»Das dachte ich mir«, erklärte Lady Warburton mit einem zufriedenen Lächeln.

In diesem Moment erinnerte sie Vespasia an ein Krokodil, das fürchtet, um seine Beute gebracht zu werden und dann doch noch die Zähne in sein Opfer schlagen kann. »Sie müssen sehr froh sein«, sagte sie laut. »Sicher wäre es Ihnen unsäglich schwer gefallen, etwas Nachteiliges über eine Person zu wissen und das für sich behalten zu müssen.«

Lady Warburton maß Vespasia mit einem frostigen Blick. Sie war blass geworden, doch ihre Augen funkelten gefährlich. »Ich an Ihrer Stelle würde mir meine Freundinnen besser aussuchen, Lady Vespasia. Auch der Titel Ihres Vaters wird Sie nicht ewig schützen. Wer ein gewisses Maß an Dummheit überschritten hat, bezahlt früher oder später unweigerlich dafür.«

»Wollen Sie mir etwa nahe legen, meine Freunde im Stich zu lassen, sobald sie einmal in Schwierigkeiten sind?« Vespasias Frage glich eher einer verächtlichen Feststellung. »Warum wundert es mich nicht, einen solchen Rat gerade aus Ihrem Mund zu hören?« Sie erhob sich. »Sie entschuldigen mich«, sagte sie und ging davon.

Die Eingangshalle war leer. Nicht einmal ein Diener war zu sehen. Offenbar hatte Omegus seinem Personal nachdrücklich eingeschärft, dass die Herrschaften nicht zu behelligen seien. Vespasia erschien die verlassene Halle wie ein böses Omen.

Mit schweren Schritten stieg sie die marmorne Treppe hinauf. Ein paar unbedachte Worte hatten alles für immer verändert.

Vespasia hatte Mühe, sich auf die Auswahl der passenden Kleidung für das Dinner zu konzentrieren. Ihre Zofe legte ein Kleid nach dem anderen für sie heraus, doch keines erschien der gegenwärtigen Lage der Dinge angemessen. Die feinen Seidenborten, die Spitzen und Stickereien, die ganze Palette der zarten und kräftigen Farben – alles nur nutzloser Tand. Gwendolen war tot, hatte sich aus echter oder eingebildeter Verzweiflung umgebracht. Und auch Isobel stand eine viel schlimmere Zeit bevor, als sie vielleicht ahnte.

Vespasia ging davon aus, dass die meisten Gäste sich für eher gedeckte Farben entscheiden würden, um damit ihrer Trauer um Gwendolen Ausdruck zu verleihen. Doch die vergleichsweise schlichten Gewänder würden mit einem Gefühl des Triumphes getragen werden. Schließlich hatte man erfolgreich zu Gericht gesessen und wusste nun, wer an allem Unglück Schuld war. Vespasia entschied sich für ein Kleid in dunklem Lila. Es unterstrich ihren porzellanhellen Teint und schmeichelte ihrem wunderbar schimmernden Haar. Das Kleid würde ihre Schönheit gut zur Geltung bringen, und gleichzeitig ging dunkles Lila als Trauerfarbe durch. Vespasia wusste, dass sie in diesem Aufzug ein wenig mit ihrer Jugend kokettierte, denn lilafarbene Roben sparten sich die meisten Damen für ihre gesetzteren Jahre auf. Vespasia war zufrieden mit ihrer Wahl.

Wieder schwebte sie die Stufen hinab, wie sie es erst am vergangenen Abend unter den bewundernden oder auch neidischen Blicken der anderen Gäste getan hatte. Auch diesmal war es nicht anders. Isobel befand sich nicht in der Halle. Würde sie den Mut finden, sich zu ihnen zu gesellen?

Omegus trat zu Vespasia. Er versuchte vergeblich, sich seine Anspannung nicht anmerken zu lassen.

»Sie wird doch nicht einfach davonlaufen?«, raunte er Vespasia fast unhörbar zu.

Auch Vespasia war dieser Gedanke schon gekommen. »Ich weiß es nicht«, sagte sie. »Ich glaube, sie ist sehr wütend. Es war ungerecht, ihr die ganze Schuld aufzuladen. Wenn Bertie so leicht zu beeinflussen war, kann es mit seinen Gefühlen für Gwendolen nicht weit her gewesen sein.«

»Wahrscheinlich haben Sie recht«, murmelte Omegus. »Vielleicht war es gerade diese Erkenntnis, die Gwendolen zu ihrer Verzweiflungstat trieb.«

Vespasia hatte plötzlich das Gefühl, in Gwendolens Haut zu stecken. Vielleicht war ihr in der vergangenen Nacht bewusst geworden, wie oberflächlich Berties Interesse an ihr in Wirklichkeit war und wie sehr sie sich selbst mit ihren Träumereien von einer glücklichen Zukunft an seiner Seite betrogen hatte. Womöglich war ihr aufgegangen, dass sie das, was sie nun verloren glaubte, in Wirklichkeit nie besessen hatte.

»War Isobels Bemerkung wirklich so grausam, wie es scheint?« Vespasia sah Omegus fragend an.

Er zögerte nicht mit seiner Antwort. »Ja«, sagte er leise. »Gewisse Dinge wollen wir nicht einfach vor die Füße geworfen bekommen. Die Wahrheit über eine geliebte Person gehört auf jeden Fall dazu.«

»Aber eigentlich hätte sie froh sein müssen, dass ihr jemand die echte Natur des Mannes, dem sie ihre Zukunft anvertrauen wollte, vor Augen geführt hat«, flüsterte Vespasia.

Omegus lächelte. »Darüber sollten Sie noch einmal eingehend nachdenken, meine Liebe. Ich hätte geglaubt, dass Sie unsere menschlichen Schwächen besser einschätzen können.«

Vespasia wunderte sich darüber, wie sehr diese letzte Bemerkung sie traf. Scharf wie ein Rasiermesser schnitt sie in ihren Stolz. Erschrocken stellte sie fest, wie wichtig es ihr war, was Omegus von ihr dachte. Vielleicht bemerkte er die Veränderung, die in ihr vorging, denn er lächelte sie milde an.

Vespasia wandte sich ab. Sie wollte ihn nicht sehen lassen, dass er sie so leicht verwunden konnte.

Doch Omegus war noch nicht fertig. »Sie hätte seinen Antrag trotz allem angenommen«, raunte er. »Ein besseres Angebot war nämlich nicht in Sicht. Und wer ist schon ganz ohne Fehl und Tadel? Mit ein wenig Zuneigung und gegenseitiger Rücksichtnahme lässt sich so manche Kluft überbrücken. Selbst wenn Bertie kein Traumprinz ist – das Leben an seiner Seite muss durchaus nicht schlecht sein.« Omegus berührte Vespasia so sanft am Arm, dass sie es eher sah als spürte. »Die Liebe sucht nicht nach Perfektion«, sagte er. »Sie ist großzügig und nährt sich aus gemeinsamen Erinnerungen und der gemeinsamen Hoffnung auf die Zukunft. Wenn sie Bestand haben soll, muss ein großer Teil davon Freundschaft sein. Freundschaft ist der Fels, auf den man Liebe bauen kann. Gwendolen hätte sicher gern ihre eigene Entscheidung getroffen, anstatt sich von den verletzten Gefühlen einer anderen ihr bescheidenes Glück zerstören zu lassen.«

Darauf konnte Vespasia nichts erwidern. Omegus' Worte füllten ihren Kopf und ließen ihr keinen Raum für eigene Gedanken.

Als Isobel zehn Minuten später noch immer nicht erschienen war, beschloss sie, nach ihr zu sehen. Sie stieg die Treppe hinauf und ging im Obergeschoss des Westflügels zu Isobels Zimmer. Vespasia klopfte an, erhielt aber keine Antwort. Sie trat dennoch ein.

Isobel stand vor einem langen Spiegel und betrachtete sich kritisch. Sie mochte keine Schönheit sein, doch sie war überaus anmutig. In ihrem Kleid in Bronze und Schwarz sah sie großartig aus – viel interessanter und dramatischer als Gwendolen je gewirkt hatte. Vespasia war sich inzwischen fast sicher, dass genau dieser Umstand Isobel zum Verhängnis geworden war. Bertie Rosythe wollte keine stolze Frau mit einer Schwäche für dramatische Auftritte. Er spielte gern mit dem Feuer, aber leben wollte er damit nicht. Isobel hatte nie eine Chance gehabt.

»Wenn du nicht bald fertig bist, kommst du zu spät zum Abendessen«, sagte Vespasia leise.

Isobel fuhr erschrocken herum. Offenbar hatte sie geglaubt, ihre Zofe habe den Raum betreten.

»Ich weiß noch nicht, ob ich überhaupt hinuntergehen werde«, sagte sie. »Ich habe dich nicht anklopfen gehört!«

»Anscheinend bist du sehr in Gedanken versunken gewesen«, sagte Vespasia so leichthin wie möglich. »Du musst hinuntergehen«, beharrte sie. »Sonst glaubt man, du versteckst dich, und das käme einem Schuldeingeständnis gleich.«

»Ich bin doch sowieso für alle der Sündenbock«, sagte Isobel grimmig. »Tu bitte nicht so, als wäre es anders. Sogar du mit deinen …«

Vespasia wusste, dass sie sich am Nachmittag nicht gerade rühmlich geschlagen hatte. »Ich wollte ihnen mit dem, was ich gesagt habe, wahrlich nicht beipflichten«, sagte sie. »Dass ich dich mit meinem Gerede noch zusätzlich in ein schlechtes Licht gerückt habe, tut mir aufrichtig leid. Ich habe mich wirklich sehr ungeschickt angestellt.«

Isobel wandte sich ab. »Wahrscheinlich stand ihr Urteil ohnehin bereits fest. Trotzdem wäre es für mich leichter gewesen, wenn das vernichtende Schlusswort nicht gerade von einer Freundin gekommen wäre.«

»Ich hätte mich ohrfeigen können, das darfst du mir glauben«, sagte Vespasia. »Ich habe einen Fehler gemacht und will ihn nicht beschönigen. Kommst du jetzt mit hinunter zum Abendessen? Je länger du zögerst, desto schwieriger wird es.«

Isobel wandte sich langsam zu ihr um. »Warum in aller Welt trägst du diese dunkle Farbe? Oder ist inzwischen Trauerkleidung angeordnet worden?«

Vespasia lächelte dünn. »Natürlich nicht. Ich trage das dunkle Lila, weil ich finde, dass es mir steht.«

»Du kannst anziehen, was du willst. Dir steht einfach alles!«, gab Isobel zurück.

»Nein, das stimmt nicht. Mir steht alles, was ich anziehe, weil ich nie etwas anderes tragen würde. Und nun leg deine Rüstung an und komm mit zum Essen.«

»Meine Rüstung?«

»Mut, Würde, Hoffnung – und genügend Verstand, den Mund nur aufzumachen, wenn man dir eine Frage stellt. Und versuch um Himmels willen nicht, lustig oder geistreich zu sein.«

»Lustig? Ich könnte nicht einmal lachen, wenn Lord Salchester draußen auf dem Rasen einen Handstand vollführen würde.«

»Ich weiß. Wahrscheinlich müsste schon Lady Warburton an ihrer Suppe ersticken, um dir ein Grinsen zu entlocken.«

Isobel lächelte grimmig. »Du hast recht«, sagte sie. »In diesem Fall würde ich eine Ausnahme machen.«

Das Dinner war ein Albtraum. Außer Omegus nahm niemand von Isobel Notiz. Man tat einfach, als wäre sie Luft. Dabei hatte der ausladende Rock des dunkelblauen Satinkleides, für das sie sich letztlich entschieden hatte, am Fuß der Treppe Blanche Twyford gestreift. Doch diese machte keine Anstalten, für Isobel ein wenig beiseite zu treten, während sie für Vespasia mit großer Geste ihren Platz räumte.

Die Unterhaltung blieb leidlich in Gang, doch mit Isobel sprach niemand. Als sie einmal versuchte, sich zu beteiligen, überhörte man sie demonstrativ.

Noch während des ersten Ganges meldete sich Lady Warburton zu Wort. Ihr Blick ging zwischen Omegus und Vespasia hin und her.

»Bester Mr Jones, Sie haben uns nach mittelalterlichem Brauch zu Gericht sitzen lassen und uns mit dem Verlust unserer eigenen Ehre gedroht, falls wir uns nicht an die von Ihnen auferlegten Regeln halten.«

»Das ist richtig, Lady Warburton«, anwortete er.

»Hätten Sie wohl die Güte, mir diese Regeln noch einmal zu erklären? Denn nach meinem Dafürhalten benehmen Sie sich ganz und gar nicht so, wie wir es unter den gegebenen Umständen eigentlich tun sollten.« Sie ließ ihren Blick einen Moment lang bedeutungsvoll auf Isobel ruhen, bevor sie ihn wieder herausfordernd auf Omegus richtete.

Ein Anflug von Röte erschien auf seinen Wangen. »Sie haben recht, Lady Warburton«, sagte er. »Auch ich muss mich an die Abmachungen halten. Doch ich hoffe noch immer, dass sich Mrs Alvie besinnt und auf meinen Vorschlag eingeht. Erst dann werden wir eine endgültige Entscheidung treffen, und bis dahin möchte ich gern abwarten.«

»Diese Freiheit müssen wir Ihnen wohl gewähren«, sagte Lady Warburton spitz. »Schließlich sind Sie der Hausherr.«

Während des Essens wurde Isobel genauso bedient wie alle anderen. Aber als sie um den Salzstreuer bat, begann Fenton Twyford, der neben ihr saß, quer über den Tisch eine lautstarke Unterhaltung mit Peter Hanning. Offenbar war es plötzlich sehr wichtig zu erörtern, wer im nächsten Jahr das Derby gewinnen würde.

Isobel wiederholte ihre Bitte nicht.

Das gesamte Abendessen verlief nach diesem Muster. Man unterhielt sich über das bevorstehende Weihnachtsfest und schmiedete Pläne für die Saison im nächsten Jahr. Von Bällen, Pferderennen, Regatten, Gartenfesten, Ausstellungen, Reitausflügen, Besuchen im Botanischen

Garten, in der Oper und im Theater war die Rede. Angeregt unterhielt man sich auch über die neu in Mode gekommenen Vergnügungsfahrten auf der Themse. Nur Isobel wurde nicht gefragt, was sie von den Unternehmungen hielt. Man tat, als wäre sie gar nicht anwesend. Sprach man von Gwendolen, so tat man es voller Mitgefühl und mit dem üblichen Respekt für eine Verstorbene. Isobel hingegen behandelte man nicht, als wäre sie tot, sondern als hätte es sie nie gegeben.

Im Verlauf des Abends wurde sie immer blasser. Als sich die Damen nach dem Essen in den Salon zurückzogen, ging Vespasia an ihrer Seite. Der Gedanke, dass Gwendolen noch gestern bei ihnen gesessen hatte, tat weh. Niemand hatte geahnt, was in der Nacht geschehen würde. Nun lag die Ärmste in einem der unbenutzten Zimmer im Erdgeschoss, und am nächsten Tag würde der Bestatter kommen und sie für die Beerdigung herrichten.

Schweigend betraten die Frauen den Salon. Vespasia erschauerte. Der Tod war für sie alle kein Unbekannter. Schwere Krankheiten konnten jeden noch so jungen lebenslustigen Menschen in kürzester Zeit dahinraffen. Viele Frauen starben im Kindbett, und böse Unfälle waren an der Tagesordnung. Doch diesmal betrauerte man keinen gewöhnlichen Todesfall. Gwendolens Selbstmord erschütterte und berührte die Frauen tiefer, als manche es zugeben wollte.

Nach kaum zwanzig Minuten im Salon hielt Isobel es

nicht mehr aus. Weil sich ohnehin niemand um sie kümmerte, entschuldigte sie sich nicht. Stumm ging sie hinaus.

Vespasia folgte ihr kurze Zeit später. Sie wollte versuchen, Isobel von der Notwendigkeit der Reise nach Schottland zu überzeugen. Außerdem waren ihr die hämischen Mienen der Damen im Salon längst zuwider. Vespasia fand die Art, wie Isobel behandelt wurde, schlichtweg unwürdig. Bei gewissen Damen glaubte sie so etwas wie Schadenfreude zu erkennen, bei anderen eher Erleichterung, dass ein Sündenbock gefunden war, den man mit Nichtachtung strafen konnte, während man sich selbst in Sicherheit wähnte.

In der Halle begegnete Vespasia dem Butler. Der Mann grüßte sie freundlich, und sie wünschte ihm eine gute Nacht. Sicher war es für das Personal nicht einfach, in der seltsamen Atmosphäre, die schon den ganzen Tag im Haus herrschte, seiner Arbeit nachzugehen. Die lähmende Stille und die dunkle Stimmung, ungewohnt schroffe Ermahnungen und knappe Anweisungen sorgten auch bei den Dienstboten für bedrückte Gesichter.

Im oberen Stockwerk angekommen, ging Vespasia erneut zu Isobels Zimmer. Wieder erhielt sie auf ihr Klopfen keine Antwort. Unaufgefordert betrat sie den Raum.

Verloren und blass stand Isobel da. »Wartest du eigentlich nie, bis man dich herein bittet?«, fragte sie mit zitternder Stimme.

Vespasia schloss die Tür hinter sich. »Ich fürchte, dafür ist im Augenblick keine Zeit«, antwortete sie.

Isobel atmete tief durch und versuchte, ihre Schultern zu straffen. »Was kann denn so dringend sein? Ändern lässt sich ohnehin nichts mehr.«

Zum Zeichen, dass sie nicht vorhatte, sich abwimmeln zu lassen, sortierte Vespasia ihre bauschigen Röcke und ließ sich in einem Sessel nieder. »Willst du wirklich die Verbannung wählen? Du solltest nämlich nicht glauben, dass nur die Gäste, die jetzt hier im Haus sind, dich in Zukunft schneiden werden. Sie werden in sämtlichen Londoner Clubs und Salons ihre eigene Version der Geschichte zum Besten geben, und spätestens in der nächsten Saison redet die ganze Stadt darüber. Was das für dich bedeutet, kannst du dir wohl denken.«

Isobels Augen füllten sich mit Tränen, doch sie gab sich kampfeslustig. »Willst du mich überreden, die Schuld für Gwendolens Tod auf mich zu nehmen und ihrer Mutter diesen schrecklichen Brief zu überbringen?«, fragte sie heiser. »Im Grunde habe ich doch nur gesagt, dass sie hoffte, sich durch eine Heirat mit Bertie zu verbessern. Das war nicht gelogen. Schließlich verfolgen fast alle Frauen dieses Ziel. Was bleibt uns denn anderes übrig?«

»Du warst grausam und sarkastisch«, berichtigte Vespasia. »Dass sie den gesellschaftlichen Aufstieg suchte, mag wohl sein. Aber du hast auch behauptet, ihre Liebe gehöre nicht Bertie, sondern lediglich seinem Titel und seinem Geld.«

Isobels dunkle Augen weiteten sich. »Denkst du etwa, Gwendolen hätte ihn auch nur eines Blickes gewürdigt, wenn er ein Krämer oder ein Pferdeknecht wäre?«

»Nein, natürlich nicht«, antwortete Vespasia ungeduldig. »Außerdem würde kein Krämer und kein Pferdeknecht jemals an eine Verbindung mit einer Frau aus unseren Kreisen denken. Darüber brauchen wir nicht zu diskutieren. Aber du wolltest Gwendolen mit deiner Bemerkung unmöglich machen, sie als gierig und dünkelhaft darstellen. Offenbar war dir daran gelegen, dass Bertie in ihr keine liebende Frau, sondern eine ehrgeizige Opportunistin sah. Das solltest du jetzt nicht abstreiten.«

Isobel starrte Vespasia ausdruckslos an. Sie traute ihrer Stimme nicht. Deshalb zog sie es vor zu schweigen.

»Wie dem auch sei«, fuhr Vespasia fort. »Das tut jetzt alles nichts mehr zur Sache …«

»Bist du nur gekommen, um mir das alles noch einmal unter die Nase zu reiben?« Nun war es um Isobels Fassung endgültig geschehen. Dicke Tränen rannen ihr über die Wangen. »Lass mich in Frieden! Du bist ja noch schlimmer als die da unten! Ich hielt dich für eine Freundin. Aber offensichtlich habe ich mich getäuscht. Du bist eine Heuchlerin, sonst nichts!«

Vespasia rührte sich nicht von der Stelle. »Wichtig ist jetzt, dass du dich der Situation stellst und versuchst zu retten, was zu retten ist«, sagte sie ruhig. »Außer Omegus scheint kein Mensch an der Wahrheit interessiert zu sein, und wahrscheinlich werden wir nie erfahren, warum sich Gwendolen wirklich das Leben genommen hat. Aber Omegus hat dir einen Weg gewiesen, wie du dich von jeder Schuld befreien kannst, die du vielleicht an Gwendolens Verzweiflungstat trägst. Damit würdest du dein gesellschaftliches Überleben sichern und jeden zum Stillschweigen verpflichten, der nicht selbst zum Ausgestoßenen werden will. Ich finde diese Lösung geradezu genial.« Ein kaum wahrnehmbares Lächeln spielte um Vespasias Mundwinkel. »Außerdem könntest du dich in der nächsten Saison diebisch daran freuen, wie alle fast platzen, weil sie ihr Wissen für sich behalten müssen. Lady Warburton und Blanche Twyford wird das an den Rand der Verzweiflung bringen. Schon dieser Umstand allein sollte dir eine gewisse Genugtuung verschaffen. Mir würde es an deiner Stelle auf jeden Fall so ergehen.«

Isobel lächelte unsicher, dann holte sie tief Luft. »Den ganzen langen Weg bis Inverness?«

»Zum Glück gibt es die Eisenbahn«, antwortete Vespasia. »Inzwischen fahren täglich Züge bis dort hinauf.«

Isobel blickte zu Boden. »Die Fahrt wird vielleicht gar nicht so schlimm. Einige Zeit in einem kalten, unbequemen Zugabteil überstehe ich schon irgendwie. Aber zu einer wildfremden Frau gehen und ihr einen Brief überbringen, in dem vielleicht etwas Nachteiliges über mich geschrieben steht? Und dann dabeistehen, wenn diese Frau von der Trauer um ihre Tochter überwältigt wird? Das stelle ich mir … unerträglich vor!«

»Furchtbar wird es werden, aber unerträglich nicht«, widersprach Vespasia.

Isobel funkelte sie herausfordernd an. »Würdest du das auf dich nehmen? Und wage nicht, mich jetzt anzulügen!«

Erstaunt hörte Vespasia sich sagen: »Ich werde es tun. Ich begleite dich.«

Isobel blinzelte. »Wirklich? Versprochen?«

Vespasia holte tief Luft. Wie kam sie nur dazu, sich ohne Not derartigen Strapazen auszusetzen? Schließlich hatte sie Gwendolen Kilmuir gegenüber ein reines Gewissen. Aber das tat nichts zur Sache. Sie musste ihrer Freundin beistehen. Sie wurde gebraucht. »Ja«, sagte sie. »Ich komme mit. Wir reisen gleich morgen früh ab. Wir fahren nach London und nehmen von dort aus den nächsten Zug nach Schottland. In Inverness überbringen wir Mrs Naylor den Brief und begleiten sie dann hierher oder nach London – vorausgesetzt sie möchte das überhaupt. Omegus hat nie davon gesprochen, dass du dich allein auf die Reise machen musst. Nur dass du nicht um diese Reise herumkommst, so viel steht fest.«

»Ich danke dir«, sagte Isobel mit erstickter Stimme. Inzwischen liefen ihr wahre Sturzbäche von Tränen übers Gesicht. »Ich danke dir von Herzen.«

Vespasia erhob sich. »Wir sagen es den anderen morgen beim Frühstück. Deine Zofe soll gleich nach dem Aufstehen mit dem Packen beginnen. Zieh deine wärmsten Sachen und deine besten Stiefel an. Wahrscheinlich liegt oben im Norden Schnee, und kälter als hier wird es sicher sein. Und nun schlaf gut.«

Isobel schluchzte noch einmal laut auf.

Vespasia war von ihrem eigenen spontanen Entschluss ziemlich überrascht. Sie verbrachte eine unruhige Nacht voller Träume von stampfenden Lokomotiven und windgepeitschten Hügeln, von einer Frau, die an der Trauer um ihr verlorenes Kind zerbrach und die nicht vergeben konnte.

Sie erwachte mit furchtbaren Kopfschmerzen, machte sich reisefertig und bat ihre Zofe zu packen. Dann ging sie zum Frühstück hinunter.

Sämtliche anderen Gäste saßen bereits im Frühstückszimmer und stärkten sich für einen weiteren Tag voller großer und kleiner Gemeinheiten gegen Isobel. Das knisternde Feuer, das man im Kamin entfacht hatte, verbreitete eine wohlige Wärme. Von den silbernen Platten auf dem Sideboard stiegen köstliche Düfte auf. Einzig Omegus sah zutiefst unglücklich aus. Sobald Vespasia Platz genommen hatte, suchte er ihren Blick. Sie lächelte und nickte ihm kaum merklich zu. Sofort hellte sich seine düstere Miene etwas auf, und sein Körper straffte sich. Er ließ die Serviette sinken, die er krampfhaft in der rechten Hand gehalten hatte.

In diesem Augenblick trat Isobel ein.

Alle wünschten Vespasia einen guten Morgen, und fragten sie, ob sie gut geschlafen habe. Isobel wurde erneut ignoriert. Diesmal suchte sie sich schweigend einen Platz am Tisch, nahm sich Toast und Tee und begann zu essen.

Peter Hanning machte eine Bemerkung über das Wetter und forderte Bertie für den Nachmittag zu einer Runde Billard heraus. Lord Salchester kündigte an, er werde einen Spaziergang unternehmen. Lady Salchester erklärte, sie wolle ihn begleiten, woraufhin sein Lächeln gefror.

Isobel hatte ihren Teller geleert. Sie stand auf und wandte sich an Omegus.

»Mr Jones, ich habe noch einmal eingehend über Ihren Vorschlag nachgedacht. Ich hätte ihn sofort annehmen sollen. Die Möglichkeit, Reue zu zeigen und dafür zu sorgen, dass ein Fehler, den man begangen hat, vergessen und vergeben wird, gibt es im Leben viel zu selten. Man muss eine solche Gelegenheit am Schopf packen. Ich werde Applecross noch heute Vormittag verlassen und den Brief an Mrs Naylor mitnehmen. Ich fahre nach London und steige dort in den nächsten Zug, der nach Schottland fährt. Wenn Mrs Naylor mit mir nach London oder hierher reisen möchte, werde ich sie begleiten. Auf jeden Fall werde ich Sie nach meiner Rückkehr über den Verlauf der Reise unterrichten. Ich vertraue darauf, dass alle Anwesenden Wort halten und die Regeln befolgen, die wir festgelegt haben.«

Lady Warburton konnte ihre Enttäuschung nur schwer verbergen. Gerade hatte sie sich einen besonders delikaten Bissen einverleiben wollen, doch nun fiel ihre Gabel geräuschvoll auf den Teller.

Der Anflug eines Lächelns huschte über Isobels Gesicht.

»Woher sollen wir wissen, dass Sie den Brief tatsächlich überbringen und nicht nur sagen, Sie würden es tun?«, fragte Lady Warburton schließlich spitz.

»Mrs Alvie gibt uns ihr Wort darauf«, antwortete Omegus in eisigem Ton.

»Sie können sich bald auch bei Mrs Naylor selbst erkundigen, wenn Sie es fertig bringen«, sagte Isobel.

Lady Warburton hüllte sich in indigniertes Schweigen.

»Bravo«, meldete sich Lord Salchester zu Wort. »Sie haben Mut, meine Liebe. Ihnen steht eine strapaziöse Reise bevor.«

»Es wird grauenhaft werden!«, fügte Fenton Twyford hinzu. »Um diese Jahreszeit versinkt man in Inverness knietief im Schnee, und in knapp drei Wochen haben wir den kürzesten Tag des Jahres. Im Schottischen Hochland wird es schon jetzt fast nicht mehr hell. Immerhin liegt Inverness noch hundertfünfzig Meilen nördlich von Edinburgh – wenn nicht sogar mehr.«

»Kann ein Zug im Schnee stecken bleiben?«, fragte Blanche hoffnungsvoll.

»Wir haben Anfang Dezember, nicht Mitte Januar«, sagte Sir John Warburton. »Die Fahrt könnte durchaus ihren Reiz haben. Inverness-Shire ist zu jeder Jahreszeit spektakulär.«

Lady Warburton staunte nicht schlecht. »Warst du schon einmal dort?«

Er lächelte. »Ja, ein- oder zweimal. Fenton übrigens auch.«

»Und zu welchem Zweck?«

»Man kann dort wunderbar wandern.«

»Im Dezember?« Hannings Augenbrauen schossen in die Höhe. Die Ungläubigkeit war ihm deutlich anzusehen.

»Das tut im Augenblick wohl kaum etwas zur Sache«, sagte Vespasia. »Gwendolens Mutter muss den Brief jetzt erhalten und nicht erst im Frühjahr. Sobald unsere Sachen gepackt sind, brechen wir auf. Wäre es wohl möglich, dass eine Kutsche uns zum Bahnhof bringt?«

»Sie reisen ebenfalls ab?« Lord Salchester zog eine enttäuschte Grimasse.

Omegus musterte Vespasia überrascht.

»Ja«, antwortete sie.

Isobel lächelte ein wenig unsicher. »Lady Vespasia hat mir ihre Begleitung angeboten.«

Ihre Worte zauberten ein strahlendes Lächeln auf Omegus' ernste Züge.

»Damit sie Mrs Naylor den Brief übergeben kann, falls Mrs Alvie der Mut verlässt?«, fragte Blanche Twyford bissig. »So war das aber nicht abgemacht!« Sie wandte sich an Omegus. »Die Damen haben die Regeln geändert. Sind wir jetzt immer noch an unser Versprechen gebunden?«

Omegus antwortete: »Auch im Mittelalter war es nicht unüblich, dass ein Vertrauter den Büßer begleitete. Ein größerer Freundschaftsbeweis ist wohl kaum vorstellbar. Weder die körperlichen Strapazen noch die seelische Belastung einer Pilgerfahrt werden durch die Anwesenheit einer weiteren Person gemildert. Auch die Gefahren bleiben dieselben. Deshalb gilt unser Wort noch immer, Mrs Twyford.«

»Bemerkenswert«, sagte Lord Salchester zu Vespasia. Er verbarg seine Bewunderung nicht. »Ich bin beeindruckt von Ihrer Loyalität.«

»Ich würde es eher Sturheit nennen«, murmelte Lady Warburton in ihre Serviette.

Bertie mied Isobels Blick.

Vespasia staunte, wie glücklich Omegus nun plötzlich aussah. Ein beunruhigender Gedanke ging ihr durch den Kopf. Nahm sie die Reise tatsächlich aus reiner Freundschaft zu Isobel auf sich? Oder hatte sie sich in Wahrheit zu der beschwerlichen Fahrt entschlossen, um Omegus so strahlen zu sehen, wie er es jetzt tat? Sie schüttelte innerlich den Kopf über diese absurden Überlegungen und wandte sich wieder ihrem Frühstück zu.

Die Zofen sollten den Damen später mit dem Gepäck folgen und dann in London zurückbleiben. Einen Bußgang unternahm man nun einmal nicht in Begleitung seiner Dienerschaft. Das lief dem Zweck zuwider. Außerdem hatte es das Personal nicht verdient, derlei Strapazen ausgesetzt zu werden, und war noch dazu nicht an das Schweigegelübde gebunden.

Die Damen reisten kurz nach zehn Uhr ab und erreichten damit mühelos den nächsten Zug nach London. Omegus begleitete sie zur Tür. Der eiskalte Wind zerzauste ihm das Haar und wehte den Geruch von Regen über die kahlen Hügel.

»Ich werde sehnsüchtig auf eine Nachricht von Ihnen warten«, sagte er. »Und jetzt wünsche ich Ihnen eine sichere Reise.«

»Ist es wirklich in Ordnung, dass Vespasia mich begleitet? Ich möchte nicht hinterher feststellen müssen, dass alles umsonst war, weil ich die Regeln gebrochen habe«, sagte Isobel noch einmal.

»Machen Sie sich deswegen keine Sorgen«, versicherte Omegus ihr. »Und unterschätzen Sie die Herausforderungen, die vor Ihnen liegen, nicht. Vespasias Anwesenheit kann Ihnen durchaus dienlich sein. Aber der Begegnung mit Mrs Naylor müssen Sie sich selbst stellen. Sollte Vespasia diese Aufgabe für Sie übernehmen, so verstoßen Sie damit gegen unsere Abmachungen. Natürlich können Sie uns nach Ihrer Rückkehr eine Lüge auftischen, und wir würden es wahrscheinlich nie erfahren. Aber Sie müssten dann Ihr Leben lang mit dieser Lüge leben.«

»Ich lüge nicht!«, rief Isobel empört.

»Nein, das wollte ich Ihnen auch nicht unterstellen«, sagte Omegus. »Vespasia wird Ihre Zeugin sein, falls sich Mrs Naylor nicht äußern möchte.«

Isobel kaute an ihrer Unterlippe. »An diese Möglichkeit habe ich noch gar nicht gedacht, das gebe ich zu. Ich wünschte ... ich wünschte, ich wüsste, was in dem Brief steht.«

Omegus' Miene verfinsterte sich. »Sie dürfen ihn auf keinen Fall öffnen!«, sagte er warnend. »Die Unsicherheit ist ein wichtiger Teil Ihrer Buße. Aber nun müssen Sie los, sonst verpassen Sie den Zug.« Dann wandte er sich an Vespasia. »Es wird viel geschehen, ehe wir uns wieder sehen. Beten wir zu Gott, dass Ihre Fahrt gut verlaufen möge. Und nun wünsche ich Ihnen eine sichere Reise!«

»Auf Wiedersehen, Omegus«, antwortete sie. Sie ließ sich von ihm in die Kutsche helfen, wo wärmende Decken bereit lagen, mit denen sich die Frauen gegen die scharfe Dezemberluft schützen konnten.

Der Kutscher trieb das Pferd an. Isobel legte fröstelnd die Arme um sich. Vespasia drehte sich noch einmal nach Omegus um. Groß, aufrecht und sehr einsam stand er in der Tür und sah ihnen nach, bis eine Biegung in der Auffahrt die Kutsche hinter den Stämmen der gewaltigen Ulmen verschwinden ließ.

Die Zugfahrt nach London erschien den Frauen endlos. Doch im Vergleich zu der Reise, die noch vor ihnen lag, waren die zwei Stunden in dem zugigen Abteil eine Kleinigkeit. In London fuhren Vespasia und Isobel in zwei verschiedenen Mietkutschen zu ihren Häusern, wo sie sich nur das Notwendigste für einen Besuch im kalten

Norden einpacken ließen. Die Abendroben konnte man getrost zu Hause lassen. Viel wichtiger waren dicke Winterröcke, warme Jacken, gute Stiefel und lange Capes. Um sechs Uhr abends fuhr ein Zug vom Londoner Bahnhof Euston Station direkt nach Edinburgh.

Vespasia kam vor Isobel am Bahnhof an und ärgerte sich, weil sie die Befürchtung nicht loswurde, Isobel könne nun doch der Mut verlassen haben. Unruhig wanderte sie auf dem belebten Bahnsteig hin und her. Auf Bahnhöfen kam Vespasia der Wind immer besonders scharf und kalt vor. Außerdem war die Luft schwer von Dampf und Ruß. Es wurde geschrieen, Türen schlugen zu, und ringsum herrschte geschäftige Betriebsamkeit.

Eine Viertelstunde vor Abfahrt des Zuges erreichte auch Isobel den Bahnhof. Sie eilte vor dem Gepäckträger her und drehte den Kopf auf der Suche nach Vespasia bald hierhin, bald dorthin. Schon von Weitem war ihr die Anspannung deutlich anzusehen. Als sie Vespasia entdeckte, schien sie sehr erleichtert zu sein.

»Dem Himmel sei Dank!«, seufzte sie zur Begrüßung. Sie wies den Gepäckträger an, ihre Utensilien im Abteil zu verstauen, und kramte in ihrer Tasche nach einem Geldstück.

»Dachtest du, ich würde nicht kommen?«, fragte Vespasia sie.

»Natürlich nicht«, antwortete Isobel mit Inbrunst. »Und du? Glaubtest du, ich wollte mich nun doch noch drücken?«

»Natürlich nicht«, antwortete Vespasia lächelnd.

»Lügnerin«, gab Isobel ebenfalls lächelnd zurück. »Es wird alles ganz grässlich werden. Ich weiß es genau.«

»Davon bin ich überzeugt«, sagte Vespasia. »Willst du es dir noch einmal überlegen?«

Isobel schüttelte den Kopf. »Am liebsten ließe ich diesen Zug ohne uns in den kalten Norden fahren. Aber ich würde es sicher bereuen. Was nun vor mir liegt, kann kaum schlimmer sein als das, was mir blühen würde, wenn ich die Buße nicht angenommen hätte.«

Vespasia nickte. Sie gab dem Gepäckträger ein Zeichen, auch ihre Tasche ins Abteil zu bringen, und entlohnte ihn dafür. Vespasia war froh, nur ein einziges Gepäckstück dabei zu haben, in dem sich vor allem warme Kleidung befand. Mit etwas Glück hatten sie ihre Mission in wenigen Tagen erfüllt und konnten wieder nach Hause fahren.

Pfeifend und schnaubend verließ der Zug den Bahnhof. Dicke Dampfwolken vor den Fenstern nahmen den Frauen zunächst jede Sicht. Langsam ging es durch die Vororte, doch dann nahm das Dampfross Fahrt auf und donnerte fauchend und prustend gen Norden. Die kahlen, umgepflügten Felder verschwanden bereits in der Dunkelheit. Das rhythmische Geräusch der Räder hätte beruhigend wirken können, hätten die beiden Frauen nicht dauernd an den Zweck und das Ziel ihrer Reise denken müssen.

Vor den Fenstern war bald nur noch das gelegentliche

Stieben der Funken zu sehen, wenn die Rußpartikel aus dem Schornstein der Lokomotive noch einmal aufglühten.

Die Fahrt wurde häufig unterbrochen. An jedem Bahnhof stiegen Reisende aus und neue stiegen zu. Wer weiter fuhr, nutzte die kurze Pause, um sich ein wenig die Beine zu vertreten, sich auf einer Bahnhofstoilette zu erleichtern oder um ein paar Erfrischungen zu kaufen.

Vespasia versuchte zu schlafen. Eigentlich hätte das monotone Fahrtgeräusch sie einlullen müssen. Doch sie war es nicht gewohnt, im Sitzen einzuschlafen. Sie beobachtete, wie Isobel aus dem Fenster starrte und die Lichter der vorbeifliegenden Ortschaften betrachtete. Für sie markierten diese hellen Punkte in der Dunkelheit den Weg in den Norden. Ihre Anspannung wuchs in dem Maße, wie die Entfernung nach Schottland schrumpfte.

In der Morgendämmerung lagen die weiten Moorgebiete von Yorkshire bereits hinter ihnen. Sie erreichten die kahlen Hochebenen um Durham, durchquerten Northumberland und näherten sich der Grenze zu Schottland. In einem der Bahnhöfe kauften sie sich zusammen ein kärgliches Frühstück und verzehrten es im Zugabteil.

Vespasia verspürte keinerlei Verlangen, den Zweck der Reise erneut zu erörtern, und versuchte, sich und Isobel mit Themen abzulenken, die sie sonst vielleicht interessiert hätten. Die neueste Mode, Theateraufführungen, ein wenig Tratsch und die gegenwärtige politische Lage hätten unter anderen Umständen sicher kurzweilige Gesprächsthemen ergeben. Isobel bemühte sich auch nach Kräften, nicht allzu einsilbig zu antworten. Doch immer wieder entstanden in ihrem Gespräch lange Lücken.

Bald durchquerte der Zug die Tiefebenen um Edinburgh. Die Hauptstadt Schottlands, ein Zentrum der wirtschaftlichen Macht und der Wissenschaften, zeigte sich in ungewöhnlich klarem Winterwetter von ihrer besten Seite. Auf dem Bahnsteig schlug den Frauen ein eisiger Wind entgegen. Ein Gepäckträger half ihnen beim Aussteigen und beförderte ihre Taschen zu dem Gleis, wo der Zug nach Inverness erwartet wurde. Noch einhundertfünfzig Meilen trennten sie von ihrem Ziel.

Erst über eine Stunde später saßen sie wieder in einem Zugabteil. Mit steifen Gliedern, durchgefroren und furchtbar müde schaukelten sie weiter und weiter Richtung Norden. In Stirlingshire sahen sie den ersten Schnee auf den Hügeln. Stirling Castle hob sich wie eine schwarze Krone gegen den stahlblauen Himmel ab. Der Wind trieb feine Schleierwolken wie Banner über die Zinnen.

Immer wilder wurde das Land, das sie durchquerten. Welkes Heidekraut färbte die Hänge schwarz, während die Hügelspitzen blendend weiße Schneehauben trugen. In den Senken drängten sich ganze Rudel von Rotwild aneinander, und ein- oder zweimal glaubten die Frauen, hoch am Himmel einen Adler entdeckt zu haben. Doch der dunkle Punkt, der dort seine weiten Kreise zog, konnte auch ein Bussard sein. Der Winternachmittag neigte sich bereits dem Ende zu, als sie in den Bahnhof von Inverness einrollten. Rot spiegelte sich das letzte Licht der Wintersonne auf dem Meer. Im Norden lag die schwarze Masse der Black Isle genannten Halbinsel, dahinter blitzen noch ein letztes Mal die schneebedeckten Gipfel der Berge von Ross-Shire und Sutherland auf.

Der Wind auf dem Bahnsteig war so schneidend, dass er selbst durch die dicksten wollenen Gewänder drang. Er brachte den Geruch nach Schnee, nach der menschenleeren Weite des Hochlandes mit sich. Isobel und Vespasia beschlossen, sich für die Nacht eine Bleibe zu suchen. Es erschien ihnen weder sehr verlockend noch sehr sinnvoll, um diese Uhrzeit in einer fremden Stadt nach Mrs Naylors Haus zu suchen.

Im Bahnhofshotel waren noch zwei recht passable Zimmer frei. Am nächsten Morgen konnte sich Isobel dann einigermaßen ausgeruht dem schwersten Teil ihrer Aufgabe stellen.

Die Frauen zeigten dem Hotelportier Mrs Naylors Adresse und erfuhren, dass sie nicht in Inverness selbst, sondern in einiger Entfernung bei einer Ortschaft namens Muir of Ord lebte. Dieses Städtchen war nur mit der Kutsche zu erreichen, und die Fahrt nahm fast den ganzen nächsten Morgen in Anspruch.

So kamen Vespasia und Isobel erst kurz vor Mittag durchgerüttelt und durchgefroren auf dem Naylor'schen Anwesen an. Das herrschaftlich anmutende Wohnhaus lag in einem parkartigen Garten mit dichtem, altem Baumbestand und bot eine grandiose Aussicht auf einen

Fjord mit dem Namen Beauly Firth, in dessen Norden das offene Meer zu erahnen war.

Vespasia sah Isobel forschend ins Gesicht. »Bist du bereit?«, fragte sie leise.

»Nein. Und ich werde es auch nie sein«, antwortete Isobel. »Aber inzwischen ist mir so kalt, dass ich meine Beine schon gar nicht mehr spüre. Viel schlimmer, als hier draußen langsam zu erfrieren, kann das, was mich im Haus erwartet, auch nicht sein.«

Vespasia hoffte von ganzem Herzen, dass Isobel recht behalten würde. Doch sie sprach diesen Gedanken nicht aus.

Sie baten den Kutscher, auf sie zu warten. Falls man sie nicht zum Bleiben einlud, wollten sie wieder mit ihm in die Stadt zurückfahren. Vespasia hielt sich ein paar Schritte hinter Isobel und ließ diese den Klingelknopf an der Haustür ziehen. Isobel wollte die Klingel schon ein zweites Mal betätigen, denn ihr lag daran, rasch eingelassen zu werden und ihre schwere Prüfung hinter sich zu bringen. Endlich öffnete sich die Tür, und ein älterer Diener steckte fragend den Kopf heraus.

»Guten Morgen«, sagte Isobel mit erstickter Stimme. Die Anspannung machte ihr das Reden schwer. »Mein Name ist Isobel Alvie. Ich komme aus London und möchte Mrs Naylor einen wichtigen Brief überbringen. Das hier ist meine Freundin, Lady Vespasia Cumming-Gould. Ich wäre dankbar, wenn ich Mrs Naylor den Brief übergeben dürfte und möchte mich dafür entschuldigen, dass wir unser Kommen nicht schriftlich angekündigt haben. Doch die Reise hierher kam auch für uns selbst sehr unerwartet.« Damit überreichte sie dem Mann ihre Karte.

»Bitte treten Sie näher, Mrs Alvie und Lady Vespasia. Ich muss erst einmal nachdenken, was wir für Sie tun können«, sagte der Diener in einem melodiösen schottischen Akzent.

Isobel zögerte. »Nachdenken, was Sie für uns tun können?«, wiederholte sie.

»Aye, Madam. Mrs Naylor ist nicht da. Aber sicher würde sie wollen, dass Sie hier im Hause freundlich empfangen werden. Bitte kommen Sie herein.« Er hielt ihnen die Tür weit auf.

Isobel warf einen unsicheren Blick auf Vespasia, zuckte dann unmerklich die Achseln und folgte dem Diener ins Innere des Hauses. Auch Vespasia trat in die große Eingangshalle mit der niederen Balkendecke. Sie gingen an einem offenen Kamin vorbei, in dem ein gewaltiges Feuer brannte, und standen schließlich in einem gemütlichen Salon, durch dessen Fenster das Licht der Wintersonne hereinströmte. Die Aussicht über die Rasenflächen bis hinunter zum Wasser war atemberaubend. Doch im Salon spürte man die Kälte um einiges deutlicher als zuvor in der Halle, wo das wärmende Feuer brannte.

»Wann erwarten Sie Mrs Naylor denn zurück?«, fragte Isobel. Den ungewohnten Klang ihrer Stimme schrieb Vespasia der Nervosität ihrer Freundin zu.

»Bedaure, Madam, aber ich weiß es nicht«, antwortete der Mann ernst. »Es tut mir leid, dass Sie die lange Reise auf sich genommen haben und wir Ihnen nicht weiterhelfen können.«

»Wo ist Mrs Naylor denn?«, fragte Isobel. »Das müssen Sie doch wissen!«

Der Diener machte ein erstauntes Gesicht. Derlei hartnäckige Nachfragen galten als äußerst unschicklich, zumal für eine Dame.

Vespasia trat vor. Sie wollte nicht für Isobel sprechen, sondern lediglich dafür sorgen, dass diese Gelegenheit haben würde, ihren Auftrag zu erfüllen. »Bitte entschuldigen Sie diesen plötzlichen Überfall«, sagte sie freundlich. »Aber es ist etwas passiert, und es hat mit Mrs Naylors Tochter zu tun. Wir müssen Mrs Naylor eine Nachricht überbringen, ganz gleich wie schwierig es sein mag, sie zu erreichen. Bitte versuchen Sie, uns zu verstehen.«

»Miss Gwendolen?« Sorgenfalten erschienen auf der Stirn des Mannes. »Das arme Kind«, seufzte er. »Das arme Kind!«

»Wir müssen mit Mrs Naylor sprechen«, wiederholte Vespasia, »und ihr den Brief persönlich überreichen. Wir haben unser Versprechen gegeben, diesen Auftrag unverzüglich auszuführen.«

Der Mann schüttelte den Kopf. »Es handelt sich doch nicht etwa schon wieder um einen Todesfall?«, fragte er. Unsicher ging sein Blick zwischen den beiden Damen hin und her.

Vespasia ließ Isobel antworten.

»Es tut mir sehr leid, aber genau deshalb sind wir hier. Verstehen Sie jetzt, warum wir unbedingt persönlich mit Mrs Naylor sprechen müssen? Wir waren beide zugegen und können vielleicht ihre Fragen beantworten.«

»Dann hat es wohl diesmal die arme Miss Gwendolen selbst getroffen«, sagte der Diener und wiegte dabei bedächtig den Kopf. Dann starrte er mit glasigem Blick vor sich hin.

Vespasia tat der alte Mann leid. Der Schock über die traurige Nachricht war ihm deutlich anzusehen. Nun kam sie sich endgültig wie ein Eindringling vor.

»Ja. Sie haben recht – zu meinem größten Bedauern«, antwortete Isobel. »Wo können wir denn nun Mrs Naylor finden? Oder glauben Sie, es ist besser, wenn wir sie schriftlich bitten, hierher zu kommen? Wir würden sie gern begleiten, falls sie das Bedürfnis hat, nach London zu fahren.«

»Aye, vielleicht wird sie das wollen.« Der Diener nickte. »Vielleicht. Doch die Reise ist lang und beschwerlich – lang und beschwerlich.«

»Ja, das ist wahr. Wir können nur hoffen, dass es beim Umsteigen in Edinburgh keine allzu langen Wartezeiten gibt.«

»Ach Kindchen, nach Ballachulish gibt es keine Zugverbindung. Dass man dorthin Schienen legt, werden Sie nicht mehr erleben. Nicht einmal Ihre Enkel dürfen damit rechnen«, sagte der Diener mit einem traurigen Lächeln. »Vielleicht ist es ja auch ganz gut so. Von Glasgow aus fährt manchmal ein Boot dort hinauf. Und ich habe gehört, es gäbe jetzt immerhin einen Zug, der bis Glasgow fährt.« Man hätte meinen können, der Mann spräche von einem weit entfernten, exotischen Ort.

»Ballachulish?«, wiederholte Isobel unsicher. »Wo ist das? Und wie gelangt man von hier aus dorthin?«

»Oh, am besten fahren Sie erst einmal zurück nach Inverness«, antwortete der Mann. »Und dann weiter mit dem Boot über den Loch Ness und durch den Caledonischen Kanal bis Fort William. Von dort fährt ein Boot zur Küste. Dann geht es wieder ein Stück landeinwärts über den Loch Leven. Es gibt auch einen Landweg. Die Pfade führen übers Rannoch Moor und durch die Schlucht von Glencoe. Soweit ich weiß, liegt Ballachulish am Ende der Schlucht, direkt am Südufer von Loch Leven.«

»Wie weit ist denn das?«, fragte Isobel, die keinerlei Vorstellung von der Lage der genannten Orte hatte.

»Ach Kindchen, Ballachulish liegt ganz auf der anderen Seite Schottlands! An der Westküste.«

Isobel atmete tief durch. »Und wann erwarten Sie Mrs Naylor zurück?«, fragte sie noch einmal.

»Das ist es ja«, sagte der Mann kopfschüttelnd. »Ich habe keine Ahnung, wann sie wieder kommt. Es könnte noch bis zum Frühjahr dauern, vielleicht aber auch nur bis Weihnachten.«

Isobel wollte ihren Ohren nicht trauen. »Bis zum

Frühjahr? Aber das ... das beginnt ja erst in einem Vierteljahr!«

»Aye, in der Tat. Sie können gern die Nacht hier bei uns verbringen und darüber nachdenken, wie es weitergehen soll«, bot er den Frauen an. »Wir haben genügend Platz. Seit Mr Kilmuirs Unfall ist kaum noch jemand im Haus. Es wäre eine willkommene Abwechslung, Sie bekochen zu dürfen und endlich wieder einmal ein paar andere Stimmen zu hören als die unseren.«

»Ist Mrs Naylor schon so lange weg?«, fragte Vespasia überrascht.

»Vor eineinhalb Jahren, um genau zu sein«, antwortete der Mann. »Da geschah das Unglück mit Mr Kilmuir, und kurze Zeit später reiste sie ab. Kann ich Ihnen jetzt vielleicht etwas zu essen anbieten? Sicher haben Sie seit dem Frühstück noch nichts zu sich genommen.«

»Das wäre sehr freundlich, vielen Dank«, sagte Vespasia, bevor Isobel ablehnen konnte. Sie konnten eine Stärkung gebrauchen. Außerdem mussten sie erst einmal über die neue Wendung der Dinge nachdenken.

»Was um alles in der Welt sollen wir denn jetzt bloß tun'?«, fragte Isobel, sobald sie allein am Feuer in der Halle saßen, wo es wärmer war als im Salon. »Wird mir auch nur ein Mensch glauben, wenn ich sage, dass Mrs Naylor nicht zu Hause war, sondern sich in irgendeinem unerreichbaren Ort im Westen Schottlands aufhielt?«

»Nein«, sagte Vespasia schlicht. »Außerdem – wenn sie dort ist, muss es auch für uns einen Weg geben, dorthin zu gelangen.« Vespasias Worte klangen um einiges zuversichtlicher, als sie sich in diesem Augenblick fühlte. Aus einer vagen freundschaftlichen Verbundenheit heraus hatte sie sich erboten, Isobel nach Schottland zu begleiten. Sicher hatte auch ihre wachsende Abneigung gegen Lady Warburton zu dem Entschluss beigetragen. Außerdem, so musste sich Vespasia eingestehen, hatte sie gehofft, Omegus mit ihrem Entschluss zu imponieren. Sie wunderte sich ein wenig darüber, wie wichtig ihr seine Anerkennung war. Doch nun entpuppte sich die Aufgabe als weitaus komplizierter als angenommen. Jetzt einen Rückzieher zu machen, kam nicht infrage. Dazu war Vespasia viel zu stolz. Sie mussten die Sache zu Ende bringen, denn was sie bisher erreicht hatten, würde Isobel in den Augen der anderen nicht von ihrer Schuld befreien.

Isobell starrte verkniffen ins Feuer. »Nicht zu fassen«, murmelte sie. »Warum muss diese unglückselige Frau bis ans andere Ende der Welt fahren? Was hat sich Gwendolen bloß gedacht? Wie sollte der Brief je an diesen gottverlassenen Ort gelangen? Wie konnte man uns nur in eine solche Lage bringen?«

Vespasia hörte aus Isobels letzter Frage einen unterschwelligen Vorwurf an Omegus heraus.

»Kein Mensch konnte wissen, dass wir auf solche Schwierigkeiten stoßen würden«, antwortete sie. »Man hat dir die Möglichkeit gegeben, dich von den Folgen einer dummen und grausamen Bemerkung reinzuwaschen.

Dass deine Aufgabe schwerer zu erfüllen ist als angenommen, dafür kann Omegus nichts.«

Isobel fuhr herum. »Wenn Gwendolen nur ein Quäntchen Courage im Leib gehabt hätte, hätte sie es mir mit gleicher Münze heimgezahlt, anstatt sich in einen Teich zu stürzen. Falls ihr aber nur an einem großen Auftritt gelegen war, hätte sie wenigstens bei Tageslicht ins Wasser gehen können, damit sie jemand sieht und sie rechtzeitig herausfischt.«

»Pitschnass, mit verdorbenen Kleidern, Algen in den Haaren und Matsch an den Stiefeln? Das nennst du einen großen Auftritt?«, fragte Vespasia. »Manche Leute mögen es romantisch finden, sich von einer Brücke zu werfen. Aber aus dem Wasser gezogen zu werden und dann wie ein begossener Pudel dazustehen – damit gibt man sich nur der Lächerlichkeit preis.« Vespasia stand auf und trat an das hohe Fenster, von dem aus man hinunter auf den Beauly Firth sehen konnte. Bilder von einer glücklichen Gwendolen, die immer schöner und selbstbewusster wurde, drängten sich in ihren Kopf. Sie versuchte, sich den Augenblick in Erinnerung zu rufen, in dem Isobel die verheerenden Worte gesprochen hatte. Vespasia sah wieder Gwendolens schreckensbleiches Gesicht vor sich und konnte den seltsamen Ausdruck darauf nach wie vor nicht deuten. Hatte das, was Isobel sagte, tatsächlich ausgereicht. um eine so heftige Reaktion hervorzurufen? Vielleicht war Gwendolen über Berties Schweigen entsetzter gewesen als über Isobels böse Bemerkung. Die Enttäuschung darüber, dass Bertie sie nicht verteidigt hatte, musste schwer gewogen haben. Schließlich war er ihr auch später nicht gefolgt und hatte ihr nicht versichert, dass er an die Aufrichtigkeit ihrer Gefühle glaubte. Möglicherweise hatte Gwendolen diesen Mann ja wirklich geliebt und erst in diesem Augenblick erkannt, wie wenig sie ihm tatsächlich bedeutete.

Vespasia dachte darüber nach, wie sich Gwendolen während der Festsaison benommen hatte. Viel Ungewöhnliches wollte ihr nicht einfallen. Gwendolen unterschied sich nicht von anderen jungen Witwen, die nach einer angemessenen Trauerzeit Schritt für Schritt wieder am öffentlichen Leben mit seinen Vergnügungen und Zerstreuungen teilnahmen. Sie genoss die Empfänge und Einladungen, flirtete gelegentlich ein wenig, achtete auf ihre Ausgaben, schien aber nicht in irgendwelchen ernsthaften Schwierigkeiten zu stecken. Allerdings musste Vespasia zugeben, dass sie sich in jenen Wochen nicht sehr eingehend mit Gwendolen befasst hatte.

Sie hatte lieber Isobels Gesellschaft gesucht. Diese intelligente junge Frau war anders als die meisten ihrer Geschlechtsgenossinnen. Man konnte mit ihr diskutieren, denn sie leistete sich eine eigene Meinung und sagte nicht immer nur das, was man von ihr erwartete. Dabei hatte Vespasia bei Isobel im Grunde kaum mehr gesucht als eine Ablenkung von der Eintönigkeit ihres Lebens als pflichtbewusste Ehefrau und Dame der Gesellschaft.

Wirklich persönliche Belange hatte Vespasia nicht mit Isobel besprochen, ihr nichts von den Geschehnissen in Rom erzählt. Davon wusste niemand etwas.

Vespasia fand es seltsam, das Mrs Naylor das Anwesen bereits kurz nach Kilmuirs Tod verlassen hatte und seither nicht mehr hier gewesen war. Wie es wohl zu dieser ungewöhnlichen Entscheidung gekommen war?

Vespasia ging den Korridor entlang bis zu einer Tür, die zu einem mit Kies bedeckten Gartenpfad hinausführte. Das Wetter war eigentlich herrlich, nur vom Wasser wehte ein eisiger Wind herauf. Der Garten, den sie nun betrat, war liebevoll gepflegt, der Rasen perfekt getrimmt. Die Blumen in den Beeten hatten erfahrene Hände zurückgeschnitten, damit sie im Frühjahr wieder die Kraft fanden, Blüten zu treiben. An die Mauer, die das Anwesen im Süden begrenzte, schmiegte sich ein Obstbaumspalier. Vespasia streifte ziellos umher, bis sie im Gemüsegarten auf einen Mann traf, der seiner Kleidung nach der Gärtner sein musste. Sie stellte sich vor und lobte den hervorragenden Zustand der Außenanlagen. Mit ernster Miene dankte der Mann ihr für das Kompliment.

»Mrs Naylor muss das Haus und diesen herrlichen Garten sehr vermissen«, sagte Vespasia so leichthin wie möglich. »Ist es in Ballachulish auch so schön?«

»Nun ja, die Berge und Schluchten dort sind recht außergewöhnlich«, antwortete der Mann. »Aber mir ist es im Westen zu stürmisch und zu regnerisch. Die Stimmung wechselt dort gemeinsam mit dem Wetter fast stündlich. Und ein Garten wie dieser würde in Ballachulish niemals gedeihen.«

»Warum sollte jemand freiwillig in einer so herben Gegend leben wollen? Sicher muss man dafür sehr zäh und willensstark sein.«

»Diese Frage habe ich mir auch schon gestellt, Madam«, sagte der Gärtner. »Mir würde es dort auf Dauer nicht gefallen. Aber wenn man in einem der Glens im Westen aufgewachsen ist, sieht man das sicher anders.«

»Oh, Mrs Naylor stammt von der Westküste?«, fragte Vespasia überrascht. Damit war wohl erklärt, warum sie sich schon monatelang dort draußen aufhielt.

»Nein! Sie ist Engländerin wie Sie«, sagte der Mann in einem Tonfall, als fiele ihm das gerade in diesem Augenblick zum ersten Mal auf. »Aber nachdem der arme Mr Kilmuir gestorben war, packte sie ihre Sachen und zog dort hinaus. Sein Tod ist ihr sehr nahe gegangen, müssen Sie wissen. Er kam ja auch sehr unverhofft.«

»Ja, davon habe ich gehört«, sagte Vespasia in vertraulichem Ton. Der scharfe Wind ließ sie frösteln. Die Wellen unten auf dem Firth trugen weiße Kronen. »Allerdings habe ich nie erfahren, wie Mr Kilmuir ums Leben gekommen ist. Die arme Gwendolen war viel zu verstört, um darüber zu sprechen.«

Der Gärtner senkte verschwörerisch die Stimme. »Das Pferd ging durch«, sagte er. »Mr Kilmuir und Mrs Naylor waren in einer offenen Kutsche unterwegs. Ein überhängender Ast fegte ihn vom Wagen, dabei verhedderte er sich mit der Hand in den Fahrleinen.«

»Er wurde zu Tode geschleift?«, hauchte Vespasia entsetzt. »Wie furchtbar! Kein Wunder, dass Gwendolen nie davon gesprochen hat. Die arme Mrs Naylor! Sie muss doch vor Angst fast verrückt geworden sein!«

»Nein, Madam, da kennen Sie unsere Mrs Naylor schlecht«, sagte der Gärtner. »Sie hat mehr Courage als so mancher Mann, den ich kenne! Vielleicht mehr als zwei Männer zusammen.« Vespasia glaubte, einen gewissen Stolz aus seinen Worten herauszuhören. Er legte die Stirn in Falten. »Sie mögen lächeln, aber es ist wahr! Mrs Naylor hat das Pferd eigenhändig zum Stehen gebracht. Mr Kilmuir war aber leider nicht mehr zu helfen. Er muss ziemlich schnell tot gewesen sein. Sie schnitt das Pferd von den Strängen, ritt nach Hause und holte Hilfe. Wir eilten natürlich sofort hinaus zu der demolierten Kutsche. Aber wie ich schon sagte, für den armen Mr Kilmuir konnten wir nichts mehr tun.«

»Und was war mit Mrs Kilmuir?«, fragte Vespasia.

Der Mann schüttelte den Kopf. »Das ist beinahe das Schlimmste daran, Madam. Sie befand sich gerade auf einem Ausritt und sah den Unfall aus einiger Entfernung mit an. Eingreifen konnte sie nicht, dazu war sie zu weit weg. Es muss grauenhaft sein, Zeuge eines solchen Unglücks zu werden – als sähe man das eigene Leben enden.« Erneut schüttelte der Gärtner den Kopf. »Ich hätte damals nicht geglaubt, das arme Kind je wieder lachen zu sehen. Sie war untröstlich, streifte umher wie ein Gespenst, aß nichts und sprach mit niemandem ein Wort. Als das arme Mädchen schließlich nach London zurückfuhr und wir hörten, dass sie langsam wieder anfing zu leben, waren wir alle erleichtert.«

»Mrs Naylor ließ ihre Tochter allein nach London gehen?«

Der Blick des Gärtners wurde abweisend. Vespasia war, als schließe sich zwischen ihnen eine Tür. »Sie mag Städte nicht besonders. Außerdem hat sie hier genug zu tun. Und nun entschuldigen Sie mich bitte, Madam. Ich muss der Köchin ein bisschen Grünzeug für das Abendessen bringen. Für Mrs Kilmuirs Freundinnen ist uns das Beste gerade gut genug.«

Vespasia bedankte sich und spazierte noch eine Weile lang gedankenverloren durch den Garten. Sie versuchte, sich Kilmuirs schreckliches Ende in nicht allzu drastischen Farben auszumalen. Wie Mrs Naylor sich auf der wild dahinrasenden Kutsche gefühlt haben musste, wollte sie gar nicht wissen. Und dann hatte diese bedauernswerte Frau ihre völlig verstörte Tochter trösten müssen, die unverhofft Zeugin des schrecklichen Unfalls geworden war. Es bedrückte Vespasia, dass sie nun nach Mrs Naylor suchen und dieser schwer geprüften Frau eine noch viel schlimmere Nachricht überbringen musste. Der Gedanke, den Brief einfach hier im Haus zurückzulassen, nach Inverness zu fahren und den nächsten Zug nach London zu nehmen, verbot sich von selbst.

Das durften sie nach allem, was hier geschehen war, auf keinen Fall tun.

Nach dem Abendessen erzählte Vespasia Isobel, was sie bei ihrem Spaziergang in Erfahrung gebracht hatte. Isobel stand am Fenster und starrte hinaus in die Dunkelheit. »Den Caledonischen Kanal hinunterfahren und dann noch weiter bis Balla … wie war doch der Name?« Ihrer Stimme war anzuhören, dass sie wenig Lust verspürte, sich auf ein solches Abenteuer einzulassen. »Wie sollen wir das überhaupt anstellen? Wer seine fünf Sinne beisammen hat, unternimmt um diese Jahreszeit doch keine solche Reise! Nur Schafhirten und Strauchdiebe sind jetzt noch unterwegs!«

»Trotzdem sollten wir uns auf den Weg machen«, antwortete Vespasia. »Aber wenn du lieber gleich nach London zurückkehren möchtest, kutschiert man dich sicher gern nach Inverness. Ich selbst will noch nicht aufgeben. Vermutlich wird Mrs Naylor viele Fragen haben. Wer soll sie beantworten, wenn wir es nicht tun?«

Isobel war blass geworden. Ärgerlich starrte sie Vespasia an. »Das ist Erpressung!«, beklagte sie sich. »Du weißt, was passiert, wenn du weiterfährst, ich aber nach Hause zurückkehre. Es wird mir noch schlechter ergehen, als wenn ich gar nicht nach Schottland gereist wäre.«

»Schon möglich«, sagte Vespasia. »Aber ich glaube, auch das ist ein Erpressungsversuch. Du willst, dass ich gemeinsam mit dir umkehre. Demnach soll die arme

Frau den Brief irgendwann in diesem oder auch im nächsten Jahr hier vorfinden und erst dann erfahren, dass ihre Tochter nicht mehr am Leben ist.«

Isobel wandte sich ab.

ZWEITER TEIL

Wir scheinen uns nicht einigen zu können«, sagte Vespasia kühl. »Vielleicht sollten wir beide einfach das tun, was wir für richtig halten. Ich jedenfalls reise nach Ballachulish, oder zumindest so weit, wie ich komme. Zum Glück liegt in den Tälern bis jetzt noch kein Schnee. Das dürfte auch dir nicht entgangen sein.«

Isobel biss sich auf die Lippen. »Du bekommst immer das, was du dir in den Kopf gesetzt hast, nicht wahr?«, zischte sie. Vespasia fragte sich, ob Isobels Stimme aus Wut oder aus Angst so seltsam klang. »Du bist reich, du bist schön und du hast einen Titel. Und bei Gott, du weißt, wie du dir diese Umstände zunutze machen kannst!« Ohne sich noch einmal umzudrehen, rauschte Isobel aus dem Zimmer. Vespasia hörte ihre Schritte im Korridor verhallen.

Nun stand sie allein am dunklen Fenster. Hatte Isobel ihr Unrecht getan? Oder führte sie tatsächlich ein derart privilegiertes Leben, dass ihr der Blick auf die Mühen und Plagen anderer Menschen verstellt war? Ihre außergewöhnliche Schönheit war eine Tatsache, die sie nicht verleugnen konnte oder wollte. Schließlich brauchte sie nur einen Blick in den Spiegel zu werfen. Auch der Neid anderer Frauen und die Bewunderung der Männer bestätigten ihr unablässig, wie außergewöhnlich schön sie war. Meist genoss sie die Wirkung, die ihr Äußeres auf andere hatte. Warum auch nicht? Doch was war diese körperliche Schönheit wirklich wert? In ein paar Jahren würde sie verblassen, und wer Vespasia nur um ihres guten Aussehens willen gemocht hatte, würde sich abwenden und seine Bewunderung einer anderen, einer jüngeren Frau zuteil werden lassen.

Dass sie Geld hatte, stimmte auch. Materieller Mangel war ihr fremd. Auch ihren Titel trug sie schon von Geburt an. Er öffnete ihr Türen, die anderen für immer verschlossen blieben. War sie schlicht und einfach zu verwöhnt? War sie oberflächlich und ohne jeden Tiefgang? Fehlte es ihr an innerer Stärke, weil sie nie um etwas kämpfen musste?

Nein, ganz sicher nicht! In Rom war sie auf eine unmenschlich harte Probe gestellt worden. Nie würde Isobel erfahren, was sie darum gegeben hätte, bei Mario bleiben zu können – trotz aller Unterschiede, die zwischen ihnen bestanden. Er war mit Leib und Seele Republikaner, sie eine loyale Monarchistin. Er strotzte vor revolutionärer Leidenschaft, sie stand zu ihrer Vorliebe für Traditionen, für Werte, die schon seit Jahrhunderten Bestand hatten. Doch mit seinem unvergleichlichen Lachen überbrückte Mario jede noch so tiefe Kluft. Am meisten hatte Vespasia allerdings seine Entschlossenheit beeindruckt, für die Ideale, an die er glaubte, zu leben und zu sterben. In Mario brannte ein wildes Feuer, das so ganz anders war als die geschulte Freundlichkeit ihres Gatten, der ihr große Freiheiten ließ, ihr Herz und ihre Seele aber nicht füllen konnte.

Isobel ging das alles natürlich nichts an. Sie würde nie davon erfahren. Diese Reise sollte schließlich Isobel Läuterung bringen, nicht ihr, Vespasia.

Gleich nach dem Frühstück brachen sie auf. In der offenen Kutsche des Naylor'schen Haushaltes fuhren sie bis Inverness und von dort aus weiter zum östlichen Ende des Loch Ness. Während der Kutschfahrt sprachen die Frauen kaum ein Wort. Der eisige Wind schnitt ihnen ins Gesicht. Fest zogen sie die schützenden Decken um sich, die man ihnen in den Wagen gelegt hatte.

Am Loch Ness mieteten sie ein Boot. Es würde sie über die ganze Länge des Sees tragen. Dieser schlängelte sich gleich einem silbernen Band durch die Hügel, die seine Ufer zu beiden Seiten einfassten. Wie Stahl schimmerte das tiefe Wasser, wie ein zerfurchter, mit grauem Satin gefüllter Riss in der Erde zerteilte der sagenumwobene Loch Ness die Landschaft. »Bis Fort Augustus sind es gut dreißig Meilen«, sagte der Bootsmann, der ihnen an Bord half. Er schüttelte den Kopf. »Dann geht es noch einmal dreißig Meilen über den Kanal bis nach Fort William und noch ein Stück weiter bis zur Küste.«

Mit zusammengekniffenen Augen studierte er den Himmel. »Es heißt, wenn man die Hügel sehen kann, gibt es bald Regen.«

»Und wenn man sie nicht sieht?«, fragte Isobel.

»Dann regnet es schon«, kam prompt die Antwort.

»Dann sollten wir am besten gleich losfahren«, sagte Isobel spitz. »Noch hält das Wetter, aber offenbar lässt der Regen hier nie lange auf sich warten.«

»Aye.« Der Mann nickte. »Wie Sie wünschen.«

Isobel forderte den Bootsmann noch einmal auf, sich zu sputen. Sie ließ sich von ihm ans Heck des Bootes helfen. Dort gab es eine kleine Kabine, die diesen Namen kaum verdiente: Vor Wind und Wetter würde die Frauen nur ein niederes Dach über zwei Seitenwänden schützen. Doch sie hatten keine Wahl. Man hatte ihnen dringend abgeraten, um diese Jahreszeit den Landweg zu nehmen.

Der Bootsmann hielt seine wackelige Nussschale stets dicht am nördlichen Seeufer, denn in der Mitte des tiefen Gewässers lauerten viele Gefahren. Unverhofft konnte sich der Wind zum Sturm auswachsen und das bleifarbene Wasser zu turmhohen Wellen aufpeitschen. Trotz der Nähe des Ufers erfuhren die Frauen bald, wie wechselhaft sich der See gebärden konnte. Hatten gerade noch silberne Lichter auf der sanft gekräuselten Wasseroberfläche getanzt und einen reizvollen Kontrast zum Schwarz und Grün der Hügel geboten. so verdunkelte sich schon im nächsten Augenblick der Himmel. Wolkenschleier senkten sich über die Landschaft, und der Wind trieb den Regen fast waagerecht übers Wasser.

Schutz suchend kauerten sie sich in der winzigen Kabine zusammen, während das Boot durch die Wellen schaukelte. Schweigend, vor Kälte zitternd und mit zusammengebissenen Zähnen harrten die beiden Frauen aus.

Nicht zum ersten Mal verfluchte Vespasia ihren unbesonnenen Entschluss, Isobel zu begleiten. Sie verfluchte zudem Isobels böse Zunge, Omegus' ominösen Einfall, sie auf diese Fahrt zu schicken, und sie verfluchte Gwendolen, die einen so flatterhaften Menschen wie Berthie Rosythe zum Bräutigam erkoren hatte und es dann nicht ertrug, dass man ihr die Augen öffnete.

»Glaubst du, Gwendolen hat Kilmuir immer noch geliebt?«, fragte Vespasia schließlich. Die Regenwolken waren über sie hinweggezogen und entleerten ihre eisige Last nun in der Ferne. Flach wie ein Spiegel lag der See jetzt wieder vor ihnen. Mit trügerischer Unschuld fing das Wasser das fahle Licht der Wintersonne ein, während die Hügel sich wie schwarzer Basalt um sie erhoben.

Isobel blickte überrascht auf. »Meinst du, das wurde ihr an jenem Abend bewusst? Meinst du, dass die alten Wunden wieder aufbrachen, und die Trauer um ihn sie noch einmal mit ganzer Macht einholte?« Vespasia glaubte einen Anflug von Hoffnung in Isobels Stimme zu erkennen.

»Hast du sie im Laufe der Saison näher kennengelernt?«, fragte sie.

Isobels Antwort kam nicht sofort. Gerade zog das Boot an einer Burg vorüber, die hoch über ihnen am Ufer thronte. Ein paar verirrte Sonnenstrahlen sorgten dafür, dass die alten Mauern sich dramatisch von den im Wolkenschatten liegenden Hügeln abhoben. »Nur ein wenig«, sagte sie schließlich. »Aber manchmal hatte ich das Gefühl, dass sich unter ihrer fröhlichen Maske noch etwas anderes verbarg. Immerhin war sie Witwe und ihr Mann noch nicht lange tot. Ich weiß, wovon ich spreche. Ob man seinen Gatten nun über alles geliebt hat oder nicht – einsam fühlt man sich auf jeden Fall.«

In Vespasia regte sich eine Mischung aus Mitgefühl und Scham. »Ja, das muss schlimm sein«, sagte sie leise. Isobel konnte nicht ahnen, dass auch sie eine bestimmte Art von Einsamkeit kannte, einen Hunger, der nie gestillt werden durfte – außer in längst vergangenen, gefährlichen Momenten. Auch Vespasia trauerte um ein verlorenes Glück.

»Ehrlich gesagt, ich fand Kilmuir immer ein wenig eingebildet«, sagte Isobel nachdenklich. »Darin glich er Bertie Rosythe. Aber wenn jemand gestorben ist, spricht man nur noch von seinen guten Eigenschaften.«

Vespasia musterte Isobel von der Seite. Isobel mied ihren Blick. Offenbar wollte sie über dieses Thema nicht weiter sprechen.

Die Nacht verbrachten sie in einer Unterkunft an Land. Am nächsten Tag ging es weiter nach Fort Augustus, wo sie gegen Abend ankamen. Sie bezahlten den

Bootsmann, suchten sich eine Bleibe und fuhren schon bei Sonnenaufgang auf einem anderen Boot in den Kanal ein. Die schneidende Kälte, die beengten Verhältnisse auf dem schmalen Kahn und die beunruhigende Tatsache, dass sie immer weiter in Gegenden vordrangen, die ihnen gänzlich fremd waren, brachten die beiden Frauen einander wieder näher. Noch immer hing die Aussicht, nun bald Mrs Naylor gegenüberzustehen und ihr die furchtbare Nachricht überbringen zu müssen, wie ein Damoklesschwert über ihnen. Die Stille der menschenleeren Landschaft, die sie umgab, empfanden sie als bedrückend, und sie liefen Gefahr, sich immer tiefer in düsteren Gedanken zu verstricken. In dieser Situation war Reden besser als Schweigen. Vespasia und Isobel saßen nahe beieinander, um der Kälte zumindest ein wenig trotzen zu können. Was man ihnen zu essen anbot, teilten sie schwesterlich, und sie lachten verlegen, wenn die Natur verlangte, dass sie einen kurzen Landgang unternahmen. Zahllose Schleusen mussten durchquert werden. Es dauerte Ewigkeiten, bis sich die Becken gefüllt hatten oder abgelassen waren. In der Zwischenzeit vertraten sich die Frauen ein wenig die Füße und schauten hinauf zu den schneebedeckten Spitzen der Hügel.

Am Abend des vierten Tages nach ihrem Aufbruch von Inverness erreichten Vespasia und Isobel Fort William, wo sie abermals für eine Nacht eine fremde Unterkunft bezogen. Sie zitterten vor Kälte und Müdigkeit und waren zu erschöpft, um auch nur daran zu denken, wie die Reise von hier aus weitergehen sollte. Zusammengekauert saßen sie am Feuer. Um überhaupt schlafen zu können, mussten sie erst wieder Gefühl in ihre steif gefrorenen Glieder bekommen.

»Warum um alles in der Welt ist Mrs Naylor gerade hier herausgezogen?«, fragte Isobel. Sie rieb sich die eisigen Hände und rückte noch näher ans Feuer. »Was bringt einen Menschen dazu, eineinhalb Jahre lang hier auszuharren? Kein Wunder, dass Gwendolen nie von ihrer Mutter sprach. Wahrscheinlich fürchtete sie, dass man sie für die Tochter einer Wahnsinnigen halten könnte.«

»Hat sie tatsächlich nie von ihrer Mutter gesprochen?«, fragte Vespasia. Auch ihr war es ein Rätsel, warum Mrs Naylor nicht in dem schönen Haus bei Muir of Ord lebte. Wenn man die Abgeschiedenheit liebte, war man auch dort weiß Gott schon weit genug von allen gesellschaftlichen Verpflichtungen und Zerstreuungen entfernt.

»Nein. Jedenfalls nicht, wenn ich dabei war«, sagte Isobel. »Findest du das nicht auch ein wenig seltsam?«

Isobel und Gwendolen schienen einander weitaus besser gekannt zu haben, als Vespasia bewusst gewesen war. Sonst hätte sich Isobel sicher nicht gewundert, dass Gwendolen kein Wort über ihre Mutter verlor. Offenbar hatte auch Isobel ihre Geheimnisse. Vespasia wusste weder, wie eng ihre Verbindung zu Gwendolen gewesen war, noch konnte sie sagen, wie tief die Gefühle waren, die Isobel für Bertie Rosythe hegte.

»Ja«, erwiderte Vespasia laut. »Ja, das ist ungewöhnlich.« Warum nur war Mrs Naylor nicht mit ihrer Tochter nach London gefahren? Alleinstehende junge Frauen reisten für gewöhnlich nicht ohne Begleitung. Außerdem hätte Gwendolen während der Trauerzeit sicher ein wenig mütterliche Zuwendung und danach Unterstützung bei der Suche nach einem passenden Bräutigam gebrauchen können.

»In der Tat.« Isobel strich ihre Röcke glatt, damit die Funken, die gelegentlich aufstoben, sie nicht in Gefahr brachten. »Ich fürchte mich richtiggehend vor dem Zusammentreffen mit dieser Frau.« Forschend sah sie Vespasia ins Gesicht. »Glaubst du, sie ist gefährlich?«

So beschwerlich diese Reise auch sein mochte, Vespasia wollte sie nun unbedingt zu Ende führen. Sie hoffte, am Ziel etwas über die wahren Gründe für Gwendolens Selbstmord zu erfahren. Vespasia war sich schon nahezu sicher, dass die Ereignisse von Applecross nur der Tropfen gewesen waren, der das Fass zum Überlaufen brachte, und dass Gwendolens Verzweiflung noch andere Gründe haben musste.

»Ganz auszuschließen ist das wohl nicht«, antwortete sie. »Was hat Gwendolen denn überhaupt von ihrer Familie erzählt, wenn sie schon nicht von ihrer Mutter sprach?«

»Sehr wenig. Meist ging es nur um Kilmuir und wie sehr er ihr fehlte.« Isobel legte die Stirn in Falten. »Wie er zu Tode gekommen ist, erzählte sie niemandem. Aber das ist verständlich, denn man hätte es wohl als peinliche Geschmacklosigkeit empfunden, Einzelheiten über sein grausiges Ende zu erfahren.« Fröstelnd zog sie das Cape ein wenig fester um ihre Schultern. »An Gwendolens Stelle hätte ich es sicher ebenso gehalten. Aber dass sie nie von ihrer Mutter sprach, finde ich nach wie vor eigenartig. Für mich gibt es dafür nur eine einzige plausible Erklärung: Mrs Naylor ist tatsächlich nicht bei klarem Verstand.« Zwischen Isobels Augenbrauen erschien eine steile Falte. »Müssen wir wirklich noch weiterfahren?«

»Willst du lieber umkehren?«

Isobel machte ein zerknirschtes Gesicht. »Ich wollte schon umkehren, als wir Applecross noch gar nicht verlassen hatten, und ich kann nicht behaupten, dass ich inzwischen Gefallen an meiner Aufgabe gefunden hätte. Aber nach all der Mühe und den Strapazen möchte ich in Wahrheit nicht, dass am Ende alles umsonst war und wir unverrichteter Dinge wieder in London erscheinen.« Ein Lächeln huschte über ihr Gesicht. »Immer wenn meine Knochen vor Kälte schmerzen und ich vor Erschöpfung am liebsten weinen möchte, denke ich an Lady Warburton und Blanche Twyford. Sie werden vor Wut platzen, wenn ich meine Aufgabe erfüllt habe und sie mir verzeihen müssen. Allein dieser Gedanke gibt mir oft die Kraft weiterzumachen.«

Vespasia wusste genau, wovon Isobel sprach. Auch sie dachte in besonders schlimmen Augenblicken an Lady

Warburtons Qualen, wenn sie in der kommenden Saison niemandem erzählen konnte, was sie auf Applecross erlebt hatte. Obendrein musste sich Lady Warburton Isobel gegenüber nach dieser Reise auch noch freundlich und zivilisiert benehmen. Dafür lohnte es sich, ein wenig zu frieren und eine Zeit lang in fremden Betten zu schlafen.

Vespasia lächelte. »Was war Kilmuir eigentlich für ein Mensch?«

Isobel wandte sich ab. Vespasia spürte, wie sich die Kluft zwischen ihnen erneut weitete. »Ich weiß es nicht.«

»Das glaube ich dir nicht«, widersprach Vespasia. »Du kanntest Gwendolen länger und besser, als ich bisher ahnte.«

Isobel starrte sie herausfordernd an. »Und wenn es so wäre? Bin ich dir denn darüber Rechenschaft schuldig? Ich bin bereit, Buße zu tun. Reicht dir das nicht? Inzwischen hast du ja wohl gemerkt, wie schwer meine Aufgabe ist.« Isobel schnaubte wenig damenhaft. »Bist du deshalb mitgekommen? Weil du sicher sein wolltest, dass ich die Sache zu Ende bringe? Hat Omegus dich aus diesem Grund mitgeschickt?«

Vespasia war wie vor den Kopf gestoßen. Mit einer derartigen Feindseligkeit hatte sie nach all den Mühen, die sie auf sich genommen hatte, nicht mehr gerechnet. »Ich bin aus freien Stücken mitgefahren, weil ich annahm, die Reise könnte lang, anstrengend und vielleicht sogar gefährlich werden. Ich dachte, vor allem am Ende würde dir ein wenig Beistand vielleicht helfen«, antwortete sie. »Wäre ich an deiner Stelle gewesen, so hätte ich mich sicher über eine Reisegefährtin gefreut. Und eines ist ganz gewiss: Omegus hat mich nie gebeten, dich zu begleiten.«

Isobel errötete bis unter die Haarwurzeln. »Es tut mir leid«, sagte sie mit belegter Stimme. »Ich habe noch nie jemandem einen solchen Freundschaftsdienst erwiesen. Es fällt mir schwer zu glauben, dass jemand bereit ist, so viel für mich zu tun. Warum auch? Ich... ich denke nicht, dass ich dasselbe für dich getan hätte.« Sie wandte sich ab. »Nicht, dass du je in eine solche Lage kommen würdest.«

Vespasia war versucht, Isobel ins Vertrauen zu ziehen, ihr nicht nur von der Last zu erzählen, die sie mit sich herumschleppte, sondern auch von der Einsamkeit, den Schuldgefühlen und von der Angst. Sie hatte die Erinnerungen an Rom tief in ihrem Herzen vergraben, versuchte nicht an die verzehrende Leidenschaft zu denken, nicht daran, dass ihre Seele endlich einen Gefährten gefunden hatte, der ihre Worte verstand, noch bevor sie sie ausgesprochen hatte. Sie wollte vergessen, wie es war, wenn man mit aller Kraft für eine Sache kämpfte, an die man glaubte. Gesiegt hatte am Ende ihr Pflichtbewusstsein. Sie war zurückgekehrt in eine Welt voller Oberflächlichkeiten und gesellschaftlicher Etikette ohne jeden tieferen Sinn. Und nun saß sie hier neben einer Frau, die sie im Grunde kaum kannte und die von ihr noch viel weniger wusste. Gemeinsam stellten sie sich den Herausforderungen dieser beschwerlichen Reise. Dabei gab es einen wesentlichen Unterschied zwischen ihnen: Im Gegensatz zu Isobel hatte Vespasia keine Mission zu erfüllen. Für sie gab es nur noch den Kampf gegen die Langeweile, den sie nicht gewinnen konnte. Die Beschäftigungen, mit denen sie für gewöhnlich ihre Tage füllte, hinterließen ein nagendes Gefühl der Leere in ihrem Herzen.

»Woher nimmst du nur diese Sicherheit?«, fragte sie leise. »Du weißt doch kaum etwas von mir, kannst mich nur nach dem beurteilen, was ich in der Öffentlichkeit von mir preisgebe. Verbirgt in unseren Kreisen nicht jeder seine wahren Gefühle, seinen wahren Charakter hinter einer mehr oder weniger gelungenen Maske?«

Isobel machte ein erstauntes Gesicht. Für sie war Vespasia bislang nichts anderes als eine privilegierte adelige Dame von überwältigender Schönheit gewesen.

Das Feuer brannte langsam nieder. Der Wind trieb den Regen an die Fensterscheiben und heulte im Gebälk. Wenn das Wetter so blieb, würde die Bootsfahrt, die ihnen noch bevorstand, sehr unangenehm werden. Dabei konnte es um diese Jahreszeit Tage, wenn nicht Wochen dauern, bis die Stürme ein wenig nachließen und sich die Sonne wieder zeigte. So viel Zeit hatten sie nicht.

Isobel starrte schweigend in die Glut. Offenbar beschäftigten sie völlig neue und bisher ungeahnte Erkenntnisse.

»Ich muss oft daran denken, was du zu Gwendolen gesagt hast«, sagte Vespasia. »In gewisser Weise klang es, als könnte sie zwischen einem Adeligen und einem Dienstboten wählen und als wolle sie sich aus Geldgier und Prestigegründen für den Adeligen entscheiden. Gibt es eigentlich eine Erklärung für deine Worte?«

Isobel errötete erneut. Selbst im schwachen Licht der verlöschenden Glut war ihre Verlegenheit nicht zu übersehen. Es dauerte eine ganze Weile, bis sie sich zu einer Antwort durchringen konnte. Dabei mied sie Vespasias Blick. »Ich weiß, mein Gerede war gemein«, sagte sie leise. »Das ist der Grund, warum ich diese Reise nicht schon in Inverness abgebrochen habe.« Sie erschauerte. »Nein, das stimmt nicht. Ich fahre nur weiter, weil ich weiß, dass mein gesellschaftliches Überleben davon abhängt. Ein Dasein als Ausgestoßene kann ich mir nicht vorstellen.«

»Du hast meine Frage nicht beantwortet«, beharrte Vespasia.

Isobel zuckte resigniert die Achseln. »Tratsch«, sagte sie schließlich. »Wahrscheinlich nur dummes Gerede. Aber ich habe es nicht nur einmal gehört.«

Vespasia wartete. »Das ist aber nur eine halbe Antwort«, sagte sie schließlich.

Isobel kaute an ihrer Unterlippe. »Wenn sich ein Mann mit dem einen oder anderen hübschen Dienstmädchen vergnügt, wird das geflissentlich übersehen. Jedenfalls solange er es halbwegs diskret anstellt. Dagegen wäre eine Frau, die sich mit einem Hausdiener einlässt, schon beim Anschein eines Verdachtes ruiniert. Man würde sie eine Hure schimpfen und niemand fände etwas dabei, wenn ihr Gatte sie verstoßen und enteignen würde.«

Vespasia wollte ihren Ohren nicht trauen. »Heißt das etwa, Gwendolen Kilmuir war mit einem Diener im Bett? Sie muss von Sinnen gewesen sein! Sie war noch verrückter als ihre Mutter!«

Endlich sah Isobel ihr wieder ins Gesicht. »Ich spreche nicht von Tatsachen, lediglich von Gerüchten. Angeblich hat Kilmuir selbst sie in die Welt gesetzt.« Isobel schloss die Augen, als quäle sie ein tiefer, innerer Schmerz. »Er selbst schien sich sehr für Dolly Twyford, Fentons jüngere Schwester zu interessieren.«

»Aber soweit ich weiß, ist Dolly gar nicht verheiratet!«, rief Vespasia entsetzt aus. In gewissen Kreisen wurde es stillschweigend geduldet, wenn Ehefrauen sich, nachdem sie ihrem Gatten zu einer ausreichenden Menge von Nachkommen verholfen hatten, gewisse Freiheiten erlaubten. Sie mussten es nur so tun, dass man es noch übersehen konnte. Eine unverheiratete Frau konnte sich dagegen niemals eine Affäre erlauben. Damit ruinierte sie unweigerlich ihren Ruf und fand dann ihr Leben lang keinen Bräutigam mehr.

»Richtig«, sagte Isobel. »Das ist ja der springende Punkt. Es sollte der Eindruck entstehen, dass sich Gwendolen einen absolut unverzeihlichen Fehltritt geleistet hat. Eine Scheidung wäre die unvermeidbare Folge gewesen. Nach einer angemessenen, aber sicher nicht allzu langen Wartezeit hätte Kilmuir dann Dolly heiraten können.«

»Hattest du das Gefühl, Dolly ist verliebt?«

»Möglich. Fragt sich nur in was.« Isobel hob die Augenbrauen. »Wahrscheinlich erhoffte sie sich eine gute gesellschaftliche Position und wusste, dass Kilmuir voraussichtlich einen Titel erben würde. Und er wollte unbedingt Kinder haben. Immerhin war er schon sechs Jahre lang mit Gwendolen verheiratet, ohne dass sich Nachwuchs eingestellt hatte. Er wurde langsam ungeduldig. Zumindest erzählt man sich das.« Isobel senkte die Stimme. »Und ich wusste davon.«

Vespasia musste erst einmal ihre Gedanken ordnen. Sicherlich hatte Isobel für ihre bösen Worte eine Strafe verdient. Doch das soeben Gehörte veränderte das Bild, das sie sich von Gwendolen gemacht hatte. Womöglich war der Tratsch auch an Bertie Rosythe nicht vorbeigegangen. Das würde erklären, warum er Gwendolen nicht nachgelaufen war und sich auf ihre Seite gestellt hatte. Vespasia fiel aber noch eine andere Möglichkeit ein: Vielleicht war er später doch noch zu Gwendolen gegangen und hatte ihr gesagt, dass er sie aufgrund der Gerüchte, die über sie kursierten, nicht ehelichen wollte. In diesem Fall hätte Gwendolen fürchten müssen, dass sie gesellschaftlich ruiniert war, dass nicht nur Bertie, sondern alle Männer, die etwas auf sich hielten, sie verschmähen würden.

Und was, wenn hinter dem schändlichen Tratsch ein Quäntchen Wahrheit steckte? In diesem Fall drängte sich natürlich die hässliche Frage auf, ob Kilmuirs plötzlicher

Unfalltod für Gwendolen nicht sogar ein Glück gewesen war. Ersparte das unverhoffte Ableben ihres Gatten ihr doch eine skandalöse Scheidung, die ihren Ruf für alle Zeiten ruiniert hätte. Als Witwe wurde sie allseits bedauert und hatte recht ordentliche Aussichten, sich nach einer gewissen Zeit wieder verheiraten zu können. Nur gut, dass an jenem Tag Mrs Naylor und nicht Gwendolen selbst mit in der Kutsche gesessen hatte.

Die Frauen sprachen nicht weiter darüber. Die Glut war endgültig erloschen, und nun streckte der Schlaf einladend die Arme nach ihnen aus. Sie hatten dringend ein wenig Ruhe nötig, denn schon am Morgen mussten sie allen Stürmen zum Trotz ihre Fahrt nach Ballachulish fortsetzen.

Die Reise war eigentlich nicht mehr allzu weit, doch ein böiger Westwind warf das Boot bald hierhin, bald dorthin. Mühsam pflügte es sich seinen Weg durch die Wellen. Isobel und Vespasia waren erleichtert, als sie endlich in Ballachulish anlegten und wieder festen Boden unter den Füßen spürten. Der Wind trieb ihnen den Schneeregen ins Gesicht und riss an ihren Kleidern. Sie kämpften sich über die Straße zu einem Gasthaus. Dort fragten sie den Wirt nach Mrs Naylor. Seine Antwort brachte sie der Verzweiflung nahe.

»Oh, das tut mir leid für Sie. Aber Mistress Naylor hat Ballachulish schon vor fast einem Jahr verlassen!«, sagte er bedauernd.

»Verlassen?« Isobel wollte es nicht glauben. »Aber das kann doch nicht sein! In ihrem Haus bei Inverness sagte man uns, dass wir sie hier finden würden.«

»Aye, sie war ja auch eine Zeit lang hier«, antwortete der Mann nickend. »Aber an Weihnachten vor einem Jahr ist sie wieder abgereist. Bei einer Dame von ihrem Temperament muss man immer mit allem rechnen.«

Isobel schluckte. »Wohin ist sie denn gegangen? Wissen Sie das wenigstens?«

»Aye, das tue ich. Hinauf durch die Schlucht und über das Moor nach Orchy. Aber dorthin können Sie ihr unmöglich folgen, jedenfalls nicht vor dem nächsten Mai. Und selbst dann ist die Reise noch ziemlich abenteuerlich. Sie bräuchten dafür auch Pferde. Ein uralter Weg, wir nennen ihn High Road, führt an Orchy vorbei und von dort aus nach Süden.«

Isobel sah Vespasia kopfschüttelnd an. Nun drohte der Mut sie endgültig zu verlassen.

Mitleidvoll dachte Vespasia daran, was Isobel in London erwartete, wenn sie unverrichteter Dinge zurückkehrten. Ihre Richter würden nicht nach dem Grund für ihr Scheitern fragen und sich wohl auch nicht überlegen, was sie an Isobels Stelle getan hätten. Nichts würde sie davon abhalten, Isobel die Hauptschuld an Gwendolens Tod zu geben und sie dafür zu verachten und zu verstoßen. Vespasias Mitleid galt aber auch Mrs Naylor. Ganz gleich, was sie hier herausgeführt hatte, ganz gleich, ob sie bei klarem Verstand war oder nicht, sie verdiente es, in einem persönlichen Gespräch vom Tod ihrer Tochter zu erfahren und nicht durch einen Brief, der sie erst in Wochen oder Monaten erreichte.

»Der Weg nach Orchy mag um diese Jahreszeit sehr beschwerlich sein«, sagte sie zu dem Wirt. »Aber ist er vielleicht mit guten Pferden und einem kundigen Führer zu schaffen?«

Der Mann rieb sich nachdenklich das Kinn. »Aye«, sagte er schließlich zögernd. »Sie können reiten, nehme ich an?«

Vespasia sah Isobel fragend an. Sie hatte keine Ahnung, wie die Antwort ausfallen würde.

Isobel nickte. »Selbstverständlich. In London reite ich regelmäßig.«

»Aber Sie dürfen auf keinen Fall ohne Führer losziehen«, mahnte der Wirt die Frauen.

»Natürlich nicht«, antwortete Vespasia. »Könnten Sie uns wohl einen suchen und einen fairen Preis mit ihm aushandeln?«

Isobel wurde blass, doch sie erhob keine Einwände.

So kam es, dass sie sich am nächsten Morgen in Begleitung eines etwas verwegen aussehenden Alten namens MacIan auf den Weg machten. Jeder von ihnen saß auf einem kräftigen Highland Pony. Drei weitere stämmige Pferdchen folgten mit dem Gepäck, mit Wasser und Proviant.

»Wir müssen immer nahe zusammen bleiben«, erklärte MacIan. Dabei maß er die beiden Frauen mit einem skeptischen Blick. »Ich bin keine Kindsmagd. Wenn Sie also Schwierigkeiten haben, müssen Sie sich bemerkbar machen. Hocken Sie bloß nicht einfach da und hoffen, dass ich schon sehen werde, wenn etwas mit Ihnen nicht stimmt. Das könnte nämlich lange dauern. Ich habe schon genug damit zu tun, die Ponys auf dem engen Pfad zu halten und in dem Wetter, das uns in den Hügeln erwartet, den richtigen Weg zu finden.« Mit schief gelegtem Kopf betrachtete er den Himmel, wo der Wind die Wolken in Fetzen riss. Im ständig wechselnden Licht leuchteten die Hügel in klaren Farben auf, nur um sich einen Augenblick später in dunkle Wolkenschleier zu hüllen. Die Wellen von Loch Leven trugen weiße Kronen, und der Westwind wehte den Geruch von Salz und Tang vom Meer herein. Die feuchte Kälte rötete die Wangen der Frauen.

Isobel warf Vespasia einen langen Blick zu. Diesmal verstanden sie einander auch ohne Worte. Nur ihr Stolz hielt sie davon ab, gleich wieder aus den Sätteln zu steigen und das Unternehmen für gescheitert zu erklären. »In Ordnung«, sagten beide stattdessen ernst. MacIan war offenbar zufrieden, denn nun führte er die kleine Karawane auf einem steinigen Weg aus dem Dorf hinaus. Auf dem immer steiler werdenden Pfad strebten sie der finsteren Schlucht entgegen. In diesem felsigen engen Tal namens Glen Coe hatte sich vor etwa hundertfünfzig Jahren eines der schändlichsten Kapitel der schottischen Geschichte abgespielt. Im Winter 1692 erhoben sich mitten in der Nacht die Männer des Campbell Clans und metzelten ihre schlafenden Gastgeber, die MacDonalds nieder. Männer, Frauen und Kinder mussten sterben, weil die Campbells dem Hannover'schen König aus dem Süden Gefolgschaft geschworen hatten.

Schweigend folgten die Frauen ihrem Führer. Dies war nicht der rechte Zeitpunkt für eine Unterhaltung. Der Wind hätte ihnen die Worte aus dem Mund gerissen, wenn ihnen die Anstrengungen des Rittes über das schwierige Terrain und der Anblick der überwältigenden Landschaft nicht ohnehin schon die Sprache verschlagen hätten.

Um ein Uhr mittags hielten sie an. Es war Zeit, etwas zu essen, und sie mussten den Ponys eine Pause gönnen. Hinter einer Felsnase fanden sie ein wenig Schutz vor dem Wind. Vespasia lehnte sich an die kalte Steinwand und sah sich um. Auf allen Seiten strebten zerklüftete Berghänge dem Himmel entgegen. Verblühtes Heidekraut färbte die Hänge schwarz, doch die verschneiten Gipfel glichen den gewaltigen weißen Zähnen eines riesigen Wesens aus einer längst vergangenen Zeit. Der Geruch von Schnee wehte zu ihnen herab. Dies war das Reich der Adler und Rothirsche. Hier sammelte sich mooriges Wasser zu dunklen Tümpeln, Lawinen donnerten von den Hängen und zwischen den Gipfeln tobten Wintergewitter. Dieser Ort war unsagbar majestätisch und furchterregend zugleich. Seine dramatische Schönheit berührte die Seele.

Sie stiegen wieder in die Sättel und setzten ihren Weg fort. Der Pfad führte zwischen immer steiler werdenden Felswänden hindurch. Viel zu schnell brach die Dunkelheit herein. Im letzten Dämmerlicht erreichten sie eine kleine Hütte, die sich in eine Felsnische schmiegte. Außer einem schützenden Dach über dem Kopf für Mensch und Tier hatte das Gebäude wenig zu bieten. Vespasia war froh, dass es in der Hütte genügend Platz für die Ponys gab. Der Wind hatte sich zum Sturm ausgewachsen, und seinem Zorn wollte sie an diesem gottverlassenen Ort kein Lebewesen unnötig ausgesetzt wissen. Abgesehen davon hing hier draußen womöglich sogar ihr Leben von den kleinen, starken Pferden ab.

»Mrs Naylor muss den Verstand verloren haben«, murmelte Isobel wieder einmal, während sie sich in ihren Kleidern zum Schlafen niederließen. Nur die Haarnadeln zogen sie aus ihren Frisuren, damit sie sich nicht daran stachen. »Und langsam glaube ich, dass auch wir verrückt geworden sind.«

Vespasia war versucht, ihr zuzustimmen. Je länger diese Reise dauerte, desto größere Gedanken machte auch sie sich über den Geisteszustand von Mrs Naylor. Dass sie nun nähere Einzelheiten über Gwendolens Ehe wusste und erfahren hatte, wie Kilmuir zu Tode gekommen war, stimmte sie nicht eben zuversichtlicher. Warum hatte Gwendolen nie von ihrer Mutter gesprochen? Was war der Grund für die offensichtliche Entfremdung zwischen den beiden Frauen?

Isobel und Vespasia schliefen beide nicht gut. Es war zu kalt in der Hütte, und die einfachen, hölzernen Bettgestelle waren zu hart. Erleichtert begrüßten sie das erste Morgenlicht, nahmen ein Frühstück aus gesalzenem Haferbrei und Tee ohne Milch zu sich und machten sich wieder auf den Weg.

Draußen breitete sich eine ganz neue Welt vor ihnen aus. In der Nacht hatte es geschneit, doch nun war der Himmel klar. Gleißendes Sonnenlicht blendete die Reisegefährten. Es tanzte auf den Wasserkaskaden, die über die Felswände herabstürzten und ihre weiße Gischt über die Steine ergossen. Ein Adler ließ sich vom Wind in die Höhe tragen, wurde zu einem dunklen Punkt im Blau des Himmels.

Sie ritten den ganzen Tag lang und gönnten sich und den Ponys nur gelegentlich eine kurze Rast. Die ungewohnte Anstrengung ermüdete Vespasia. Sie spürte jeden einzelnen Muskel, jeden Knochen in ihrem Körper. Isobel musste es ähnlich gehen, doch keine der Frauen beklagte sich. Beide wussten, dass ihr Heil im Schweigen lag. Wenn sie erst damit begannen, sich gegenseitig ihre Schmerzen zu beschreiben, würden sie am Ende womöglich das Undenkbare tun und aufgeben. Die Gefahr war zu groß. Anstatt zu jammern, versuchten die Frauen deshalb, sich stets nur auf das Wegstück zu konzentrieren, das gerade vor ihnen lag.

Kurz bevor die Dämmerung hereinbrach – die letzten Sonnenstrahlen malten die Wolken für Minuten feurig rot an –, öffnete sich das Tal. Vor ihnen breitete sich die weite Hochebene des Rannoch Moores aus. Dunkle Büschel von verblühtem Heidekraut säumten rotbraune Tümpel und schwarze Sumpflöcher. Im letzten Sonnenlicht glich das moorige Wasser flüssiger Bronze. Langsam verblasste das Farbenspiel am Himmel. Das Rot wurde zum Türkis, das zusehends an Stärke verlor und schließlich den Schatten der Nacht weichen musste.

Schweigend ließen die Frauen das Schauspiel auf sich wirken. Zum ersten Mal kam Vespasia der Gedanke, dass Mrs Naylor vielleicht doch nicht völlig von Sinnen war. Eine derartige Klarheit, eine so überwältigende natürliche Schönheit hatte London nicht zu bieten.

Wieder übernachteten sie in einer einfachen Schutzhütte. Die bittere Kälte der Nacht setzte den Frauen zu. Am Morgen waren sie so steif gefroren, dass der Schmerz, der sie schon am Vortag begleitet hatte, unerträglich zu werden drohte. Vespasia musste ihre ganze Konzentration darauf verwenden, nicht einfach seitwärts aus dem Sattel zu rutschen. Sie wusste kaum, wie es ihr gelang, das Pony auf dem Pfad zu halten. Unbewusst biss sie die Zähne so fest zusammen, dass sie davon Kopfschmerzen bekam. Die Kälte ließ ihre Bewegungen langsam und schwerfällig werden. Sich nicht zu beklagen, war inzwischen längst keine Frage der Ehre mehr, sondern eher die Voraussetzung zum Überleben.

Am Horizont türmten sich Wolken auf, die strahlten, als würden sie von einem geheimnisvollen inneren Licht beleuchtet. Lange konnte sich Vespasia nicht an ihrer Schönheit erfreuen, denn sie brachten erst Regen, dann Schnee und schließlich harte kleine Hagelkörner, die ihnen schmerzhaft auf Hände und Gesicht prasselten. Mit gesenkten Köpfen ritten sie weiter, denn es gab nirgendwo einen Schutz oder einen Unterstand. Sie ließen die Ponys selbst einen sicheren Untergrund für ihre Hufe finden.

So schnell wie die Schauer über sie hereingebrochen waren, zogen sie vorüber. Nun kam die kleine Karawane wieder zügiger voran.

»Wir müssen Glen Orchy vor Einbruch der Dunkelheit erreichen«, erklärte MacIan grimmig. »Vorher gibt es keinen Ort, an dem wir die Nacht verbringen könnten. Der Orchy ist kein Fluss, an dem man ohne ein schützendes Dach über dem Kopf verweilen sollte.«

Vespasia wollte den Grund dafür lieber nicht wissen. Ihre Vorstellungskraft reichte aus, um sich ein Dutzend oder mehr Gefahren auszumalen, die ein reißendes Gewässer hier draußen für sie bereithalten mochte. Ganz gleich, was für ein Mensch Mrs Naylor war, es würde eine Erlösung sein, endlich bei ihr anzukommen und ihr den Brief übergeben zu können. Schlimmer als dieser Ritt konnte die Begegnung mit Gwendolens Mutter kaum werden. Die Reise war inzwischen ein einziger Albtraum. Wahrscheinlich hatten die Wikinger recht, und man musste sich die Hölle als eisigen Ort vorstellen, an dem unablässig Sturmwinde heulten, als eine mörderische Reise durch die Kälte, die nie zu Ende ging.

Aber konnte die Hölle so unsäglich schön sein?

Ab und an sah Vespasia, wie Isobel im Sattel schwankte. Auch sie selbst hatte Mühe, sich aufrecht zu halten. Bei Einbruch der Dunkelheit sahen sie endlich in der Ferne Lichter aufschimmern. Die Stunde, die sie noch reiten mussten, bis sie vor den hell erleuchteten Fenstern eines großen Hauses standen, dehnte sich zu einer Ewigkeit.

Offenbar hatte man ihr Kommen bereits bemerkt, denn sie waren kaum im Hof, da öffnete sich die Tür. Ein großer Mann mit einem wettergegerbten Gesicht trat heraus. In der hoch erhobenen Hand hielt er eine Laterne.

»Ach, du bist es, MacIan! Was treibt dich in einer Nacht wie dieser hier heraus? Wen hast du denn da mitgebracht? Zwei Damen? Auf, ins Haus mit euch! Um die Ponys können sich Andrew und Willie kümmern.«

»Aye, Finn. Nicht die beste Jahreszeit für einen Ritt übers Moor«, sagte MacIan grinsend, sprang geschmeidig aus dem Sattel und half dann Isobel und Vespasia von den Ponys. Vespasia war dankbar für diese Unterstützung. Sie konnte sich kaum noch auf den Beinen halten und hatte Angst, das Gleichgewicht zu verlieren und zu stürzen.

Zwei junge Männer kamen aus dem Haus, nickten den Damen scheu zu und griffen nach den Zügeln der Ponys. Die Wärme im Haus ließ Vespasia erleichtert aufseufzen. Sie warf den nassen Umhang ab und trocknete sich das Gesicht an dem rauen Handtuch, das man ihr reichte. Dann erst bemerkte sie die Frau, die im Türrahmen stand und sie interessiert musterte. Sie war ebenso groß wie Vespasia und trug ihr kastanienbraunes Haar zu einer eher praktischen als modischen Frisur aufgesteckt. Ihr schlichtes wollenes Kleid sollte offenbar vor allem Wärme spenden und die Beweglichkeit der Trägerin nicht allzu sehr behindern. Auffallend waren die großen wachen Augen der Frau. Sie ließen sie einerseits intelligent, andererseits auf ganz eigene Weise schön wirken. Vespasia wusste sofort, wer vor ihr stand. Diese Frau konnte niemand anderes als Mrs Naylor sein.

Sie wandte sich zu Isobel um, die wie erstarrt mitten im Raum verharrte. Der Ritt übers Moor hatte sie fast ihre ganze verbliebene Kraft gekostet. Nun schien ihr der Mut zu fehlen, ihren Auftrag vollends zu Ende zu führen.

Vespasia trat einen Schritt vor. »Mrs Naylor? Mein Name ist Vespasia Cumming-Gould.« Dann zeigte sie auf Isobel. »Meine Freundin, Isobel Alvie. Entschuldigen Sie bitte, dass wir um diese Zeit und dazu noch unangemeldet bei Ihnen erscheinen. Als wir von Inverness aufbrachen, wussten wir nicht, wie lange die Reise dauern würde.«

»Beatrice Naylor«, sagte die Frau lächelnd. »Beim ersten Mal ahnt das keiner. Aber die Reise hierher ist eine Erfahrung, die man wohl nicht so schnell vergisst.

Was führt Sie denn im Dezember nach Glen Orchy? Es muss etwas sehr Wichtiges sein.«

Vespasia warf Isobel einen langen Blick zu. Sie waren bereits im Haus dieser Frau. Durften sie hier am Ende der Welt in einer eiskalten Winternacht ihre Gastfreundschaft in Anspruch nehmen, obwohl sie eigentlich kein Recht dazu hatten?

Die plötzliche Wärme färbte Isobels Wangen rot. Doch um Augen und Lippen blieb sie blass. Sie stand vor dem Ziel ihrer Reise und hatte doch den härtesten Test noch zu bestehen.

Vespasia merkte, dass sie die Luft anhielt und die Hände zu Fäusten geballt hatte. Sie durfte Isobel jetzt nicht helfen, sonst nahm sie ihr für alle Zeiten die Möglichkeit, sich von ihrer Schuld zu befreien.

Mrs Naylor wartete auf eine Antwort.

»Ja, es ist sehr wichtig«, sagte Isobel so leise, dass man sie kaum verstand. Ihre Stimme zitterte ein wenig. »Nichts in meinem Leben ist mir je schwerer gefallen, als Ihnen die Nachricht vom Tod Ihrer Tochter zu überbringen. Ich schäme mich zutiefst, dass mich ein Teil der Schuld an diesem Unglück trifft.« Sie hielt Mrs Naylor den Umschlag entgegen. »Diesen Brief hat sie Ihnen geschrieben.« Ganz spurlos war die Reise an dem Schriftstück nicht vorbeigegangen, doch das Siegel hatte gehalten.

Der Mann, der ihnen die Tür geöffnet hatte, trat stumm an Mrs Naylors Seite, legte den Arm um sie und zog sie an seine Schulter. Die Selbstverständlichkeit dieser Geste beeindruckte Vespasia. Offenbar herrschte zwischen diesen beiden Menschen eine tiefe Vertrautheit. Nun musterte der Mann Mrs Naylor mit einem besorgten und gleichzeitig zärtlichen Blick. Doch er sagte nichts.

Eine quälende Stille senkte sich über den Raum.

»Tatsächlich«, sagte Mrs Naylor schließlich. »Wie ist es denn passiert?« Sie starrte Isobel mit großen Augen an. Es war, als suche sie nach einer verborgenen Wahrheit, die sie im Grunde ihres Herzens vielleicht lieber gar nicht erfahren wollte.

Wie gebannt hing Isobel an diesem Blick. »Es geschah auf Applecross«, begann sie stockend. »Wir waren übers Wochenende zu einer Landpartie eingeladen. Eigentlich dauerte der Ausflug fast die ganze Woche lang. Ich weiß nicht, ob …«

»Was eine Landpartie ist, brauchen Sie mir nicht zu erklären, Mrs Alvie«, sagte Mrs Naylor steif. »Ich kenne die Gepflogenheiten der besseren Gesellschaft. Und nun sagen Sie mir endlich: Wie ist meine Tochter zu Tode gekommen, und was haben Sie damit zu tun? Man könnte meinen, Sie hätten sich nur aus Anteilnahme so sonderbar ausgedrückt. Doch ein Blick in Ihr Gesicht sagt mir, dass Sie am Tod meiner Tochter tatsächlich nicht unschuldig sind.« Mrs Naylor musterte Vespasia. »Gilt das auch für Sie, Lady Vespasia? Oder sind Sie nur Mrs Alvies Anstandsdame?«

Vespasia war erstaunt, dass Mrs Naylor wusste, wer

sie war. Sonst hätte sie sicher nicht ihren Titel genannt. »Mrs Alvie hat sich bereit erklärt, persönlich mit Ihnen zu sprechen, ganz gleich, welche Strapazen sie dafür in Kauf nehmen musste«, sagte sie. »Ich wollte sie nicht allein reisen lassen.«

»Wie überaus ehrenwert…«, murmelte Mrs Naylor. »Oder trifft Sie selbst etwa doch auch ein Teil der Schuld?«

»Nein, sie kann nichts dafür«, sagte Isobel hastig. »Die verhängnisvolle Bemerkung kam von mir. Lady Vespasia hat nichts damit zu tun.«

Mrs Naylor blinzelte. »Eine verhängnisvolle Bemerkung?«

Finn wollte etwas sagen, doch Mrs Naylor bedeutete ihm mit einer Geste zu schweigen. »Ich will es hören. Du weißt, dass ich nicht in Ohnmacht fallen oder zusammenbrechen werde. Und nun bitte der Reihe nach, Mrs Alvie.«

Isobel musste erst einmal tief Luft holen. Noch immer standen sie in der Eingangshalle. Sie hatten lediglich die völlig durchnässte Überkleidung abgestreift.

»Es war Nacht, und wir befanden uns bereits alle in unseren Zimmern. Gwendolen lief hinaus in den Park. Dort warf sie sich von der Brücke ins eiskalte Wasser des Teiches«, sagte Isobel. »Man fand sie erst am nächsten Morgen. Helfen konnte ihr leider niemand mehr.«

Finn hielt Mrs Naylor an den Oberarmen fest. Aber offenbar bedurfte sie dieser Stütze nicht. Sie lehnte sich nicht einmal an ihn. Nur ihr Gesicht war aschfahl geworden. »Und welche Schuld trifft Sie daran, Mrs Alvie?«, fragte sie.

Alle standen wie erstarrt. Für Isobel gab es kein Erbarmen. »Wir glaubten, Bertie Rosythe würde Gwendolen während der Landpartie einen Heiratsantrag machen«, sagte Isobel leise. Ihre Stimme klang seltsam fremd. »An jenem Abend ließ ich mich zu einer gemeinen Bemerkung hinreißen. Ich sagte, wenn Bertie ein armer Dienstbote gewesen wäre, hätte Gwendolen ihm nie ihre Gunst geschenkt. Der pure Neid verleitete mich zu diesen Worten. Denn auch ich bin seit einiger Zeit verwitwet und hoffte selbst auf einen Bräutigam. Eine Zukunft mit Bertie hätte ich mir gut vorstellen können.« Isobel schnappte krampfhaft nach Luft. »Ich ahnte nicht, wie furchtbar diese Bemerkung Gwendolen treffen würde. Doch nun weiß ich, dass ich sie tief verletzt habe. Allem Anschein nach ist Bertie ihr nicht gefolgt. Er sagte ihr nicht, dass er mein Gerede für absurd hielt. Ich … ich schäme mich zutiefst.« Isobel sah nicht zu Boden, sondern hielt weiterhin Mrs Naylors starrem Blick stand.

»Sie brauchen mir nicht zu erklären, was Sie zu dieser Bemerkung veranlasste«, sagte Mrs Naylor leise. Ihre Stimme zitterte ein wenig, doch sie sprach die Worte deutlich aus. »Offenbar kannten Sie die Gerüchte und wussten, dass Sie eine wunde Stelle treffen würden. Das werden Sie nicht bestreiten wollen.«

Isobels Augen füllten sich mit Tränen. »Das will ich

in der Tat nicht«, sagte sie. Vespasia fragte sich, ob das stimmte, und war froh, dass Isobel nicht auf die Probe gestellt worden war. Tatenlos dabeizustehen und warten zu müssen, bis alles gesagt war, überstieg beinahe ihre Kräfte.

»Wer von den Anwesenden wusste um den Hintergrund Ihrer Bemerkung?«, fragte Mrs Naylor.

»Ich glaube, niemand«, antwortete Isobel. »Nur Lady Vespasia habe ich inzwischen eingeweiht.«

»Das stimmt«, sagte Vespasia. »Und lassen Sie mich Ihnen sagen, dass Mr Omegus Tones dafür gesorgt hat, dass Gwendolen in aller Stille in einer Kapelle auf seinem Landsitz beigesetzt wurde, und zwar von einem Geistlichen, der ihren Tod als Unfall betrachtet. Die Gäste haben unter sich eine Abmachung getroffen: Wenn wir Ihnen persönlich die Nachricht vom Tod Ihrer Tochter überbringen, werden sie über die Geschehnisse auf Applecross Stillschweigen bewahren. Wir alle haben darauf einen Eid geschworen.«

»Tatsächlich? Aber warum denn nur?«, sagte Mrs Naylor skeptisch. »Die so genannte bessere Gesellschaft liebt doch Skandale über alles. Oder habe ich es etwa unverhofft mit einer Ansammlung von Heiligen zu tun?« Ihre Stimme verriet, dass sie wusste, wovon sie sprach. Vermutlich hatte auch sie schon bittere Erfahrungen mit der Verlogenheit und Sensationslüsternheit gewisser Kreise machen müssen.

»Sicher nicht«, antwortete Vespasia, bevor Isobel etwas sagen konnte. Sie trat einen Schritt vor. »Mr Jones' Gäste waren ganz normale Menschen – ehrgeizig, standesbewusst und mit allerlei Fehlern behaftet. Sie hätten Mrs Alvie gern die alleinige Schuld an Gwendolens Tod zugeschoben und nichts dabei gefunden, damit ihren Ruf unwiederbringlich zu ruinieren – die einen aus Selbstgerechtigkeit, die anderen vielleicht sogar aus einer gewissen Boshaftigkeit heraus.«

Mrs Naylor verzog das Gesicht, als würden schmerzliche Erinnerungen in ihr wach. Doch sie sagte nichts. Sie richtete ihre ganze Aufmerksamkeit auf Vespasia. Es war, als stünden sie allein in der Halle, als gäbe es das knisternde Feuer nicht, als wären Finn und Isobel gar nicht da. Selbst der Wind, der an den Mauern rüttelte, schien zu verstummen.

»Mr Jones schlug eine Art Schiedsgericht vor. Gemeinsam sollten wir die Wahrheit ergründen und dann ein Schweigegelübde ablegen«, fuhr Vespasia fort. »Die Person, die wir für schuldig befanden, sollte einen Bußgang tun, mit dem sie sich von ihren Sünden reinigen konnte. Nahm sie die Buße nicht auf sich, so stand es den anderen frei, sie zu schneiden und in Zukunft so zu tun, als existiere sie nicht. Erledigt die Person ihren Auftrag jedoch zur allgemeinen Zufriedenheit, so darf keiner je ein Wort über die Geschehnisse auf Applecross verlieren. Spricht jemand dennoch darüber, dann soll er es sein, den man in Zukunft schneidet und nicht mehr kennt.«

»Ein ziemlich schlaues Arrangement«, sagte Mrs Naylor leise. »Ihr Mr Jones scheint ein weiser Mann zu sein. Ich gebe zu, der Gedanke an einen Bußgang gefällt mir. Eine Buße ist immer besser als eine Strafe, von bloßer Vergeltung ganz zu schweigen. Ein Büßer kann sich innerlich reinigen und einen neuen Anfang wagen. Muss ich mich Ihren Abmachungen nun ebenfalls unterwerfen?«

Mrs Naylors Blick ging zwischen Isobel und Vespasia hin und her.

»Nein«, antwortete Vespasia. Hier zeigte sich die bedeutendste Schwachstelle in Omegus' Plan. »Sie haben ja keinen Eid geschworen.« Vespasia lächelte schwach. »Außerdem glaube ich kaum, dass es Ihnen viel ausmachen würde, von gewissen Leuten geschnitten zu werden. Hier draußen würden Sie ja nicht einmal etwas davon merken.«

»Da haben Sie recht«, sagte Mrs Naylor. »Dabei wollen wir es für heute belassen. Sie haben einen langen Ritt hinter sich, und das bei dieser Eiseskälte. Zu Essen ist genug im Haus, und Platz haben wir auch. Außerdem brauchen die Ponys unbedingt eine längere Rast.« Sie sah Isobel an. »Vielleicht wird es Ihnen schwerer fallen, meine Gastfreundschaft zu akzeptieren, als es mir fällt, sie Ihnen zu gewähren. Doch dies ist das einzige Haus weit und breit. Sie müssen wohl oder übel bleiben. Jean wird Ihnen die Zimmer zeigen und sich um das Essen kümmern. Ich möchte jetzt gern allein sein und den Brief meiner Tochter an mich lesen.« Damit nahm sie Finns Arm und ging davon.

Isobel und Vespasia hatten keine andere Wahl. Sie ließen sich von Jean, einer untersetzten und sehr schweigsamen Frau, in ihre Zimmer bringen und verköstigen.

Nachdem sie sich ein wenig eingerichtet hatten, klopfte Isobel an Vespasias Tür. Die Freundin bat sie herein. Isobel war blass, und unter ihren Augen lagen dunkle Schatten.

»Ich hätte fast lieber draußen auf dem Moor übernachtet!«, sagte sie müde. »Das weiß sie auch. Was meinst du, können wir gleich morgen wieder abreisen?«

»Nein. Es gehört zu unserer Aufgabe, Mrs Naylor nach London zu begleiten, falls sie das will«, sagte Vespasia.

Isobel schloss die Augen und ballte die Hände zu Fäusten. »Ich glaube nicht, dass ich das kann! Siebenhundert Meilen – wenn nicht mehr – mit dieser Frau! Das habe ich wirklich nicht verdient. Ich habe etwas Dummes gesagt. Aber es waren kaum mehr als ein Dutzend Worte!«

»Etwas Gemeines«, verbesserte Vespasia sie. Im selben Augenblick wünschte sie sich schon, sie hätte sich ein wenig zurückhaltender ausgedrückt. Sie musste Isobel nicht auch noch ständig unter die Nase reiben, wie gehässig sie gewesen war. Dass sie einen Fehler gemacht hatte, war ihr längst klar, auch ohne andauernd daran erinnert zu werden. »Außerdem«, setzte Vespasia in deutlich sanfterem Ton hinzu, »sind wir wahrscheinlich auf

Mrs Naylor angewiesen. Ich wüsste nicht, wie wir ohne ihre Hilfe von hier wegkommen sollten. Ich weiß ja noch nicht einmal, wo wir sind.«

»Du hast recht«, sagte Isobel verdrossen. »MacIan wird tun, was sie ihm sagt, und Finn sowieso. Wer ist dieser Mann eigentlich? Was ist das für ein Haus? Und was tut Mrs Naylor hier? Außer in Sünde leben, meine ich.«

Vespasia beschloss, die letzte Bemerkung vorerst zu überhören. »Ich weiß es nicht«, sagte sie. »Aber diese Fragen habe ich mir auch schon gestellt. Warum sollte eine wohlhabende Frau ihre besten Jahre nicht nur fernab jeder Stadt, sondern auch noch ohne jeden Kontakt nach außen verbringen wollen? Warum kehrte sie nach Kilmuirs Tod nicht gemeinsam mit Gwendolen nach London zurück? Genau das hätte man doch von ihr erwarten können.«

»Mutter und Tochter müssen sich entzweit haben. Eine andere Erklärung gibt es nicht«, sagte Isobel. »Vielleicht will Mrs Naylor ja gar nicht mehr nach London, ganz gleich, ob mit uns oder ohne uns.«

»Das magst du dir wünschen«, antwortete Vespasia trocken. »Aber laut aussprechen solltest du es morgen früh nicht.« Sie versuchte, ihre Worte mit einem warmen Lächeln abzumildern. »Ich würde lieber davon ausgehen, dass sie mit uns reist«, fügte sie hinzu. »Am besten, du denkst an Lady Warburtons Gesicht. Sie wird Gift und Galle spucken, wenn wir alle gemeinsam in London ankommen.«

Isobel zwang sich ein Lächeln ab und wünschte Vespasia eine gute Nacht.

Vespasia wollte eigentlich noch ein wenig über Mrs Naylors rätselhafte Lebensumstände nachdenken, doch das Bett war warm und weich, und sie fiel fast sofort in einen traumlosen Schlaf. Als sie erwachte, stand Mrs Naylor persönlich vor ihr. Sie hielt ein Tablett mit Tee in den Händen und machte keine Anstalten, das Zimmer sofort wieder zu verlassen. Vespasia mochte die Tochter eines Grafen sein, doch hier war sie nur Gast und musste sich fügen.

»Vielen Dank«, sagte Vespasia, so würdevoll es eben ging.

»Trinken Sie«, sagte Mrs Naylor. »Ich habe schon gefrühstückt.« Sie schenkte Tee ein und reichte Vespasia die Tasse. »Ich habe den Brief meiner Tochter gelesen und werde weder Ihnen noch Mrs Alvie sagen, was darin steht. Aber bevor wir gemeinsam in den Süden reisen, damit ich das Grab meiner Tochter besuchen kann, habe ich noch ein paar Fragen.«

Einen solchen Ton ließ Vespasia sich sonst nicht bieten. Doch Mrs Naylor hatte erst vor wenigen Stunden vom Tod ihrer Tochter erfahren und stand sicher noch unter Schock – auch wenn sie sich davon nichts anmerken ließ. Deshalb unterdrückte Vespasia ihren Ärger.

»Ich werde Ihnen gern sagen, was ich weiß«, antwortete sie. Sie setzte sich in ihrem Bett zurecht und nippte am Tee. Nur mit einem Nachthemd bekleidet, das Haar aufgelöst um die Schultern, hätte sie sich ausgeliefert oder unterlegen fühlen müssen. Doch Mrs Naylors direkte Art zog sie in ihren Bann.

»Aus welchem Grund sind Sie wirklich mit Mrs Alvie hierher gekommen?«, wollte Mrs Naylor wissen.

Vespasias Antwort erstarb auf ihren Lippen. Dieser wilde Ort, an dem das Leben oft genug von der Trittsicherheit eines Ponys abhing, wo nur eine Handbreit zwischen dem sicheren Pfad und einem tödlichen Abgrund oder dem alles verschlingenden Sumpf lag, forderte einen Menschen auf ganz andere Weise als jedes noch so glatte gesellschaftliche Parkett. Hier konnte man sich nicht verstellen.

»Lassen Sie mich an Ihrer Stelle antworten«, sagte Mrs Naylor. »Sie hatten Angst, dass Mrs Alvie es nicht allein schaffen würde, dass sie schon die erste oder zweite Hürde zum Anlass nehmen könnte, umzukehren. Aber warum? Warum interessiert es Sie, ob Mrs Alvie ihren Auftrag ausführt oder daran scheitert?«

Vespasia dachte einen Augenblick lang nach. Dann antwortete sie ohne die geringste Unsicherheit. »Omegus Jones sprach von einer Pilgerfahrt, dem Weg zur inneren Reinigung nach dem Vorbild des Mittelalters«, sagte sie. »Damals waren diese Reisen so gefährlich, dass viele Büßer dabei ihr Leben ließen. Es galt als Zeichen echter Freundschaft, wenn sich ein Reisegefährte fand. Ich wollte Isobel helfen, aber vielleicht in gewissem Sinne auch mir selbst.« Erst als die Worte schon heraus waren, wurde Vespasia deren tiefere Bedeutung klar. Auch sie hatte gesündigt. Nun tat sie Buße für Rom, für die Träume, die sie sich nicht hätte erlauben dürfen, für den Irrweg, den sie ihrem Herzen zugestanden hatte.

»Aha«, sagte Mrs Naylor. »Dieser Mr Jones scheint ein bemerkenswerter Mensch zu sein.«

»Ja«, sagte Vespasia viel zu schnell und viel zu eifrig.

Mrs Naylor lächelte. »Mir scheint, auch er hat etwas mit Ihrer Entscheidung zu tun, diese Reise zu wagen.«

Vespasia spürte, wie sie errötete. Sie konnte sich nicht daran erinnern, wann ihr das zum letzten Mal passiert war. Für gewöhnlich hatte sie wenigstens sich selbst, wenn schon nicht die Situation insgesamt unter Kontrolle.

»Jeder Mensch, der irgendwann einmal seine Leidenschaften auslebt, hat etwas zu büßen«, sagte Mrs Naylor in ungewohnt sanftem Ton. »Doch wer nie etwas zu bereuen hat, ist zu bemitleiden. Mein Vater sagte immer, nur wer gar nichts tut, macht keine Fehler. Vielleicht wird Mrs Alvie das auch eines Tages verstehen. Wir brechen morgen auf. Bis dahin sind die Ponys wieder bei Kräften. Auch ich muss mich nun auf eine Reise begeben. Wir folgen dem Weg, der von hier nach Süden führt. Zuerst geht es nach Tyndrum, dann nach Crianlarich, von dort aus zum Loch Lomond und schließlich nach Glasgow. In Glasgow nehmen wir den Zug nach London. Wie lange wir unterwegs sein werden, hängt vor allem vom Wetter ab. Aber ich denke, wir werden noch vor Weihnachten auf Applecross eintreffen.« Damit wandte sie sich zum Gehen. »Heute können Sie tun, was Ihnen beliebt. Aber ich würde vorschlagen, dass Sie im Haus bleiben. Sie kennen sich hier nicht aus, und der Orchy ist ein hungriger Fluss. Schon viele arglose Wanderer haben an seinen trügerischen Ufern ihr Leben lassen müssen.«

»Mrs Naylor?«

Gwendolens Mutter wandte sich noch einmal um. »Ja?«

»Was hält Sie hier an diesem Ort?« Derlei direkte, persönliche Fragen schickten sich nicht. Doch Vespasia brannte so sehr auf eine Antwort, dass sie alle Höflichkeitsregeln vergaß.

»Sagen wir, ich raste hier, um mich von den Strapazen meiner eigenen Reise zu erholen, Lady Vespasia. Möglicherweise stellt sich sogar noch heraus, dass dies schon das Ziel meiner Reise ist. Aber das wird sich erst entscheiden, wenn ich mich von meiner Tochter verabschiedet habe. Und im Übrigen wüsste ich nicht, was Sie das angeht.« Mit steifen Schritten und hoch erhobenem Kopf marschierte sie zur Tür.

Vespasia nahm an, dass Mrs Naylor vor allem wegen Finn in Glen Orchy lebte. Doch der Gedanke, dass sich auch diese Frau auf einer Reise befand, faszinierte sie. Allem Anschein nach handelte es sich sogar um einen Bußgang.

Nachdenklich nippte Vespasia an ihrem Tee. Gab es

einen Zusammenhang zwischen Kilmuirs schrecklichem Ende, den Gerüchten um Gwendolen und dem plötzlichen Verstummen des Gärtners von Muir of Ord? Auch Gwendolens Gesichtsausdruck nach Isobels böser Bemerkung stand Vespasia noch deutlich vor Augen.

War Kilmuirs Wunsch nach einem Stammhalter wirklich so übermächtig gewesen, dass er dafür den Ruf seiner Frau opfern, sie gar als Hure brandmarken wollte, nur damit er an ihrer Stelle Dolly Twyford heiraten konnte?

Vespasias Gedanken rasten. Aus dem, was sie bisher erfahren hatte, ließen sich die unsäglichsten Schlüsse ziehen. Sie dachte an ihre eigenen Kinder, die noch so klein und hilflos waren.Aber eines Tages würden auch sie standesgemäß und wenn möglich sogar aus Liebe heiraten wollen. Wozu wäre sie fähig, wenn jemand versuchen würde, durch üble Gerüchte das Leben und die Zukunft ihrer Tochter zu ruinieren? Vespasia stellte sich eine offene Kutsche vor. Kilmuir und Mrs Naylor saßen darin. Das Pferd scheute und ging durch. Kilmuir verlor das Gleichgewicht und stürzte vom Bock. Sein Handgelenk verfing sich in den Fahrleinen. Was nun kam, war ungeheuerlich. Sie selbst hätte wahrscheinlich die Gelegenheit beim Schopf gepackt, Kilmuir möglicherweise sogar noch einen Stoß versetzt, das Pferd mit der Peitsche zu noch schnellerem Lauf angetrieben. Oder hätte sie vielleicht nur mit dem Gedanken gespielt, es dann aber nicht über sich gebracht? Vespasia hoffte inständig, nie in ihrem Leben in eine solche Situation zu geraten.

Aber was war an jenem Tag tatsächlich geschehen? Hatte Gwendolen wirklich gesehen, wie ihr Gatte zu Tode kam? Warum hatte sie sich mit ihrer Mutter entzweit? Hatte Gwendolen vielleicht gar nichts von Kilmuirs perfidem Plan gewusst? Oder hatte sie sich nur geweigert, daran zu glauben? Gwendolen war sicher nicht die erste Ehefrau, die in der Hoffnung lebte, ihr Mann werde sich ändern und alles könne sich noch zum Guten wenden. Hatte sie gedacht, sie könne seine Liebe zurückgewinnen? Dann hätte er doch sicher die infamen Gerüchte dementiert und keinen Gedanken mehr an Dolly Twyford verschwendet. Vielleicht hätte Gwendolen sogar eines Tages noch den erhofften Stammhalter zur Welt gebracht.

Und dann kam Mrs Naylor und zerstörte all diese Träume. Sicher Grund genug für Gwendolen, nach London zu fliehen und ihre Mutter in einen entlegenen Winkel Schottlands zu verbannen. Nur an einem Ort wie Glen Orchy konnte ein Totschlag gesühnt werden. Nur an einem Ort wie Glen Orchy war ein Missetäter halbwegs sicher. Wer außer Mrs Naylor wusste, wie sich Kilmuirs letzte Minuten tatsächlich abgespielt hatten? Die Angestellten, die etwas ahnten, würden schweigen. Die einen aus Loyalität, die anderen, weil ihnen die Beweise fehlten. Unter diesen Umständen war es nur zu verständlich, dass Mrs Naylor ihr Haus in Muir of Ord verlassen hatte.

Und Kilmuir? Hätte er Gwendolen tatsächlich ruiniert,

sie um ihr Heim, ihre Freunde, um ein Leben in Sicherheit und Wohlstand betrogen? Er wusste, dass sie keine Möglichkeit hatte, sich ihren Lebensunterhalt zu verdienen. Ihr wäre nur das erniedrigende Dasein einer Prostituierten oder der Freitod als Ausweg geblieben. Genau dafür hatte sie sich letztlich ja auch entschieden.

Möglicherweise hatte Isobels Bemerkung in Gwendolen tatsächlich die Angst vor den zerstörerischen Gerüchten wieder angefacht. Und dann wiederholte sich alles. Bertie Rosythe glaubte, was Kilmuir behauptet hatte, und Gwendolen sah den Selbstmord als einzige Möglichkeit, dem sicheren gesellschaftlichen Ruin zu entgehen. Auch stand ihr diesmal keine Mutter zur Seite, die sie noch hätte retten können.

Wie verzweifelt Gwendolen über diese neuerliche falsche Anschuldigung gewesen sein musste! Es hatte wenig Sinn, Gerüchte zu dementieren. Wie sollte man etwas richtig stellen, das nie offen ausgesprochen wurde? Wie sollte man gegen schwer greifbare unterschwellige Andeutungen vorgehen? Auch ein Gegenangriff half einer Frau in Gwendolens Lage nicht weiter. Sie hätte den Kampf auf jeden Fall verloren.

Vespasia fügte dem grausamen Spiel in Gedanken noch eine weitere Facette hinzu. Falls Gwendolen geglaubt hatte, Isobel kenne Kilmuirs Anschuldigungen, war Isobels Bemerkung für sie eine nicht allzu subtile Drohung gewesen, die sich zu einem handfesten Erpressungsversuch auswachsen konnte. Letztlich wäre Gwendolen Isobel ein Leben lang auf Gedeih und Verderb ausgeliefert gewesen. Hatte Gwendolen den Freitod einem Dasein in dauernder Angst und Unsicherheit vorgezogen? Vespasia ärgerte sich über diese abstrusen Gedankengänge. Aber sie erinnerte sich nur allzu gut an Isobels schlecht verborgene Enttäuschung angesichts der Vertrautheit zwischen Bertie und Gwendolen. Vespasia schüttelte sich wie ein nasser Hund. Es war Zeit, diese sinnlosen Grübeleien zu beenden.

Sie stand auf und kleidete sich an. Nur das Gefühl von tiefem Mitleid mit Gwendolen und Mrs Naylor wollte sie noch zulassen. Sie hoffte, unten ein Frühstück vorzufinden. Aus Erfahrung wusste Vespasia, dass sie mit leerem Magen nicht viel Vernünftiges zustande brachte, ganz gleich, wie wenig Appetit sie verspüren mochte.

Isobel marschierte schon seit geraumer Zeit im Speisezimmer auf und ab. Sie war sehr blass, und die dunklen Schatten unter ihren Augen ließen sie krank aussehen.

»Wo warst du denn die ganze Zeit?«, wollte sie wissen.

»Ich habe lange geschlafen«, antwortete Vespasia. »Und dann bin ich nicht gleich aufgestanden.« Das war nicht gelogen. Sie wollte Isobel weder von Mrs Naylors Besuch in ihrem Zimmer noch von den düsteren Gedanken erzählen, derer sie sich inzwischen bereits schämte. Vespasia mochte Isobel noch immer gern, doch ihr Vertrauen in sie hatte gelitten.

»Was sollen wir nur den ganzen Tag tun?«, fragte Isobel verzagt. »Hast du eine Ahnung, wo wir hier sind? Mir haben sich bereits verschiedene Leute vorgestellt. Vielleicht gehören sie ja zu irgendeiner religiösen Gemeinschaft.«

»Schon möglich.« Der Gedanke war gar nicht so abwegig. Für einen obskuren religiösen Zirkel ließ sich kaum ein entlegenerer Ort finden.

Vespasia aß Haferbrei zum Frühstück, danach Toast mit einer kräftig schmeckenden Marmelade, die offenbar im Haus hergestellt wurde. Sie kaufte gleich zwei Gläser davon, obwohl sie sehr schwer zu transportieren sein würden. Eines wollte sie selbst behalten, das andere war für Omegus bestimmt. Sie kannte seinen Geschmack, hatte ihn oft genug bei Tisch erlebt.

Für die beiden Frauen verlief der Tag recht ruhig. Offenbar war das Haus in Glen Orchy tatsächlich eine Art Rückzugsort. Eine religiöse Gemeinschaft lebte hier zwar nicht, doch die meisten Bewohner schienen tatsächlich aus spirituellen Gründen hergekommen zu sein. Mrs Naylor hatte es sich zur Aufgabe gemacht, den Mühseligen und Beladenen ihr Ohr zu leihen. Menschen, die eine Schuld belastete, Menschen, die den Lebensmut verloren hatten und zu verzagen drohten, scharten sich an diesem unwirtlichen Ort um sie.

Zu ihrem Erstaunen merkte Vespasia bald, dass sie gern länger bleiben würde. Doch ihre persönlichen Wünsche waren in diesem Fall zweitrangig. Das Winterwetter konnte binnen kürzester Zeit alle Wege im Hochland unpassierbar machen, und sie mussten sich so bald wie möglich wieder in London oder bei Omegus auf Applecross sehen lassen. Man durfte die Geduld der anderen Gäste nicht überstrapazieren. Sie sollten erfahren, dass Isobel ihre Aufgabe erfüllt hatte, sonst begannen sie am Ende doch noch zu reden.

Einige Male bekam Vespasia auch Finn zu Gesicht. Er hatte einen sehr hintergründigen Humor und strahlte eine große innere Kraft und Ruhe aus. Vespasia konnte gut verstehen, warum Mrs Naylor an seiner Seite sein wollte.

Vespasia bedauerte, schon früh am nächsten Morgen gemeinsam mit Isobel, Mrs Naylor und MacIan das gastliche Haus verlassen zu müssen. Die Ponys standen bereit, und vor ihnen lag ein beschwerlicher Weg. Finn begleitete sie bis zum Hofeingang. Der böige Wind zerzauste ihm das Haar und zerrte an seinem Mantel. Vespasia wusste, dass er und Mrs Naylor sich bereits verabschiedet hatten. Wozu am Tor noch viele Worte machen, wo doch schon alles gesagt war?

Sie wandten sich nach Süden und erreichten bald die so genannte High Road. Isobel und Vespasia hatten einen befestigten Fahrweg erwartet. Doch was sie vorfanden, war kaum mehr als ein Pfad, der nicht ganz so moorig oder steinig zu sein schien wie das umgebende Gelände. Sieben Meilen trennten sie von Tyndrum und noch einmal fünf mussten sie von dort bis nach Crianlarich zurücklegen. Bei dem schwierigen Untergrund würden sie für diese Strecke wohl den ganzen Tag brauchen. Auf einer ordentlichen Straße hätte eine Kutsche diese Distanz binnen weniger Stunden bewältigt, doch hier ging es nur langsam voran. Schnee bedeckte die Spitzen der Berge und Hügel, und der Wind wehte ihnen Eiskristalle ins Gesicht. Schon ein einziger heftiger Blizzard konnte das Ende ihrer Reise bedeuten.

Doch Mrs Naylor kannte kein Zögern. Gemeinsam mit MacIan setzte sie sich an die Spitze des Trosses und kümmerte sich nicht weiter um Isobel und Vespasia. Sie saßen auf trittsicheren Ponys und waren etwa halb so alt wie Mrs Naylor. Also erwartete sie von ihnen, dass sie Schritt hielten.

Stumm arbeiteten sie sich durch eine wilde Landschaft, in der es nur Berge und den Himmel zu geben schien, an dem die Wolken dahinjagten. Manchmal brach für Augenblicke die Sonne durch und ließ die Schneehauben der Gipfel aufblitzen. Aber meist dauerte es nicht lange, bis die schweren Wolken ihre eisige Last über den Köpfen der Reisenden entluden. Dann blieb ihnen nichts anders übrig, als einen Halbkreis zu bilden und den Rücken in den Wind zu drehen, bis das Ärgste vorbei war und sie weiterziehen konnten.

Vespasia fing ein tapferes Lächeln von Isobel auf. Auch ohne viele Worte wusste sie, was es zu bedeuten hatte. Die Kälte durchdrang sie bis auf die Knochen, und sie mussten die Ponys mit größter Aufmerksamkeit lenken. Manchmal zwang kniehoher Neuschnee in einer Mulde sie abzusteigen und die Tiere am Zügel zu führen.

Ihre Röcke waren längst völlig durchnässt und schlackerten ihnen um die Beine. Und doch waren all diese Strapazen im Grunde ein Segen. Denn Gwendolens Tod machte nach wie vor ihre Gedanken und Herzen schwer. Nur der Kampf mit den Elementen brachte ein wenig Ablenkung.

Das Gasthaus in Tyndrum erreichten sie erst nach Mittag. Inzwischen hingen die Wolken so tief, dass man meinen konnte, der Tag neige sich schon dem Ende zu.

»Wir schaffen es heute nicht mehr bis nach Crianlarich«, erklärte MacIan mit einem Blick zum Himmel. »Es ist schon nach ein Uhr, und der Weg wird nicht besser. Wir sollten die Ponys lieber schonen und morgen früh ausgeruht aufbrechen.«

»Aber wir werden doch bis zum Einbruch der Nacht noch fünf Meilen reiten können!«, rief Isobel ungläubig. »Über die Hälfte des Weges liegt schließlich bereits hinter uns!«

»Genau sieben Meilen haben wir bis jetzt geschafft, Mistress Alvie«, erklärte MacIan missmutig. »Sie dürfen nicht glauben, dass wir die restlichen fünf in zwei Stunden hinter uns bringen können. Ich muss auch an die Ponys denken. Ruhen Sie sich aus und seien Sie froh, dass wir einen warmen Ort für die Nacht gefunden haben.« Er wandte sich an Mrs Naylor. »Ein Schluck Whiskey wird Ihnen jetzt guttun, Mistress. Ich kümmere mich um die Tiere. Gehen Sie nur hinein.«

Genau das hatte Vespasia vermeiden wollen: einen unendlich langen Nachmittag am Kamin in Gesellschaft von Isobel und Mrs Naylor. Das Essen war genießbar, doch nach der kräftezehrenden Kälte wären sie um jede Art von Speise froh gewesen. Man setzte ihnen kräftig gewürzten Haggis vor. Nie hätten Isobel und Vespasia geglaubt, dass sie einmal mit Appetit gefüllten Schafsmagen essen würden. Dazu gab es Kartoffelbrei und gekochte Rüben. Später brachte man ihnen flache Haferplätzchen und einen köstlichen Käse, der mit Haferflocken bestreut war und Cabac hieß.

Nach dem Essen wies man den Frauen einen Platz am Feuer zu und ließ sie allein. In einer Ecke lagen getrocknete Torfquader, die als Brennmaterial dienten. Hirschgeweihe zierten die Wände. Eine quälende Stille legte sich über den Raum. Vespasia sah, wie ein leises Lächeln über Mrs Naylors Züge huschte. Gwendolens Mutter wusste, wie sehr die beiden jüngeren Frauen unter dem angespannten Schweigen litten, doch sie wollte auf keinen Fall eine belanglose Unterhaltung beginnen. Die Trauer mochte ihr schwer auf Herz und Seele lasten, aber verbiegen oder gar brechen ließ sie sich von ihr nicht. Es gab keinen Zweifel daran, wer die Regeln bestimmte, nach denen sich die kleine Reisegruppe zu richten hatte.

Zweimal begann Isobel zu sprechen, brach jedoch beide Male wieder ab. Schließlich wandte sich Mrs Naylor zu ihr um.

»Möchten Sie gern etwas sagen, Mrs Alvie?«

Isobel schüttelte den Kopf. »Nur, dass wir nicht den

ganzen Nachmittag über stumm hier sitzen können. Aber inzwischen glaube ich, dass das durchaus möglich ist. Wenn Sie es so wollen, wird es so sein.«

»Worüber möchten Sie sich denn unterhalten?«

Darauf fiel Isobel keine Antwort ein.

»Über Glen Orchy«, sagte Vespasia unvermittelt. »Mich würde interessieren, wie Sie diesen Ort gefunden haben, wie andere Menschen erfahren, was Sie dort tun, und wer dort willkommen ist.«

Wieder spielte ein feines Lächeln um Mrs Naylors Lippen. »Sie fragen nicht, was mich an einen derart entlegenen Flecken der Welt geführt hat und warum ich in solcher Abgeschiedenheit lebe«, stellte sie fest. »Meinen Sie, ich würde es Ihnen nicht sagen, oder verkneifen Sie sich diese Fragen aus Höflichkeit?«

»Beides«, sagte Vespasia. »Doch der Hauptgrund ist, dass ich glaube, die Antwort bereits zu kennen.«

Isobel schaute verwirrt von einer Frau zur anderen.

Mrs Naylor schenkte ihr keine Beachtung. »Ach, tatsächlich?«, sagte sie zu Vespasia. »Wahrscheinlich täuschen Sie sich. Aber lassen Sie uns dieses Thema nicht weiter vertiefen.«

»Ich habe auch Kinder«, sagte Vespasia in sanftem Ton. Sie wollte hinzufügen, dass Mutterliebe und Beschützerinstinkt ihr nicht fremd waren und dass sie wusste, wozu eine Mutter fähig war, wenn ihre Kinder bedroht wurden. Doch ein warnender Blick von Mrs Naylor hielt sie davon ab. Außerdem fiel ihr gerade noch rechtzeitig ein, dass Isobel sicher auch gern Kinder hätte, und darunter litt, dass ihre Ehe kinderlos geblieben war. Vespasia beschloss, vorerst nichts weiter dazu zu sagen. Gleichzeitig war sie sicher, dass sie einen Nerv getroffen hatte und Mrs Naylor ihre Gedankengänge kannte.

Vespasia verspürte keine Lust, das bedrückende Schweigen wieder aufkommen zu lassen. Sie wiederholte ihre Fragen und Mrs Naylor beantwortete sie. So hörten die beiden jüngeren Frauen an diesem dunklen Winternachmittag eine Geschichte über außergewöhnlichen Mut und große Willenskraft, über tiefes Mitgefühl und eiserne Entschlossenheit. Dabei erzählte Mrs Naylor so ungekünstelt und ohne jedes Pathos, sodass man glauben konnte, alles, was sie getan hatte, sei selbstverständlich.

Sie und Finn hatten das Haus in Glen Orchy in einem erbärmlichen Zustand vorgefunden. Genau genommen war es kaum mehr als eine Ruine. Sie bauten es wieder auf und gaben ihm die ursprüngliche gastliche Atmosphäre zurück. Der erste Besucher verirrte sich durch einen Zufall zu ihnen heraus. Doch nach und nach entwickelte sich das Haus zu einer Herberge, in der müde Wanderer Schutz vor den Stürmen im wilden Hochland fanden und sich nicht nur von ihrer Reise, sondern von mancher Prüfung erholen konnten, die das Leben ihnen auferlegt hatte. In Glen Orchy war ein Ort der Ruhe und der geistigen Erneuerung entstanden. Hier wurde Menschen geholfen, den Weg zu sich selbst wiederzufinden,

den sie oft vergeblich gesucht hatten. Hier lernten sie, wieder zu hoffen.

Als sich die Frauen nach dem Abendessen zurückzogen, stieg Isobel hinter Vespasia die Treppe hinauf. »Was soll ich bloß tun?«, fragte sie, kaum dass sich die Tür des Zimmers, das sie sich teilen mussten, hinter ihnen geschlossen hatte. Ihre Stimme klang ratlos und verzweifelt zugleich.

»Genau das, was du Omegus versprochen hast«, antwortete Vespasia. »Von Mrs Naylor wird kein Mensch etwas erfahren.«

»Ich spreche nicht von Gwendolens Tod!«, entgegnete Isobel ungeduldig. »Ich spreche von mir. Ich würde Bertie Rosythe nicht einmal mehr heiraten, wenn er mich auf Knien darum bittet! Ich will gar keinen Mann, der ist wie er. Lieber sterbe ich vor Einsamkeit.« Plötzlich mischte sich Ärger in Isobels Stimme. »Großer Gott, bist du denn wirklich schon so unglaublich satt und zufrieden, dass du mich nicht verstehen kannst? Zählen in deinem Leben denn nur Geld, Mode und das gute Gefühl, jeden zu kennen, der wichtig ist, und von allen, die sich für wichtig halten, hofiert zu werden? Gibt es für dich noch etwas anderes, als auf den richtigen Empfängen den richtigen Tischnachbarn zu haben?« Isobel breitete die Arme aus und schüttelte den Kopf. »Wenn du die Tür hinter dir zumachst und deinen Schmuck ablegst, wenn die Zofe dein Ballkleid auf den Bügel hängt – wie fühlst du dich dann?« Inzwischen war Isobel den Tränen nahe.

»Was hast du denn von all deinem Reichtum? Gibt es in deinem Leben irgendetwas von Bedeutung? Oder ist dein Herz schon längst am Luxus erstickt?«

Vespasia sah die Verachtung in Isobels Blick. Sie wusste, dass dieses Gefühl schon im Verborgenen geschlummert hatte, seit sie einander vor Jahren vorgestellt worden waren. War ihr die Freundschaft zu Isobel wichtig genug, ihren schützenden Panzer zu lüften und wahrheitsgemäß zu antworten? Wenn sie es nicht tat, würde die Kluft zwischen ihnen immer weiter aufreißen. Und wann würde das Leben hinter ihrer Maske sie schließlich zu genau dem oberflächlichen Menschen verkommen lassen, den Isobel schon jetzt in ihr vermutete?

»Ich weiß, dass mein Herz nicht tot sein kann, weil ich dafür zu viel Schmerz spüre und zu viel Hoffnung empfinde«, sagte sie schließlich. »Und du täuschst dich. Die wichtigste Zeit meines Lebens habe ich nicht mit Juwelen behängt auf irgendwelchen Bällen verbracht. Ich schleppte Verbandsmaterial und Wasser, manchmal sogar Waffen. Ich trug ein einfaches graues Kleid, das zudem noch geborgt war. Darin stand ich in Rom auf den Barrikaden und kämpfte für eine Revolution, die zum Scheitern verurteilt war.« Tränen drohten Vespasias Stimme zu ersticken. »In jenen Tagen verlor ich mein Herz an einen Mann, den ich nie wiedersehen werde. Du hast kein Recht, einen Menschen zu verachten, den du gar nicht kennst, Isobel. In der Welt, in der wir leben, weiß doch kaum einer wirklich etwas über den anderen. Wahrscheinlich sollten wir dafür sogar dankbar sein. Denn es ist nicht edel, auf andere hinabzusehen, weil man ihre Schwachstellen kennt. Das macht einen nur einsam. Und es ist hässlich und falsch.« Vespasia atmete tief durch. »Und nun schlaf gut. Wir müssen morgen Crianlarich erreichen. Ich weiß, es ist nicht weit bis dahin. Aber fünf Meilen auf dem sturmgepeitschten Pfad zwischen den Hügeln können anstrengender sein als dreißig bei uns zu Hause. Gute Nacht.«

»Gute Nacht«, sagte Isobel leise.

Am nächsten Tag brachen gleich mehrere Blizzards über sie herein. Einer davon hinderte sie fast zwei Stunden lang am Weiterkommen. Crianlarich erreichten sie erst im letzten Tageslicht. Tags darauf ritten sie bis zum Loch Lomond und sahen weit im Süden den verschneiten Gipfel des Ben Lomond aufblinken.

Danach führte der Weg sie eng am Ufer des Sees entlang, bis sie schließlich am Fuß des Ben Lomond standen. Am Morgen des fünften Tages nach ihrem Aufbruch von Glen Orchy bedankten sie sich herzlich bei MacIan und verabschiedeten sich von ihm. Ein Boot brachte sie bis zum unteren Ende von Loch Lomond. Von dort aus waren es noch etwa zwanzig Meilen bis Glasgow. Es gab eine leidliche Fahrstraße und Kutschen, die man mieten konnte, aber eigenhändig lenken musste. Die Strecke war selbst bei schlechtem Wetter an einem Tag zu schaffen.

Nach dem Frühstück ließ sich erst Isobel, dann Vespasia auf den offenen Wagen helfen. Als Letzte stieg Mrs Naylor ein. Vespasia hatte es so arrangiert, weil sie wusste, das Mrs Naylor sich mit Pferden bestens auskannte und schon oft auf dem Kutschbock gesessen hatte. Schließlich war es ihr gelungen, das durchgehende Pferd, das Kilmuir zu Tode geschleift hatte, wieder zum Stehen zu bringen. Vespasia wollte längst nicht mehr wissen, wie sich der Unfall im Einzelnen abgespielt hatte. Sie selbst galt als gute Reiterin, doch mit Kutschpferden kannte sie sich nicht aus.

Mrs Naylor zögerte. Vespasia fragte sich, ob die Erinnerung an Kilmuirs Tod sie soeben wieder eingeholt hatte. Plagten Mrs Naylor Zweifel oder Schuldgefühle, empfand sie Entsetzen oder Bedauern? Glaubte sie, dass ihre Tochter den Lebensmut verloren hatte, weil sie – wenn auch aus einiger Entfernung – Zeugin des schrecklichen Endes ihres Schwiegersohns geworden war? Und schließlich: Hatte Gwendolen gewusst, dass ihre Mutter getötet hatte, um sie zu schützen? War es dieses Wissen gewesen, das sie in den Selbstmord trieb?

Mrs Naylor nahm auf dem Kutschbock Platz und griff umständlich nach den Fahrleinen. Sie hielt sie viel zu nahe beieinander. So ließ sich ein nervöses Pferd bestimmt nicht lenken.

Der Besitzer des Mietstalls zeigte ihr geduldig, wie sie die Leinen halten musste, doch Mrs Naylor stellte sich recht ungeschickt an. Das Pferd spürte ihre Unsicherheit und begann, unwillig mit dem Kopf zu schlagen.

Wie ein Blitzschlag traf Vespasia nun die Erkenntnis: Mrs Naylor wusste gar nicht, wie man eine Kutsche fuhr! Nicht sie hatte an dem Tag, an dem Kilmuir zu Tode gekommen war, die Leinen in den Händen gehalten, sondern Gwendolen selbst. Vespasia hatte Gwendolen in London einige Male fahren sehen. Sie kutschierte großartig! Die Reiterin, die von Ferne miterlebt hatte, wie Kilmuir starb, war Mrs Naylor gewesen. Vespasia fiel es wie Schuppen von den Augen. Die Mutter hatte versucht, ihre Tochter mit einer Lüge zu schützen, und Gwendolen, die wohl noch unter Schock stand, hatte es zugelassen und dann verdrängt, was wirklich geschehen war. Sie hatte die Schuld einer anderen aufgeladen.

Mit einem Schlag kannte Vespasia die Antwort auf so viele ungeklärte Fragen. Mrs Naylor nahm die Verantwortung für die unglückliche Ehe ihrer Tochter auf sich. Sie hätte diese Verbindung nie arrangieren dürfen, hätte von Anfang an wissen müssen, was für ein Mensch Kilmuir war. Das gehörte zu den wichtigsten Aufgaben einer Mutter, und Mrs Naylor hatte in diesem Punkt vollständig versagt. Deshalb nahm sie die Schuld an Kilmuirs Tod auf sich, und Gwendolen ließ es geschehen.

Isobel hatte mit ihrer gehässigen Bemerkung das Lügengebäude erschüttert. Alles, was Gwendolen gern vergessen wollte, wurde durch ein paar böse Worte plötzlich wieder ans Licht gezerrt. Mehr noch, nun musste sie fürchten, dass jemand nicht nur die Gerüchte kannte, die Kilmuir über sie verbreitet hatte, sondern vielleicht sogar ahnte, wie er zu Tode gekommen war. Damit wäre Gwendolen ihr Leben lang erpressbar gewesen.

»Ich fahre!«, hörte sich Vespasia zu ihrer eigenen Verwunderung sagen. Dass ihre Stimme dabei ein wenig zitterte, schob sie auf die Kälte. »Lassen Sie mich auf den Kutschbock. Ich führe die Leinen vielleicht nicht so vollendet wie Gwendolen es konnte, aber ich werde die Kutsche schon nicht umwerfen.« Damit nahm Vespasia Mrs Naylors Platz ein. Bei der etwas umständlichen Kletterei, die dazu notwendig war, trafen sich ihre Blicke. Mrs Naylor erkannte, dass Vespasia nun alles wusste.

Vespasia lächelte still in sich hinein. Niemand würde je davon erfahren. Isobel musste sich in nächster Zeit ohnehin so unauffällig wie möglich verhalten, und sie selbst hatte keinerlei Bedürfnis, die Geheimnisse anderer Leute auszuplaudern.

Mrs Naylor übergab Vespasia die Zügel. Damit begann der letzte Teil ihrer Reise nach Glasgow, wo der Zug nach London schon auf sie wartete.

Die Fahrt in dem unbequemen, zugigen Abteil zog sich in die Länge. Doch drei Tage vor Weihnachten rollten sie endlich durch Londons Vororte. Nun mussten sie nur noch nach Applecross fahren, wo Omegus Jones sie sicher schon erwartete. Eigentlich gab es keinen Grund, sich lange in der Stadt aufzuhalten. Deshalb lud Vespasia die beiden anderen Frauen auf ihren Landsitz ein, der nur zehn Meilen von Applecross entfernt lag. Sie wusste nicht, ob Mrs Naylor ihr Angebot annehmen würde, und freute sich umso mehr, als sie es tat.

Auf dem Landsitz bereitete sich Vespasias Familie auf das Weihnachtsfest vor. Gleich nachdem Vespasia ihren Gatten und die Kinder begrüßt hatte, schrieb sie Omegus einen Brief. Sie teilte ihm mit, Isobel habe ihren Auftrag erledigt und wolle nun Bericht erstatten, damit der Eid, den alle Gäste geschworen hatten, endlich bindend werden konnte. Sie versiegelte den Umschlag und bat einen Diener, sofort zu Omegus zu reiten und ihm den Brief zu überbringen.

»Soll ich auf eine Antwort warten, Madame?«, fragte der Mann.

»Oh ja, bitte! Bitte tun Sie das«, sagte sie. »Und kommen Sie bald wieder. Die Antwort ist von größter Wichtigkeit.«

Ein paar Stunden musste Vespasia sich gedulden, bis der Diener zurückkehrte und ihr einen Brief überreichte. Sie dankte ihm und riss, noch bevor er das Zimmer verlassen hatte, den Umschlag auf.

Meine liebe Vespasia,
Sie ahnen nicht, wie erleichtert ich über Ihre gesunde Rückkehr bin und wie sehr ich mich freue, dass Sie das Ziel Ihrer Reise in jeder Hinsicht erreicht haben. Wir alle sind durch einen Eid gebunden, doch viel wichtiger ist die geistige Heilung dessen, der einen Fehltritt begangen hat.

Ich gebe zu, dass ich in großer Sorge um Sie war. Glaubte ich in einem Augenblick noch fest an einen glücklichen Ausgang Ihrer Fahrt, so fürchtete ich im nächsten, ungeahnte Gefahren könnten auf Sie lauern. Hätte ich geahnt, wie weit und gefährlich die Reise werden würde, ich hätte Ihnen niemals erlaubt, Applecross zu verlassen. Im Nachhinein bin ich froh, dass ich nicht wusste, was Sie erwartete, sonst könnten wir jetzt nicht auf einen erfolgreichen Ausgang zurückblicken.

Sicher wollen Sie den ersten Weihnachtsfeiertag mit Ihrer Familie verbringen. Aber ich würde mich sehr freuen, wenn Sie gemeinsam mit Isobel und Mrs Naylor an Heiligabend mein Gast wären. Auch die anderen Teilnehmer der so tragisch verlaufenen Landpartie werden zugegen sein. Wir wollen unseren Bund besiegeln und Isobel von ihrer Schuld lossagen.

In der Hoffnung auf eine baldige positive Antwort,

Ihr Freund und Diener

Omegus Jones

Vespasia faltete den Brief lächelnd zusammen und legte ihn in eine abschließbare Schublade ihres Sekretärs. Dann suchte sie Isobel und Mrs Naylor und erzählte ihnen von Omegus' Einladung. Gleich am nächsten Morgen schickte sie denselben Diener mit der Zusage los.

Am Nachmittag brachen sie auf. Sie wollten pünktlich zum Dinner in Applecross sein. Das Wetter war kalt, aber trocken. So weit in den Süden drang der Schnee nur selten vor, doch ein schneidender Wind wehte winzige Eiskristalle über das Land. Trotz der schützenden Decken kamen die Frauen ziemlich durchgefroren auf Omegus' Landsitz an. Gern ließen sie sich aus der Kutsche helfen und betraten die Eingangshalle, die nun mit Stechpalmenzweigen, Efeuranken, roten Bändern und vergoldeten Tannenzapfen weihnachtlich dekoriert war. Schalen voller rotbackiger Äpfel luden zum Zugreifen ein.

In einer Ecke hatte man eine gewaltige Tanne aufgestellt und sie mit Kerzen und allerlei bunten Objekten geschmückt. Der Baum verbreitete einen herrlichen Duft, in den sich das Aroma von Gewürzen, der Geruch des Holzfeuers und auch ein Hauch von Gebratenem aus der Küche mischte. Man durfte sich auf ausgesuchte Speisen und natürlich einen flambierten Plumpudding freuen. Aufgeregtes Flüstern, das Rascheln von Röcken und das Kichern der Dienstmädchen kündeten von weihnachtlicher Vorfreude. Im Kamin brannte ein gewaltiges Feuer. Diener reichten den Neuankömmlingen Weinpunsch, Leckereien aus Marzipan, süße kleine Pasteten, die heiß gegessen wurden, und kandierte Früchte.

Strahlend begrüßte Omegus die drei Frauen. Für Isobel fand er viele lobende Worte, Mrs Naylor sprach er seine tief empfundene Anteilnahme aus. Er bot ihr an, all ihre Fragen zu beantworten, sobald sie sich in der Lage fühlte, über das tragische Ende ihrer Tochter zu sprechen. Das Grab konnte sie jederzeit besuchen.

Sie dankte ihm und sagte, die Festlichkeiten hätten erst einmal Vorrang. Diese tapfere und großzügige Antwort hatte Vespasia erwartet.

Als Vespasia für einen Augenblick allein dastand, fasste Omegus sie am Arm. Sein Griff war überraschend fest. Vespasia blieb nichts anderes übrig, als sich von ihm beiseite führen zu lassen. »Ich glaube, Sie haben mir noch einiges zu berichten«, sagte er leise.

Sie sah ihn an. »Woran denken Sie?«

Sein wohlbekanntes, stets ein wenig ironisches Lächeln blitzte auf. »Ich kenne Sie doch, meine Liebe«, sagte er. »Sie mögen Mrs Naylor. Das bedeutet aber, dass Sie sie mehr als nur oberflächlich kennengelernt haben. Was Sie über diese Frau erfahren haben, bringt ihr Ihre Bewunderung ein, und diese ist immerhin nicht leicht zu erringen. Isobel scheint Mrs Naylor weniger beeindruckend zu finden. Daraus schließe ich, dass Sie Ihre Erkenntnisse Isobel nicht mitgeteilt haben. Natürlich frage ich mich, warum das so ist, und ob es etwas mit Gwendolens Tod zu tun hat. Gibt es also etwas, das ich wissen müsste?«

Vespasia errötete. Sie hatte nicht vorgehabt, Omegus zu sagen, was sie mittlerweile über Mrs Naylor und Gwendolen zu wissen glaubte. Aber Omegus zu belügen lag ihr fern. Zwar mangelte es ihr nicht an der Fantasie, die für eine plausibel klingende Lüge unabdingbar gewesen wäre, doch sie wollte keinen Keil zwischen sich und ihren alten Freund treiben, indem sie ihn mit irgendwelchen Nichtigkeiten abspeiste.

So leise, dass er sie gerade noch verstand, erklärte sie ihm, wie sie sich die näheren Umstände von Kilmuirs Tod zusammenreimte.

»Und das haben Sie Isobel nicht gesagt?«, fragte er ernst.

»Nein. Es …« An Omegus' Augen sah Vespasia, dass er nicht mit ihr zufrieden war. Tatsächlich hatte sie längst ein schlechtes Gewissen, weil sie Isobel etwas vorenthielt. »Sie hat ein Recht darauf, es zu erfahren. Nicht wahr?«, setzte Vespasia etwas lahm hinzu.

»Ja«, sagte er mit Bestimmtheit.

»Ich sage es ihr gleich nach dem Dinner«, versprach sie. »Sobald sie das Waffenstillstandsabkommen mit Lady Warburton unterzeichnet hat.«

Omegus hob fragend die Augenbrauen. »Isobel verlässt sich darauf, dass wir alle nie wieder über ihren Fehler sprechen. Aber trauen Sie ihr denn zu, dass sie die Geheimnisse einer anderen ebenso für sich behält?«

Wieder spürte Vespasia, wie ihr die Röte in die Wangen stieg. »Ich bin mir nicht sicher«, musste sie zugeben. »Mrs Naylor verdient unser Stillschweigen, und Gwendolen zuliebe sollten wir ohnehin nicht ausplaudern, was wir nun zu wissen glauben. Aber ich fürchte, es gibt keinen Eid, der Isobel davon abhalten könnte, doch darüber zu reden.«

Omegus nahm einen Augenblick lang Vespasias Hand zwischen die seinen. Dann bot er ihr den Arm.

»Sollen wir zum Dinner hineingehen?«

Das Essen war wunderbar. Nach den Hauptgängen schob Omegus seinen Stuhl zurück und erhob sich. Alle Unterhaltungen verstummten.

»Meine Freunde, wir haben uns am Abend vor Weihnachten versammelt, um einen Eid zu besiegeln, den wir vor nicht ganz einem Monat abgelegt haben. Mrs Isobel Alvie musste nach Schottland reisen, dort Gwendolens Mutter, Mrs Naylor, aufsuchen und ihr den Abschiedsbrief ihrer Tochter überbringen. Dann sollte sie Mrs Naylor hierher begleiten, sofern sie dies wünschte. Nun hat Isobel diese Aufgabe erfüllt, und wir sind es ihr schuldig, jede Erinnerung an die bösen Worte, die sie am Abend vor Gwendolens Tod gesprochen hat, aus unserem Gedächtnis zu tilgen. Sie hat ihren Teil der Abmachung eingehalten …«

»Erwarten Sie, dass wir ihr einfach so glauben?«, fragte Fenton Twyford. Der sarkastische Unterton in seiner Stimme war nicht zu überhören.

»Mrs Naylor ist hier«, antwortete Omegus ihm. »Wenn Sie oder ein anderer hier im Raum Zweifel an Isobels Wort hegen, können wir Mrs Naylor um eine Stellungnahme bitten.« Dabei deutete er auf Mrs Naylor, die still und würdevoll an ihrem Platz am Tisch saß.

Fenton Twyford musterte sie neugierig, fing einen eisigen Blick von ihr auf und beschloss, nicht weiter nachzufragen. Er hatte sogar den Anstand zu erröten.

Der Schatten eines Lächelns spielte um Omegus' Mundwinkel. »Nun ist es an uns, unseren Teil der Abmachung zu erfüllen. Wer das Schweigegelübde bricht – ganz gleich ob Mann oder Frau –, soll für alle anderen, die hier versammelt sind, von diesem Moment an nicht mehr existieren. Wir werden mit der betreffenden Person nicht mehr sprechen, sie nicht mehr einladen und sie nicht mehr beachten. Wer ausplaudert, was hier vor einigen Wochen geschah, bezahlt dafür mit seiner Ehre. Ich kann mir nicht vorstellen, dass es in diesem Saal auch nur einen einzigen Menschen gibt, der den Wunsch verspürt, derart bestraft zu werden. Mrs Naylor hat darum gebeten, unserem Bund beitreten zu dürfen und wird über den Abend vor Gwendolens Tod ebenfalls Stillschweigen bewahren.« Bei seinen letzten Worten verbeugte sich Omegus leicht in Mrs Naylors Richtung.

»So ist es«, sagte sie laut und deutlich. »Und ich möchte gern noch etwas hinzufügen, wovon Mr Jones bis jetzt noch nichts weiß. Mrs Alvies Schuld am Tod meiner Tochter ist um einiges geringer, als Sie oder sie selbst vielleicht vermuten. Ihre Bemerkung war in gewissem Sinne nur der letzte Anstoß zu Gwendolens Verzweiflungstat. Ich beabsichtige nicht, Ihnen zu sagen, was meine Tochter im Einzelnen so schwer belastete. Dieses Wissen soll für immer mit ihr begraben sein. Gleichzeitig möchte ich aber verhindern, dass Mrs Alvie eine größere Verantwortung an Gwendolens Freitod aufgebürdet wird, als sie tatsächlich trägt. Was sie durch ihre Reise für mich getan hat, wiegt ihren Fehltritt bei Weitem auf. Sie darf jetzt ein reines Gewissen haben.«

Isobel starrte Mrs Naylor mit weit aufgerissenen Augen an. »Heißt das, ich wurde bestraft, obwohl mich nur ein geringer Teil der Schuld trifft?«, fragte sie in einer Mischung aus Ungläubigkeit und Empörung.

»Ja«, antwortete Mrs Naylor.

Isobel fuhr herum und fixierte nun Lady Warburton. »Sie hätten mit dem größten Vergnügen meinen Ruf ruiniert. Sie hätten sich gefreut, wenn ich irgendwo in der schottischen Wildnis verschollen wäre. Und dabei hatte ich mir gar nichts vorzuwerfen. Jedenfalls nicht das, was Sie mich glauben ließen!«

»Ich kannte doch die näheren Umstände gar nicht«, krächzte Lady Warburton. »Ich hielt Sie einfach für die Verantwortliche!«

»Sie hielten sich doch auch selbst für schuldig!«, fügte Blanche Twyford hinzu. »Jedenfalls haben Sie die Schuld nie abgestritten.«

»Doch, anfangs schon!«, fauchte Isobel. »Aber mir blieb ja keine Wahl. Sie alle hatten mich doch bereits verurteilt, und ich musste mich fügen.«

»Ja, das ist wahr«, unterbrach Omegus sie. »Aber die Gnade, zu vergessen und zu vergeben, die Gnade, an Stelle des Wunsches nach Vergeltung Glaube, Liebe und Hoffnung in unseren Herzen wohnen zu lassen, die wurde uns durch den geschenkt, den wir an Weihnachten feiern. Um Dank zu sagen für diese große Gabe, versammeln wir uns am Vorabend des Weihnachtsfestes. Dafür schmücken wir unsere Häuser mit grünen Zweigen, läuten in allen Städten und Dörfern die Glocken, bis ihr Klang nicht nur Himmel und Erde, sondern auch unsere Herzen erfüllt.« Lange sah Omegus Isobel an. Er wartete auf eine Antwort, die er sich nicht von ihren Lippen, sondern von ihren Augen erhoffte.

Isobel zögerte nur für einen kurzen Moment. »Sie haben recht«, sagte sie leise. »Ich glaubte, meine Reise sei zu Ende, doch ich habe das Ziel erst jetzt erreicht: Ich verstehe nun, was Weihnachten bedeutet. Mein ganzes Leben lang werde ich Ihnen dankbar sein, dass Sie mir den Weg dorthin gewiesen haben. Und Vespasia werde ich dankbar sein, dass sie mich begleitet hat, obwohl sie nicht dazu verpflichtet war. Wie könnte ich für mich selbst Vergebung und Gnade verlangen und beides anderen verweigern?«

»Wir alle sind unterwegs«, sagte Omegus mit einem warmen Lächeln. »Doch keiner von uns muss sich allein den Herausforderungen der Reise stellen. Wer einen anderen aus Freundschaft ein Stück weit begleitet, ehrt damit auch den, dessen Geburt wir in diesen Tagen feiern. Er ist es, der mit uns allen geht.« Omegus hob sein Glas. »Auf die Freundschaft, die nie vergeht!«

Darauf hoben alle am Tisch die Gläser.

ANNE PERRY

Der Weihnachtsgast

Roman

Aus dem Englischen
von Regina Schirp

Weltbild

Für alle, die an Neuanfänge glauben

Das kann ich keineswegs hinnehmen!«, rief Mariah Ellison empört aus. Es war unerhört.

»Leider gibt es keine andere Möglichkeit«, erwiderte Emily. Sie trug ein wunderschönes hellgrünes Morgenkleid mit modisch weiten Ärmeln und schwingendem Rock. Mit ihrem zarten, hellhäutigen Teint sah sie in dem Kleid hübscher aus, als sie in Wirklichkeit war, und da sie eine gute Partie gemacht hatte, passte sich ihr Auftreten dem höheren gesellschaftlichen Rang an.

»Natürlich gibt es eine andere Möglichkeit!«, entgegnete ihre Großmutter schroff und blickte von ihrem Sessel im Salon zu ihr hoch. »Es gibt immer eine andere Möglichkeit. Warum um alles in der Welt willst du ausgerechnet jetzt nach Frankreich reisen? Bis Weihnachten sind es nur noch acht Tage!«

»Noch neun Tage«, verbesserte Emily sie. »Wir sind Weihnachten ins Loiretal eingeladen.«

»Wo in Frankreich ist gänzlich unerheblich. Es ist jedenfalls nicht in England. Wir werden den Kanal überqueren müssen. Bei rauer See werden wir alle seekrank.«

»Ich weiß, für dich wird es sehr unerfreulich sein«, gab Emily zu. »Und die Zugfahrt von Paris ist möglicherweise ermüdend und zu dieser Jahreszeit ist es vielleicht auch sehr kalt …«

»Was heißt ›vielleicht‹?«, erwiderte ihre Großmutter scharf. »Es wird zweifelsohne so sein.«

»Dann ist es wohl gut, dass du nicht eingeladen bist.« Emily lächelte verhalten. »Du brauchst dich also nicht zu sorgen, wie du mit Anstand absagen kannst.«

Mariah meinte einen gewissen Sarkasmus aus den Worten ihrer Enkelin herauszuhören. Ihr kam eine unangenehme und überraschend schmerzhafte Erkenntnis. »Habe ich richtig verstanden, dass du mich über Weihnachten allein in diesem Haus lassen willst, während du in Frankreich irgendwelche Leute besuchst?« Sie versuchte ärgerlich zu klingen, um sich nicht anmerken zu lassen, dass sie sich plötzlich einsam fühlte.

»Keineswegs Großmama«, sagte Emily fröhlich. »Das wäre wirklich nicht schön für dich. Außerdem ist es schon deshalb nicht möglich, weil niemand da wäre, der sich um dich kümmert.«

»Lächerlich!« Mariah fand zu ihrem scharfen Ton zurück. »Das ganze Haus ist voller Dienstboten.« Emilys Weihnachtsfeiern gehörten zu den wenigen Dingen, auf die sie sich freute, auch wenn sie das niemals zugegeben hätte. Sie hätte so getan, als wäre es eine lästige Pflicht, und es trotzdem in vollen Zügen genossen. »Du hast eine Dienerschaft wie eine Herzogin. Noch nie in meinem

Leben habe ich so viele Hausmädchen mit Staubwedeln und Mopps auf einem Fleck gesehen!«

»Ein Teil der Dienstboten wird mit uns kommen und die anderen gehen zu ihren Familien nach Hause. Du kannst Weihnachten nicht alleine hier bleiben. Das wäre doch trostlos. Ich habe bereits dafür gesorgt, dass du bei Mutter und Joshua bleiben kannst.«

»Ich möchte Weihnachten auf keinen Fall bei deiner Mutter und Joshua verbringen«, erwiderte ihre Großmutter umgehend. Bis Edwards Tod sie vor ein paar Jahren in einem, wie Mariah es nannte, »ungünstigen Alter« zur Witwe gemacht hatte, war Caroline ihre Schwiegertochter gewesen. Statt sich wie unsere verehrte Königin dezent aus dem gesellschaftlichen Leben zurückzuziehen, eben so, wie es von ihr erwartet wurde, hatte Caroline wieder geheiratet. Als wäre diese Tatsache allein nicht schon unschicklich genug, hatte sie, statt einen Witwer mit Vermögen und gesellschaftlicher Stellung zu wählen, was erhebliche Vorteile mit sich gebracht hätte und auf Zustimmung gestoßen wäre, auch noch einen Mann geheiratet, der nahezu zwei Jahrzehnte jünger war als sie. Aber es kam, falls das überhaupt möglich war, noch schlimmer: Er stand auf der Bühne – ein Schauspieler! Man stelle sich vor, ein erwachsener Mann, der sich verkleidet und auf der Bühne herumstolziert und vorgibt, jemand anderer zu sein. Gütiger Himmel, und dann war er auch noch Jude! Caroline musste völlig den Verstand verloren haben, und der arme Edward würde sich im

Grabe umdrehen, wenn er es wüsste. Dass sie das alles noch erleben musste, gehörte zu den vielen Bürden, die Mariah zu tragen hatte. »Das möchte ich auf keinen Fall«, wiederholte sie.

Emily stand ganz ruhig mitten im Salon. Das Feuer legte einen warmen Schimmer auf ihre Haut und den extravaganten Haarkranz. »Es tut mir leid, Großmama, aber wie gesagt, es gibt keine andere Möglichkeit. Jack und ich reisen morgen ab, und ich habe noch einiges zu packen, weil wir mindestens drei Wochen weg sein werden. Du solltest genug warme Kleidung mitnehmen und natürlich Stiefel. Wenn du möchtest, kann ich dir auch meinen schwarzen Schal leihen.«

»Du meine Güte! Können sie sich denn kein Feuer leisten?«, fragte Großmutter wütend. »Vielleicht sollte Joshua doch einer etwas seriöseren Tätigkeit nachgehen … sofern es auf dieser Welt auch noch etwas anderes gibt, wozu er taugt.«

»Das ist keine Frage des Geldes«, erwiderte Emily schroff. »Sie verbringen Weihnachten in einem Haus an der Küste von Kent, das sie für die Ferien gemietet haben. In Romney Marsh, um genau zu sein. Ich könnte mir vorstellen, dass der Wind dort eisig ist, und in fremder Umgebung empfindet man die Kälte ohnehin oft stärker.«

Mariah war entsetzt. Sie war in der Tat so entsetzt, dass sie einige Sekunden benötigte, um ihre Empörung in Worte zu kleiden. »Ich habe dich wohl nicht richtig verstanden«, sagte sie schließlich kühl. »Du sprichst in letzter Zeit etwas undeutlich. Dabei war deine Aussprache einmal ganz hervorragend, aber seit deiner Eheschließung mit Jack Radley hast du, was deine Anforderungen an dich angehen, deutliche Abstriche gemacht … in mehrfacher Hinsicht. Ich meine verstanden zu haben, dass deine Mutter Weihnachten in irgendeinem gottverlassenen Nest an der Küste verbringen will. Da dies doch offensichtlich völliger Unsinn ist, würde ich dich bitten, es noch einmal zu wiederholen und diesmal deutlicher zu sprechen.«

»Sie haben ein Haus in Romney Marsh gemietet.« Emily achtete ganz bewusst auf eine saubere Aussprache. »Es liegt am Meer und hat sicher einen herrlichen Blick – natürlich nur, wenn es nicht nebelig ist.«

Mariah versuchte Anzeichen von Dreistigkeit in Emilys Miene zu entdecken, gewahrte darin aber nur einen höchst verdächtigen Ausdruck unschuldiger Verständnislosigkeit.

»Das kommt überhaupt nicht infrage«, sagte sie in einem Ton, der Wasser zu Eis hätte gefrieren lassen können.

Emily sah sie kurz an, um ihre Gedanken zu ordnen. »Um diese Jahreszeit ist es dort viel zu windig, um viel Nebel aufkommen zu lassen«, sagte sie schließlich. »Vielleicht kannst du die Wellen beobachten.«

»In einem Moor?«, fragte Großmutter sarkastisch.

»Das Haus ist eigentlich in St Mary in the Marsh«,

erwiderte Emily. »Ganz dicht am Meer. Es wird dir bestimmt gefallen. Wenn du nicht möchtest, brauchst du ja, wenn es kalt ist, nicht ins Freie zu gehen.«

»Natürlich wird es kalt sein! Mitten im Winter am Ärmelkanal! Wahrscheinlich werde ich mir den Tod holen.«

Der Gerechtigkeit halber muss gesagt sein, dass Emily nicht ganz wohl bei der Sache zu sein schien. »Aber nicht doch«, sagte sie mit gezwungener Fröhlichkeit. »Mama und Joshua werden sich bestens um dich kümmern. Vielleicht lernst du ja sogar interessante Leute kennen.«

»Dummes Geschwätz!«, brach es wütend aus ihrer Großmutter heraus.

Aber die alte Dame hatte keine Wahl und am nächsten Tag saß sie mit ihrer Zofe Tilly in Emilys Kutsche. Im Stadtverkehr kam das Gefährt nur langsam voran, aber das änderte sich, sobald sie die offene Landstraße südlich der Themse erreichten und in Richtung Dover, etwa achtzig Meilen südlich von London, weiterfuhren.

Natürlich war Mariah von Anfang an klar gewesen, dass es eine schreckliche Fahrt würde. Um die Strecke an einem Tag zu bewältigen, waren sie gleich nach dem Frühstück aufgebrochen und sicherlich würden sie nicht vor Mitternacht in dem gottverlassenen Nest ankommen, wo Caroline Weihnachten verbringen wollte. Nur der Himmel wusste, was sie dort erwartete! Wenn sie sich in finanziellen Schwierigkeiten befanden, wäre es womöglich nur ein einfaches Cottage ohne jeglichen Komfort und so beengt, dass Mariah die ganze Zeit in Gesellschaft Carolines und ihres Mannes verbringen müsste. Es würden bestimmt die schrecklichsten Weihnachten ihres Lebens!

Wie gedankenlos von Emily, sich ausgerechnet nach Frankreich zu begeben und das auch noch zu dieser Jahreszeit. Einfach unbegreiflich! Ein gravierender Affront gegen ihre familiären Verpflichtungen.

Der Tag war grau und windstill und gnädigerweise fielen nur hin und wieder ein paar Regentropfen. Zweimal machten sie Rast und wechselten die Pferde, erst zur Mittagszeit und dann wieder zum Afternoon Tea gegen vier Uhr. Zu dieser Zeit war es natürlich schon dunkel und Mariah hatte nicht die leiseste Ahnung, wo sie sich befand. Sie war müde, hatte vom langen Sitzen Krämpfe in den Beinen und wurde durch die ständige Bewegung unerbittlich durchgeschüttelt. Und natürlich war es kalt – bitterkalt.

Die ländlichen Straßen wurden immer schmaler und holpriger und sie hielten noch einmal an, um sich nach dem Weg zu erkundigen. Als sie schließlich in St Mary in the Marsh ankamen, war Mariah in einer Stimmung, in der sie allein durch die Glut ihrer Worte ein Feuer hätte entfachen können. Sie stieg mit Hilfe des Kutschers aus dem Wagen und stand auf der gekiesten Auffahrt eines anscheinend ziemlich großen Hauses. Es war hell erleuchtet und die Haustür schmückte ein herrlicher Kranz aus Stechpalmenzweigen.

Sie bemerkte sofort den Geruch von Rauch und Salz und den schneidenden Wind, der ihr ins Gesicht schlug. Er war feucht und blies zweifelsohne vom Meer herüber. Offensichtlich hatte Caroline nicht nur ihr Geld, sondern auch noch das letzte Körnchen Verstand verloren.

Die Tür ging auf und Caroline kam lächelnd die Stufen herunter. Sie war um die fünfzig und immer noch eine bemerkenswert schöne Frau. Ihr dunkles mahagonifarbenes Haar war nur an den Schläfen von vereinzelten grauen Strähnen durchsetzt und verlieh ihr weiche Züge. Sie war in einem warmen dunklen Rot gekleidet, das ihren Teint in einem kräftigen gesunden Ton erstrahlen ließ.

»Willkommen in St Mary, Schwiegermama«, sagte sie eine Spur zu reserviert.

Der alten Dame fiel keine Erwiderung ein, die der Situation oder ihren Gefühlen angemessen gewesen wäre. Sie war müde und durcheinander und fühlte sich zutiefst unwohl an diesem unbekannten Ort, an dem sie, wie sie ganz genau wusste, nicht willkommen war.

Es war schon mehrere Monate her, dass sie ihre ehemalige Schwiegertochter zum letzten Mal gesehen hatte. Sie waren nie wirklich warm miteinander geworden, obwohl sie über zwanzig Jahre lang unter einem Dach gewohnt hatten. Zu Lebzeiten ihres Sohnes Edward hatte Waffenstillstand geherrscht. Danach hatte sich Caroline skandalös benommen und auf keinerlei Ratschläge gehört. Mariah hatte sich notgedrungen eine neue Bleibe suchen müssen, weil Caroline und Joshua aufgrund seiner lächerlichen Tätigkeit viel herumzogen. Dass Mariah zu ihrer ältesten Enkeltochter Charlotte ziehen würde, stand nie zur Diskussion. Diese hatte alle vor den Kopf gestoßen, weil sie einen Polizisten heiratete, einen Mann ohne Stand und ohne Geld und mit einem Beruf, der jeglicher höflichen Beschreibung spottete. Nur der Himmel wusste, wie die beiden über die Runden kamen!

Sie hatte also keine andere Wahl gehabt, als zu Emily zu ziehen, die wenigstens ein beachtliches Vermögen von ihrem ersten Ehemann geerbt hatte.

»Komm herein und wärm dich auf.« Caroline bot ihr den Arm. Mariah lehnte brüsk ab und stützte sich stattdessen auf ihren Stock. »Möchtest du eine Tasse Tee oder heiße Schokolade?«

Ja, das wollte Mariah und äußerte sich entsprechend, als sie in eine gut beleuchtete, geräumige Eingangshalle trat. Vielleicht war die Decke etwas zu niedrig, aber das Parkett war ausgezeichnet. Die Treppe schwang sich zu einem Gang empor, der vermutlich zu den Schlafzimmern führte. Wenn die Feuer geschürt blieben und die Köchin halbwegs gut war, wäre es hier vielleicht doch auszuhalten.

Der Diener trug ihre Koffer nach oben und Tilly folgte ihm. Joshua erschien, begrüßte die Schwiegermutter seiner Frau und nahm ihr höchstpersönlich den Umhang ab. Sie wurde in den Salon geleitet, wo in einem Kamin, in dem mühelos ein halber Baum Platz gefunden hätte, ein loderndes Feuer brannte.

»Darf ich Ihnen nach der langen Reise ein Glas Sherry anbieten?«, fragte Joshua. Er war schlank, etwas größer als durchschnittlich, und hatte hervorragende Umgangsformen und die geschmeidig gefällige Stimme eines Schauspielers. Er sah nicht im üblichen Sinne gut aus – seine Nase stach zu sehr hervor, seine Gesichtszüge waren zu unruhig –, aber er strahlte eine unübersehbare Präsenz aus. Jedes Vorurteil in Mariah gebot ihr, ihn nicht zu mögen, und doch hatte er weit besser als Caroline erahnt, was in ihr vorging.

»Ja gerne, vielen Dank«, nahm sie an.

Er schenkte ihr aus einer Kristallkaraffe großzügig ein und reichte ihr das Glas. Sie nahmen Platz und sprachen über die Gegend, die Landschaft und ein wenig über deren Geschichte. Nach einer halben Stunde zog sie sich zurück, erstaunt, dass es erst Viertel nach zehn war, eine durchaus annehmbare Uhrzeit. Sie hatte gedacht, es wäre schon mitten in der Nacht. Es fühlte sich später an, und es passte ihr nicht, dass sie sich täuschte.

Am Morgen erwachte sie, nachdem sie die ganze Nacht fest und ruhig geschlafen hatte. So hell, wie das Licht durch die Vorhänge drang, schien es schon recht spät zu sein, vielleicht sogar später als Frühstückszeit. Bei ihrer Ankunft hatte sie ihre Umgebung kaum wahrgenommen. Jetzt erblickte sie ein freundliches Zimmer – vielleicht eine Spur zu altmodisch, was ihr normalerweise jedoch gefiel. Sie fand die moderne Art sich einzurichten – ohne

Quasten, Verzierungen, Schnitzereien, bestickte Handarbeiten und Fotografien an den Wänden und auf allen leeren Flächen – viel zu karg, eine Platzverschwendung. Es wirkte dann so, als ob niemand dort wohnte, und wenn, dann jemand ohne Familie oder ohne ein Umfeld, das er gern zur Schau stellte.

Aber hier war sie nun einmal fest entschlossen, alles schlecht zu finden. Man hatte ihr übel mitgespielt, sie ihrem Zuhause entrissen und an die Küste verfrachtet, wie eine Dienstmagd, die ein Kind erwartete und weggeschickt werden musste, bis alles entsprechend geregelt werden konnte. Eine grausame und verantwortungslose Art, seine Großmutter zu behandeln. In diesen modernen Zeiten kannte man einfach keinen Anstand mehr. Die jungen Leute wussten nicht mehr, was sich schickte.

Sie stand auf und kleidete sich mit Tillys Hilfe an. Dann begab sie sich in Erwartung einer Mahlzeit nach unten ins Esszimmer.

Zu ihrem Ärger stellte sie fest, dass Caroline und Joshua früh aufgestanden waren und gerade einen Spaziergang zum Strand machten. Deshalb musste sie das Toastbrot mit Orangenmarmelade und das weich gekochte Ei am Ende des sorgsam polierten, mit vierzehn Stühlen umstellten Mahagonitisches notgedrungen alleine zu sich nehmen. Im Haus war es angenehm warm, doch innerlich fror sie. Sie gehörte hier nicht hin. Sie kannte niemanden. Selbst die Hausangestellten waren ihr fremd. Sie wusste nichts über sie und umgekehrt kannten auch sie Mariah nicht. Hier konnte sie nur nutzlos herumsitzen und sich mit niemandem unterhalten.

Nach dem Frühstück stand sie auf und trat an eins der großen Fenster. Draußen sah es bitterkalt aus: Wolkenfetzen, die durch das verblichene Blau des Himmels zogen. Die Bäume trugen kein Laub; nur die nassen schwarzen Äste zitterten im Wind und bogen sich in den Kronen. Nichts im Garten sah ansatzweise wie eine Blume aus. Hinter dem Gartentor ging ein alter Mann mit aufgestülptem Hut die Straße entlang. Die beiden Enden seines Schals wippten um seine Schulter und flatterten im Wind. Er blickte nicht einmal in ihre Richtung.

Mariah begab sich in den Salon, wo das Feuer angenehm prasselte, setze sich und wartete, bis Caroline und Joshua zurückkehrten. Sie würde sich zu Tode langweilen. Daran war nichts mehr zu ändern. Es war bitter, im Alter so allein gelassen zu werden.

Gab es denn in diesem gottverlassenen Nest keinerlei gesellschaftliches Leben? Sie klingelte und kurz darauf erschien das Dienstmädchen, ihrem Äußeren nach ein Mädchen vom Lande.

»Ja, Mrs Ellison?«, fragte sie erwartungsvoll.

»Wie heißen Sie?«

»Abigail, Madam.«

»Abigail, vielleicht können Sie mir sagen, was die Leute hier so machen, außer in die Kirche gehen? Es wird ja wohl eine Kirche geben?«

»Ja, Madam. St Mary the Virgin.«

»Und sonst? Werden Gesellschaften abgehalten? Finden Musikabende statt, oder Vorträge? Oder überhaupt irgendetwas?«

Das Mädchen war sprachlos. »Ich weiß wirklich nicht, Madam. Da muss ich die Köchin fragen.« Und bevor Mariah sie entlassen konnte, drehte sie sich um und verschwand.

»Dummes Ding«, sagte die alte Dame leise. Wo um alles in der Welt war nur Caroline? Wie lange würde sie bei diesem pfeifenden Wind noch spazieren gehen? Sie war völlig vernarrt in diesen Joshua und benahm sich wie ein junges Mädchen. Einfach lächerlich.

Es dauerte schließlich noch eineinhalb Stunden bis sie zurückkamen. Fröhlich, vom Wind zerzaust und voller Neuigkeiten über alle möglichen Ereignisse, die jedoch allesamt provinziell und hoffnungslos langweilig klangen. Im Gemeindesaal der Kirche würde ein alter Gentleman einen Vortrag über Schmetterlinge halten. Eine alleinstehende Dame wollte von ihren Reisen in eine unbekannte Gegend Schottlands berichten, schlimmer noch, von einer Gegend, die einstmals bekannt und jetzt gänzlich in Vergessenheit geraten war – zweifelsohne aus gutem Grund.

»Kann hier jemand Karten spielen?«, wollte Mariah wissen. »Natürlich nicht so etwas Albernes wie ›schwarzer Peter‹.«

»Das weiß ich wirklich nicht«, antwortete Caroline und rückte näher ans Feuer. »Ich spiele nicht, deshalb habe ich auch nie gefragt.«

»Dazu braucht man ja auch Intelligenz und Konzentration«, stichelte ihre Schwiegermutter.

»Und viel Zeit«, fügte Caroline hinzu. »Und nichts Besseres zu tun.«

»Das ist immer noch besser, als über die Nachbarn zu tratschen«, erwiderte Mariah. »Oder sich am Unglück anderer Leute zu freuen!«

Caroline sah sie kühl an und konnte sich offenbar nur mühsam beherrschen. »Wir werden um ein Uhr zu Mittag essen«, bemerkte sie nur. »Vielleicht möchtest du etwas an die frische Luft. Es ist zwar winterlich, aber recht angenehm. Morgen regnet es möglicherweise.«

»Natürlich kann es morgen möglicherweise regnen«, antwortete Mariah patzig. »In unseren Breitengraden ist das ja wohl kaum eine hellseherische Bemerkung. ›Morgen regnet es möglicherweise‹ trifft auf jeden Tag im Jahr zu!«

Caroline versuchte nicht, ihren Ärger oder die Mühe, die es ihr bereitete, nichts zu erwidern, zu verbergen. Die Tatsache, dass ihre ehemalige Schwiegertochter sich so beherrschen musste, erfüllte die alte Dame mit unnatürlicher Befriedigung. Gut so! Immerhin hatte Caroline noch so etwas wie moralisches Pflichtgefühl! Schließlich war sie die meiste Zeit ihres Lebens Edward Ellisons Ehefrau gewesen. Sie stand in Mariah Ellisons Schuld!

»Vielleicht gehe ich heute Nachmittag ein wenig spazieren«, sagte sie. »Wenn ich mich nicht irre, erwähnte das Dienstmädchen etwas von einer Kirche.«

»St Mary the Virgin«, klärte Caroline sie auf. »Ja, sie ist durchaus sehenswert. Aus normannischer Zeit. Der Boden ist hier ziemlich weich, deshalb hat der Turm riesige Stützpfeiler.«

»Richtig, wir sind hier ja mitten im Moor.« Mariah rümpfte die Nase. »Wahrscheinlich senkt sich hier alles ab. Ein Wunder, dass wir nicht bis zu den Knien im Matsch stehen!«

So zog es sich die nächsten zwei langen Tage hin. Im Garten herumzulaufen war wenig erbaulich; fast alles war abgestorben, von den schwarzen kahlen Bäumen tropfte es ununterbrochen. Für die letzten Rosen war es zu spät und für die ersten Schneeglöckchen zu früh.

Es gab nichts zu tun und niemanden, mit dem man sich unterhalten oder den man besuchen konnte. Die Besucher, die vorbeikamen, waren fürchterlich langweilig. Außer über Leute zu reden, die Mariah nicht kannte und auch nicht kennenlernen wollte, gab es keinen Gesprächsstoff. Sie waren noch nie in London gewesen und kannten sich in der Mode oder in dem, was in der Welt Wichtiges geschah, nicht aus.

Am zweiten Nachmittag kam ein Brief für Joshua. Er riss ihn auf, gerade als sie zum Tee im Salon beisammen saßen. Das Feuer prasselte, der Regen schlug ans Fenster und dichte Wolken verdunkelten das spärliche Winterlicht. Auf einem Silbertablett wurden heißer Tee und getoastete Puffer mit zerflossener Butter und Sirup obendrauf serviert. Die Köchin hatte einen besonders guten Madeirakuchen gebacken und es gab Scones mit Butter und Himbeermarmelade und Schlagsahne, die so dick war, dass man sie mit der Gabel hätte essen können.

»Der Brief ist von Tante Bedelia.« Joshua blickte Caroline mit gerunzelter Stirn an. »Sie sagt, Tante Maude ist unerwartet aus dem Mittleren Osten zurückgekehrt und rechnet damit, dass sie zu Weihnachten bleiben kann. Aber das geht nicht. Ein anderer bedeutender Gast ist zu Besuch. Sie können ihn unmöglich abweisen, um sie unterzubringen.«

»Aber es ist doch Weihnachten!«, sagte Caroline bestürzt. »Sicher finden sie noch ein Plätzchen. Sie können sie doch nicht wegschicken. Sie gehört schließlich zur Familie. Ist das Haus denn wirklich so klein? Vielleicht können ja die Nachbarn sie unterbringen, zumindest über Nacht.«

Joshuas Miene spannte sich an. Er sah besorgt und ein wenig verlegen aus. »Nein, sie haben ein großes Haus. Mindestens fünf oder sechs Schlafzimmer.«

»Wenn sie genügend Platz haben, wo liegt dann das Problem?«, fragte Caroline in messerscharfem Ton, als ob sie Angst vor der Antwort hätte.

Joshua senkte den Blick. »Ich weiß es auch nicht. Ich habe immer Tante Bedelia zu ihr gesagt, aber genau genommen ist sie die Cousine meiner Mutter. Ich kenne sie kaum, so wenig wie ihre Schwester Agnes. Und Maude verließ England ungefähr, als ich auf die Welt kam.«

»Sie hat England verlassen?«, fragte Caroline erstaunt. »Meinst du für immer?«

»Ja, ich glaube schon.«

»Warum nur?«

Joshua errötete verlegen. »Ich weiß auch nicht. Niemand spricht darüber.«

»Klingt ja gerade so, als ob man sie dort nicht haben wollte«, sagte Mariah offen. »Es ist wirklich eine fadenscheinige Ausrede. Was erwarten sie denn von Ihnen?«

Joshua sah sie direkt an. Es war ihr nicht angenehm, obwohl sie wirklich nicht wusste, warum. Er hatte schöne haselnussbraune Augen und einen offenen Blick.

»Also Schwiegermama«, antwortete er mit einer Anrede, zu der er eigentlich nicht berechtigt war. »Sie schicken sie zu uns.«

»Das ist ja grotesk!«, rief Mariah lauter als beabsichtigt aus. »Was um alles in der Welt können Sie dagegen unternehmen?«

»Ich kann sie nur willkommen heißen«, antwortete er. »Das dürfte nicht schwer sein. Wir haben noch zwei weitere Schlafzimmer.«

Caroline zögerte nur kurz. »Natürlich«, stimmte sie ihm lächelnd zu. »Wir haben alles Nötige. Es macht überhaupt keine Umstände.«

Mariah konnte es kaum glauben! Sie würden diese erbärmliche Person aufnehmen! Als ob es nicht genug wäre, dass sie selbst wie ein altes Möbelstück hierhin verbannt war. Jetzt musste sie auch noch das bisschen

Aufmerksamkeit, das ihr zuteil wurde, mit irgendeiner Frau teilen, die selbst von der eigenen Familie nicht geduldet wurde. Sie würde von allen hofiert werden und zweifelsohne endlose unsinnige Geschichten von gottverlassenen Orten erzählen, an denen sie sich aufgehalten hatte. Für Mariah war das alles viel zu viel.

»Ich habe Kopfschmerzen«, verkündigte sie und erhob sich. »Ich werde mich in meinem Zimmer etwas ausruhen.« Sie stapfte zur Tür und stützte sich demonstrativ auf ihren Stock, den sie eigentlich gar nicht benötigte.

»Gute Idee«, stimmte ihr Caroline etwas schroff zu. »Dinner ist um acht Uhr.«

Mariah konnte sich nicht gleich entscheiden, ob sie eine Stunde zu früh oder zehn Minuten zu spät erscheinen sollte. Vielleicht lieber zu früh. Käme sie zu spät, wären ihre Gastgeber rücksichtslos genug, ohne sie anzufangen, und sie würde die Suppe verpassen.

Maude Barrington kam am nächsten Morgen. Sie stieg aus der Kutsche, die sie hergebracht hatte, und ging leichten Fußes zur Haustür, wo Joshua und Caroline sie erwarteten. Mariah hatte es vorgezogen, alles vom Fenster im Salon aus zu beobachten, von wo sie eine ausgezeichnete Sicht hatte. So würde sie weder neugierig wirken, was äußerst vulgär gewesen wäre, noch müsste sie zur Begrüßung Freude heucheln, was absurd gewesen wäre. Sie war wirklich wütend.

Maude war ziemlich groß und hatte unvorteilhaft kantige Schultern. Eine leichte Rundung wäre vorteilhafter gewesen, femininer. Das Haar schien keine eindeutige Farbe zu haben, aber zumindest war es üppig – ja augenblicklich stand sogar zu viel davon aus dem Hut heraus, der vielleicht einmal modisch gewesen, jetzt aber ein Fiasko war. Sie trug ein Reisekostüm, das aussah, als wäre sie damit um die ganze Welt gereist, vor allem durch heiße und staubige Gegenden, denn es hatte keine erkennbare Form oder Farbe mehr.

Maude selbst war sicherlich nie schön gewesen – ihre Gesichtszüge waren zu streng. Insbesondere die Mundpartie war alles andere als anmutig. Man konnte ihr Alter – so zwischen fünfzig und sechzig – schlecht genauer bestimmen. Ihr Gang glich dem einer jungen Frau – oder, um genau zu sein, dem eines jungen Mannes. Ihr Teint war entsetzlich! Entweder hatte ihr nie jemand geraten, die Sonne zu meiden, oder sie hatte das völlig ignoriert. Die Haut war vom Wetter gegerbt, zu stark gebräunt und hatte einen unvorteilhaften rotbraunen Ton. Der Himmel weiß, wo sie den herhatte! Sie sah wie eine Eingeborene aus! Kein Wunder, dass ihre Familie sie an Weihnachten nicht bei sich haben wollte. Sie hatten vielleicht eine Gesellschaft und konnten sie ja nicht einfach wegsperren.

Aber es war schon ungeheuerlich, sie zu Joshua und Caroline zu schicken, obendrein noch zu deren Gast!

Sie hörte Stimmen in der Eingangshalle, dann Schritte auf der Treppe. Zweifelsohne würde sie diese grauenhafte Person beim Lunch kennenlernen und auch noch nett zu ihr sein müssen.

Und genau so kam es. Unter solchen Umständen hätte man erwartet, dass dieses unglückselige Wesen schweigen und erst nach Aufforderung das Wort ergreifen würde. Das Gegenteil war der Fall. Auf die unbedeutendsten Fragen gab sie ausführliche Antworten, wo doch ein oder zwei kurze Bemerkungen wirklich ausgereicht hätten.

»Wie ich höre sind Sie gerade aus dem Ausland zurückgekehrt«, sagte Caroline höflich. »Hoffentlich hat es Ihnen gefallen.« Sie gab ihr bewusst die Möglichkeit auszuweichen, so als wäre das für Maude kein angenehmes Gesprächsthema.

Dem war aber nicht so. Ein breites Lächeln erhellte Maudes Gesicht, ihre Augen blitzten auf und sie sagte fast leidenschaftlich, mit voller Stimme: »Es war wunderbar! Die Welt ist schrecklicher und schöner, als wir uns das jemals vorstellen oder glauben können, selbst wenn man so viel wie ich gesehen hat. Hinter jeder Ecke verbergen sich neue Herausforderungen und neue Wunder.«

»Waren Sie lange unterwegs?«, fragte Caroline. Sie hatte offensichtlich vergessen, dass Joshua ihr das schon gesagt hatte. Vielleicht wollte sie vor Maude auch nicht so dastehen, als ob sie über sie gesprochen hätten.

Maude lächelte und ihre hervorragenden Zähne kamen zum Vorschein, obgleich der Mund viel zu groß war. »Vierzig Jahre«, antwortete sie. »Ich hatte mich verliebt.«

Caroline wusste nicht, wie sie das auffassen sollte. Maude trug keinerlei Ringe und hatte sich mit ihrem Mädchennamen vorgestellt. Das einzig Schickliche wäre gewesen, das Thema zu vermeiden, aber dafür war es jetzt zu spät. Kein Wunder, dass man sie nicht im Hause duldete. Wirklich, sie war eine Zumutung!

Maude blickte Mariah an und konnte unmöglich über deren missbilligenden Gesichtsausdruck hinwegsehen. »Verliebt in die Wüste«, erklärte sie strahlend. »Und in Städte wie Marrakesch. Sind Sie jemals in einer islamischen Stadt in Afrika gewesen, Mrs Ellison?«

»Ganz gewiss nicht«, empörte sich Mariah bissig. Welch lächerliche Frage! Welche anständige englische Dame würde so etwas tun?

Maude war einfach nicht zu bremsen. Sie lehnte sich über den Tisch und vergaß ganz und gar ihre Suppe. »Marrakesch ist eine Oase in der Ebene vor dem Atlasgebirge. Sie erstreckt sich vom großen roten Turm der Koutoybia-Moschee bis zu den palmenreichen Randgebieten und dem Wüstensand. Die Almoraviden-Prinzen, die mit ihren Horden aus der schwarzen Wüste Senegals kamen, gründeten die Stadt und bauten Paläste von einer Schönheit, die auf der Welt ihresgleichen sucht.«

Caroline und Joshua vergaßen nun auch ihre Suppe.

»Sie brachten Meister des Kunsthandwerks mit: Stuckateure, Fachleute für die Vergoldung von Zedernholz und Hersteller von Keramikmosaiken«, fuhr Maude fort. »Sie schufen Gärten über Gärten, Höfe, die in weitere Höfe und Wohngemächer führten. Einige ganz oben im Sonnenlicht, andere wiederum ganz unten im Dunkeln, von Mauern und Wasserläufen umgeben.« Sie lächelte bei der freudigen Erinnerung. »Man spaziert im düsteren Grün eines Zypressengartens. Oder man atmet im zarten Licht den kühlen Duft von Jasminhecken ein, und man hört das leise Rauschen von Wasser und das Gurren der Tauben, die sich ihr Gefieder putzen. Es gibt Alabasterkrüge, Lichtstrahlen, die durch mit Edelsteinen besetztes Glas dringen und zinnoberrote Türen mit goldenen Ornamenten.« Sie hielt kurz inne, um Luft zu holen.

Mariah fühlte sich vom Zauber der Erlebnisse und auch von der Tischgesellschaft ausgeschlossen. Joshua und Caroline hingen Maude geradezu an den Lippen. Mariah war gänzlich überflüssig. Eigentlich wollte sie das alles als fremd und völlig vulgär abtun, aber im tiefsten Inneren und gegen ihren Willen war sie fasziniert. Selbstverständlich würde sie das nie zugeben.

»Und Sie durften all diese Dinge sehen?«, fragte Caroline erstaunt.

»Eine Zeit lang lebte ich dort«, antwortete Maude. Ihre Augen strahlten bei der Erinnerung. »Es war eine herrliche Zeit, jede Woche geschah etwas Wunderbares oder etwas Schreckliches. Noch nie fühlte ich mich so durch und durch lebendig! Die Welt kann so schön sein, dass ich es manchmal fast nicht ertragen konnte.

Man sieht Dinge, die durch ihre leidenschaftliche Schönheit schmerzen.« Sie lächelte zwar, hatte aber Tränen in den Augen. »Die Abenddämmerung in einem persischen Garten, wie das leuchtend rote Feuer der Sonne in Umbra und Rosenrot langsam über den Bergen erlischt; der Ruf der kleinen Eulen in der Kühle der Nacht; Wasser, das sich über alte Steine kräuselt; der Schein des Feuers, der sich in einer Kupfertrommel spiegelt; der Duft von Jasmin im Mondschein, so intensiv wie wohlriechendes Öl und klar wie die Sterne.«

Überwältigt von ihren Empfindungen schob sie die Suppe beiseite. »Ich könnte noch ewig weitererzählen. Ich kenne keine Langeweile. Sie muss schlimmer als der Tod sein, wie eine schreckliche, zerstörerische Krankheit, die einem weder die gierige Lebenslust noch die Erlösung durch den Tod lässt. Selbst der feine Stich im Herzen, weil man das Licht nicht für immer festhalten kann, ist immer noch besser als das alles nicht gesehen und geliebt zu haben.«

Mariah wusste wirklich nicht, was Maude da eigentlich plapperte! Woher sollte sie auch. Sie hatte jedoch eine nadelfeine Ahnung, wie eine tiefe Wunde, die man zunächst gar nicht spürt, unbemerkt zugefügt von der messerscharfen Klinge des Neides.

Was konnte man auch schon dazu sagen? Man sollte etwas sagen, aber wie konnte man einem solchen … Gefühlserguss begegnen? Es schickte sich einfach nicht. Es war, als zöge man sich in der Öffentlichkeit nackt aus.

Keinerlei Anstand. Das hatte man nun davon, in fremde Länder zu reisen – und nicht nur in fremde, sondern auch noch in heidnische Länder. Am besten ignorierte man den ganzen Vorfall.

Aber das war natürlich unmöglich. Der Nachmittag war kalt, aber trotz des scharfen Windes klar und sonnig. Der einzige Ausweg war die Flucht.

»Ich werde mir etwas die Füße vertreten«, kündigte Mariah nach dem Mittagessen an. »Vielleicht tut mir die Meeresbrise gut.«

»Welch ausgezeichnete Idee«, rief Maude enthusiastisch aus. »Es ist ein herrlicher Tag. Ist es Ihnen recht, wenn ich mitkomme?«

Was sollte sie dazu sagen? Sie konnte wohl kaum ablehnen. »Aber leider wird es weder Jasmin noch Eulen oder Sonnenuntergänge über der Wüste geben«, antwortete sie kühl. »Ich könnte mir denken, Sie werden es etwas frisch … und ….recht unspektakulär finden.«

Ein Schatten glitt über Maudes Gesicht, aber es blieb unklar, ob es nun wegen der einsamen Moorlandschaft und der frischen Meeresbrise war oder wegen Mariahs Zurückweisung.

Mariah überkam ein Schuldgefühl. Dieser Frau war der Schutz und die Bequemlichkeit ihres eigenen Heims verwehrt worden. Sie verdiente zumindest Höflichkeit. »Aber selbstverständlich können Sie gerne mitkommen«, fügte sie widerwillig hinzu. Herrgott, dass sie so etwas sagen musste.

Maude lächelte: »Danke.«

Sie gingen beide in dicke Schals und Capes gehüllt und natürlich mit festen Winterstiefeln los. Mariah schloss das Gartentor hinter sich und schlug sofort den Weg zum Meer ein. Im Sommer würden Blumen das Tor umranken und die Hecken stünden in voller Blüte. Jetzt war alles einfach nur karg und feucht. Nach all ihren Aufenthalten in der Wüste, bräuchte der Wind nur kalt genug zu sein, damit Maude nach spätestens einer halben Stunde die Lust verginge. Vielleicht reichte auch die feuchtkalte Luft schon.

Aber Maude war geradezu unverschämt gesund und eine erprobte Spaziergängerin. Nur unter Einsatz ihrer ganzen Kraft und Puste konnte Mariah mit ihr mithalten. Zur Küste war es etwa eine Meile und Maude verlangsamte nicht einmal ihr Tempo. Für sie schien es selbstverständlich zu sein, dass die alte Dame ohne Schwierigkeiten nachkäme, eine äußerst ärgerliche und ziemlich gedankenlose Annahme. Mariah war mindestens fünfzehn Jahre älter, wenn nicht noch mehr, und darüber hinaus war sie eine Dame und nicht irgendein Wesen, das um die ganze Welt zog und sich zu Fuß fortbewegte, als besäße es keine eigene Kutsche.

Der Himmel über ihnen war weit und wild, eine schmerzende blaue Leere mit wenigen Wolkenfetzen, graue Schweife, die im Osten am Horizont über dem Meer auftauchten. In der Wintersonne weiß schimmernde Möwen stiegen in den Himmel, zogen ihre Kreise und kreischten schrill, wie lärmende Kinder. Das schmucklose Gras wogte im Wind, und es roch nach Salz.

»Wie wunderschön!«, sagte Maude glücklich. »Noch nie habe ich so reine und lebendige Luft gerochen. Es ist, als wäre die ganze Welt von Lachen erfüllt. Es tut so gut, wieder in England zu sein. Ich hatte ganz vergessen, wie ungezähmt das Land noch ist, trotz unserer Zivilisation. In Snave war ich nur ganz kurz, so dass ich keine Gelegenheit hatte, hinauszugehen!«

Sie spinnt, dachte Mariah grimmig. Kein Wunder, dass ihre Familie sie loswerden will!

Sie kämpften sich den Hang hoch und dann öffnete sich das ganze Panorama über dem Ärmelkanal: der lange Sandstrand und das an Farbe verlierende Wasser, das im Licht beinern glänzte. Die Brandung brach sich in dicht aufeinander folgenden weißen Wellen, die mit ihren Schaumkronen an die Küste zischten, sich auflösten und zurückeilten, um dann unmittelbar darauf mit neuer Kraft wieder hereinzubrechen, des Spiels nie müde werdend. Die Wasseroberfläche war schattenlos blau und sie erstreckte sich bis in den Himmel. Sie wussten beide, dass Frankreich nicht viel mehr als zwanzig Meilen entfernt war, aber heute verwischte sich der Horizont im Dunst.

Maude stand mit erhobenem Haupte da, der Wind zerrte die letzten Strähnen aus den Haarnadeln und fast hätte er auch noch den Schal mitgerissen.

»Ist das nicht herrlich?«, rief sie aus. »Bis gerade eben

hatte ich völlig vergessen, wie sehr ich das Meer liebe, seine Weite, seinen Glanz, seine endlosen Erscheinungsformen. Es ist nie gleich.«

»Ich finde, das Meer sieht immer gleich aus«, bemerkte Mariah schroff. Wie konnte man nur so grundlos fröhlich sein? Einfach schwachsinnig! »Kalt, nass und nur allzu bereit, jeden zu verschlingen, der dumm genug ist, dem Wasser diese Chance zu geben«, beendete sie ihren Kommentar.

Maude brach in Gelächter aus. Sie stand mit erhobenem Haupte und geschlossenen Augen am Ufer, lächelte im Wind, der ihren Schal und ihre Röcke aufbauschte.

Mariah drehte sich um und stampfte über die Grasbüschel, in denen sich ihre Füße verhedderten, zurück auf den Weg. Diese Frau war wirklich ein komischer Vogel. Man konnte unmöglich von jemandem verlangen, sie zu ertragen.

Beim Abendessen war es nicht besser. Maude ergötzte sie mit Geschichten von einer Bootsfahrt auf dem Nil, von im Wasser stehenden Büffeln, von unbekannten Insekten und Grabstätten von Königen, die Tiere anbeteten! Vielleicht lag das alles im Trend, aber Mariah fand es ganz und gar abscheulich. Sowohl Caroline als auch Joshua trieben es zu weit mit der Gastfreundschaft: Sie hingen geradezu an ihren Lippen und ermunterten ihren Gast sogar mit immer neuen Fragen.

Natürlich tat ihnen diese unglückselige Person den

Gefallen, und die ganze Zeit über, während das Roastbeef, der Yorkshire-Pudding, das Gemüse und die Apfelcharlotte mit Sahne gereicht wurden, waren sie genötigt, den Beschreibungen von verlassenen Gärten in Persien zu lauschen.

»Ich stand im Sand des Baches, der sich seinen Weg über die blauen, größtenteils zerbrochenen Ziegel bahnte«, erzählte Maude lächelnd. Die Erinnerung verschleierte ihren Blick. »Wir befanden uns in ziemlicher Höhe, und ich schaute durch die alten Bäume auf die braune Ebene, auf die alten Handelswege: im Osten Richtung Samarkand, im Westen nach Bagdad und im Süden nach Isfahan. Meine Fantasie begab sich auf Höhenflüge. Die Namen allein waren wie eine Zauberformel. Als die Dunkelheit einbrach, verwandelten sich die blassen Farben in Gold und Feuerrot, in ein großartiges fremdes Porphyr. Im Geiste kann ich noch die Glocken der Kamele hören und ihre eigenartig torkelnde Gangart sehen, wie sie sich traumwandelnd still vorwärts bewegten, durch die beginnende Nacht, die neue Abenteuer mit sich bringen würde.«

»War das nicht manchmal auch anstrengend?«, fragte Caroline, nicht etwa kritisch, eher mitfühlend.

»Oh ja! Sogar oft«, stimmte ihr Maude zu. »Man hat Durst, die Glieder schmerzen und natürlich ist man manchmal so erschöpft, dass man sein ganzes Hab und Gut für eine durchgeschlafene Nacht hergeben würde. Aber man weiß immer, dass es sich lohnt. Und so ist es dann auch. Der Schmerz währt nur einen Augenblick, die Freude jedoch ewig.«

So ging das immer weiter. Hin und wieder griff sie nach den Macadamianüssen, die sie für alle auf den Tisch gelegt hatte. Ihre Familie hatte sie ihr geschenkt, weil sie Maudes Schwäche dafür kannte.

Nur Joshua bediente sich.

»Sehr schwer zu verdauen«, sagte Mariah, die immer ärgerlicher wurde.

»Ich weiß«, stimmte ihr Maude zu. »Ich werde es heute Nacht sicherlich bereuen. Aber etwas Pfefferminzwasser wird mir gut tun.«

»Ich wäre lieber von vorneherein nicht so unvernünftig«, antwortete Mariah frostig.

»Haben Sie Pfefferminzwasser?«, fragte Caroline sie. »Ich kann Ihnen gerne etwas geben.«

»Ich werde mich lieber etwas beherrschen«, antwortete Mariah, die sich von dem Angebot angesprochen fühlte.

Maude lächelte. »Danke, aber ich habe eine Ration bei mir. Das reicht sicherlich aus. Es sind ja nicht mehr viele Nüsse übrig. Ich kann einfach nicht widerstehen.«

Sie bot Joshua noch welche an und er nahm zwei. Er bat sie, doch mit den Geschichten von Persien fortzufahren.

Mariah versuchte, darüber hinwegzusehen.

Es schien darauf hinauszulaufen, dass sie nun morgens, mittags und abends den Berichten von fernen

Ländern mit geheucheltem Interesse zuhören mussten. Sie hatte von Anfang an recht gehabt: Das würde das schlimmste Weihnachtsfest in ihrem Leben werden. Nie würde sie Emily verzeihen, sie an diesen Ort verbannt zu haben. Eine wahrhaft schändliche Tat.

Mariah erwachte am nächsten Morgen vom Geschrei der Dienstmädchen und dem Klopfen an ihrer Tür. Gab es denn keinerlei Rücksichtnahme in diesem Haus? Sie saß aufrecht im Bett, als das dumme Mädchen mit leichenblassem Gesicht, offenem Mund und weit aufgerissenen Augen ins Zimmer stürzte.

»Reißen Sie sich doch zusammen, Mädchen!«, fuhr Mariah sie an. »Was ist denn los mit Ihnen? Stellen Sie sich gerade hin und hören Sie auf zu schniefen. Raus mit der Sprache!«

Das Mädchen bemühte sich sichtlich, holte schluckend Atem und berichtete, immer wieder nach Luft schnappend. »Jawohl, Madam, etwas Schreckliches ist passiert. Miss Barrington liegt kalt wie Stein im Bett.«

»Unsinn!«, antwortete Mariah. »Gestern beim Abendessen ging es ihr noch ausgesprochen gut. Wahrscheinlich schläft sie nur ganz fest.«

»Nein, Madam. Tut sie nicht. Ich weiß, wie eine Tote aussieht und sich anfühlt. Sie ist mausetot, ja wirklich.«

»Jetzt werden Sie bloß nicht frech und respektlos.« Mariah kletterte aus dem Bett. Die kalte Luft drang durch ihr Nachtgewand. Sie griff nach dem Morgenrock und blickte das Mädchen an. »Sprechen Sie nicht über die Herrschaften wie über Ratten und Mäuse«, fügte sie sicherheitshalber noch hinzu. »Ich werde Miss Barrington persönlich wecken. Wo ist Tilly?«

»Jawohl, Madam. Sie ist schrecklich erkältet.«

»Dann lassen Sie sie in Ruhe. Sie können für Miss Barrington den Tee holen. Und für mich. Aber frisch aufgebrüht, bitte. Nichts Warmgehaltenes.«

»Ja, Madam.« Das Mädchen war erleichtert, die Verantwortung los zu sein, es selbst ihrem Herrn und ihrer Herrin sagen zu müssen. Genau wie die anderen Dienstboten mochte sie die alte Dame nicht. Grässliche Alte. Soll sie es doch selber feststellen und den anderen sagen.

Mariah marschierte den Gang entlang und schlug mit der Faust an Maudes Tür. Keine Antwort. Das hatte sie nicht erwartet. Es machte ihr durchaus Spaß, Maude aus einem festen, behaglichen Schlaf zu reißen, nur weil ein Dienstmädchen hysterisch war. Mal sehen, ob Maude dann das Personal immer noch so nett fände!

Sie stieß die Tür auf, ging hinein und schloss sie wieder. Sollte Maude wegen der Störung schlechte Laune zeigen, wäre ein vertraulicher Rahmen angebracht.

Im Zimmer war es hell, und die Vorhänge waren aufgezogen.

»Miss Barrington«, sagte Mariah sehr deutlich.

Die Person auf dem Bett zeigte keine Reaktion.

»Miss Barrington!«, wiederholte sie, diesmal beträchtlich lauter und herrischer.

Immer noch nichts. Mariah ging zum Bett.

Maude lag auf dem Rücken. Die Augen waren geschlossen, aber das Gesicht war kreidebleich, fast sogar etwas bläulich. Sie rührte sich nicht.

Mariah überkam ein Anflug von Panik. Verflixte Person! Sie ging etwas näher heran und wollte sie vorsichtig berühren. Sie war darauf gefasst, sofort zurückzuspringen und sich zu entschuldigen, sollte Maude die Augen aufreißen und wissen wollen, was um alles in der Welt Mrs Ellison da tat. Es war wirklich unentschuldbar, jemanden in diese peinliche Situation zu bringen. In heidnischen Ländern herumzuziehen hatte ihr den Verstand getrübt und ihr jegliches Gefühl dafür genommen, was es bedeutete, eine Engländerin von guter Herkunft zu sein.

Der Körper, den Mariah berührte, war kalt und steif. Es herrschte keinerlei Zweifel darüber, dass das Hausmädchen recht gehabt hatte. Maude war tot und das wahrscheinlich schon die ganze Nacht.

Die alte Dame wankte zurück und ließ sich auf einen Sessel fallen. Sie atmete plötzlich schwer. Wie schrecklich! Und so ungerecht. Erst die unerwünschte Ankunft, mit der sie alles durcheinander gebracht hatte. Jetzt war sie gestorben und hatte alles noch schlimmer gemacht. Sie würden das Weihnachtsfest in Trauer verbringen müssen! Statt festlicher Dekoration, Gesang, dem Festmahl und dem fröhlichen Beisammensein, würden sie nun flüsternd ganz in Schwarz dasitzen, die Spiegel verhängt, die Stimmung ängstlich und gedrückt. Die Hausangestellten fürchten sich immer, wenn es einen Toten im Haus gibt. Wahrscheinlich würde die Köchin den Dienst quittieren und was geschähe dann mit ihnen? Sie müssten kalten Braten essen!

Sie stand auf. Für sie bestand keinerlei Grund, traurig zu sein. Das wäre wirklich absurd. Sie hatte Mrs Barrington ja gerade erst kennengelernt. Von Freundschaft konnte keine Rede sein. Und mit den anderen brauchte sie auch kein Mitleid zu haben. Herrgott, ihre eigene Familie hatte sie nicht einmal an Weihnachten aufgenommen! Vielleicht waren sie der endlosen Geschichten vom Basar in Marrakesch und von den persischen Gärten überdrüssig. Oder der Schiffe auf dem Nil und der Gräber der Herrscher, die tausend oder mehr Jahre vor dem ersten Weihnachtsfest gelebt und Götzen mit Tierköpfen angebetet hatten.

Allerdings konnte ihre Familie unmöglich sympathisch sein, sonst hätten sie Maude an Weihnachten nicht einfach abgewiesen. Sie hätten mit Hinwendung und Interesse zugehört, so wie Joshua und Caroline. Wie sie selbst übrigens auch. Sie hatte sich durchaus vorstellen können, wie im Sonnenlicht Wasser über blaue Ziegeln plätscherte. Sie kannte zwar den Duft von Jasmin nicht, aber er war sicherlich betörend. Und man musste Maude immerhin lassen, dass sie auch die englische Landschaft – selbst im Dezember – zu schätzen gewusst hatte. Es war schon erbärmlich, dass sie ausgerechnet bei gänzlich fremden Leuten, die sie aus Nächstenliebe zum Weihnachtsfest aufgenommen hatten, sterben musste. Ihre Angehörigen hatten sie nicht geliebt und nicht zu sich genommen.

Mariah stand mitten im Schlafzimmer mit den geblümten Chintztapeten, den schweren Möbelstücken und der Asche im Kamin, als ihr eine schreckliche Wahrheit den Atem raubte. Sie selbst war ja nur aus Nächstenliebe hier, ungeliebt und verstoßen. Caroline und Joshua waren anständige Leute; deshalb hatten sie Mariah aufgenommen, nicht etwa, weil sie gerne mit ihr zusammen waren. Sie liebten sie nicht; sie mochten sie nicht einmal. Niemand mochte sie. Das wusste sie ganz genau, so wie sie auch das eisige Gefühl auf der Haut und den schneidenden kalten Wind in den Knochen spürte.

Sie öffnete die Tür, ihre Finger fuchtelten ungeschickt am Türgriff, und sie verspürte ein beengtes Gefühl in der Brust. Unsicheren Fußes ging sie den Gang zum anderen Gebäudeflügel entlang, zu Joshuas und Carolines Zimmer. Sie klopfte lauter als beabsichtigt, und als Caroline die Tür öffnete, blieb ihr die Stimme im Hals stecken.

»Das Dienstmädchen kam zu mir, um mir zu sagen, dass Maude heute Nacht gestorben ist«, brachte sie schluckend hervor. Also wirklich! Eine solche Gefühlsanwandlung war einfach lächerlich. Sie hatte die Frau ja kaum gekannt. »Leider entspricht das der Wahrheit.«

Caroline sah erschreckt aus, am Gesichtsausdruck der alten Dame merkte sie, dass es keinerlei Zweifel gab. In ihrem Alter hatte Mariah zu viele Tote gesehen, um sich zu täuschen.

»Komm doch erst mal ins Ankleidezimmer und setz dich«, sagte Caroline mit sanfter Stimme. »Ich sage Abby Bescheid, sie soll dir eine Tasse Tee bringen. Es tut mir so leid, dass ausgerechnet du sie finden musstest.« Sie reichte ihrer Schwiegermutter den Arm, um sie zu stützen, als diese mühsam durch das Zimmer schritt in den geräumigen, warmen Ankleideraum, wo Caroline sich schon Kleidungsstücke für den Tag zurecht gelegt hatte.

Mariah ärgerte sich über sich selber, weil sie den Tränen nahe war. Das war bestimmt der Schock. Es war wirklich nicht angenehm, alt zu werden. »Danke«, sagte sie unwirsch.

Caroline half ihr, auf einem der Stühle Platz zu nehmen, und beobachtete sie einen Augenblick lang, um sicher zu gehen, dass Mariah nicht ohnmächtig wurde. Als ihre Schwiegermama den Blick erwiderte, drehte sie sich um und verließ das Zimmer, um die unzähligen Tätigkeiten, die eine solche Situation erforderte, anzugehen.

Die alte Dame saß immer noch still da. Das Mädchen brachte ihr Tee, goss ihn für sie ein und ermunterte sie, ihn zu trinken. Er tat gut, eine angenehme Wärme durchströmte sie, änderte aber nichts an den Tatsachen. Warum war Maude tot? Gestern hatte sie sich noch allerbester Gesundheit erfreut. Woran war sie gestorben? Mit Sicherheit nicht an Altersschwäche. Dafür gab es keinerlei

Anzeichen. Sie konnte wie ein Soldat marschieren und auch genauso viel essen.

Sie schloss die Augen und sah Maude im Geiste wieder vor sich, wie sie leblos im Bett lag. Sie hatte weder verschreckt noch verstört gewirkt und schien auch nicht gelitten zu haben. Aber auf dem Tischchen neben ihr hatte eine leere Flasche gestanden. Wahrscheinlich das Pfefferminzwasser. Diese törichte Frau hatte sich mit dem Verzehr der Nüsse Magenbeschwerden eingehandelt, genau wie es Mariah vorhergesagt hatte. Warum nur waren manche Leute so unvernünftig? Ohne jegliche Selbstbeherrschung.

Sie trank die Tasse Tee aus und stand auf. Einen Augenblick lang drehte sich alles um sie herum. Sie atmete mehrmals tief ein und ging dann aus dem Zimmer hinaus den Gang zu Maudes Schlafzimmer zurück. Weit und breit war niemand zu sehen. Wahrscheinlich waren alle beschäftigt. Caroline würde das Möglichste tun, um das Personal zu beruhigen. Wenn jemand starb, musste man auf unberechenbares Verhalten der Dienstboten gefasst sein. Mindestens ein Dienstmädchen würde ohnmächtig werden und ein anderes hysterisch. Als ob es sonst nichts zu tun gäbe!

Mariah öffnete die Tür, schlich schnell in das Zimmer und zog sogleich die Tür wieder hinter sich zu. Dann sah sie sich um. Ja, sie hatte recht gehabt: Auf dem Nachttisch stand eine leere Flasche. Sie ging hin und nahm sie in die Hand. Auf dem Etikett stand ›Pfefferminzwasser‹, aber um ganz sicher zu sein, löste sie den Korken und roch versuchsweise daran. Zweifelsohne, der Geruch von reiner und scharfer Pfefferminze strömte ihr in die Nase.

Maude hatte die Flasche mitgebracht. Es war nur *eine* Ration darin gewesen. Wahrscheinlich hatte sie regelmäßig davon Gebrauch gemacht. Wie töricht! Hätte sie sich einigermaßen vernünftig ernährt, wäre das gänzlich unnötig gewesen. Eigenartig, dass es so was auch in Arabien, oder Persien, oder wo immer sie gerade hergekommen war, gab. Und die Aufschrift war auf Englisch.

Sie betrachtete die Flasche genauer. Auf dem Etikett standen der Name und die Adresse einer Apotheke in Rye, das nur einige Meilen entfernt war, gleich hinter der Landspitze von Dungeness.

Maude hatte doch gesagt, dass sie gar nicht von Snave weggegangen war, ja sie hatte nicht einmal die Gelegenheit gehabt, überhaupt aus dem Hause zu gehen. Also musste ihr jemand die Flasche gegeben haben, mit nur einer Ration darin. Vermutlich schon in der Absicht, die Folgen der Macadamianüsse abzuschwächen! Aber nur eine Ration? Äußerst merkwürdig. Besonders dann, wenn man davon ausging, dass sie das Wasser wirklich brauchte. Jeder Haushalt würde dieses harmlose Mittel vorrätig haben, besonders über Weihnachten, wenn es von allem zu viel gab. Irgendetwas stimmte da nicht.

Sie nahm die Flasche, verbarg sie in ihren Rockfalten und ging in ihr Zimmer zurück, wo sie sie in einer Schublade zwischen ihrer Unterwäsche versteckte.

Dann kleidete sie sich mit Tillys Hilfe – Tilly hatte sich wieder zusammengenommen, ihre Erkältung war angesichts einer Toten doch nicht so schlimm gewesen – mit der dunkelsten Kleidung, die sie bei sich hatte, nicht ganz in Schwarz, sondern in einem Grau, das einer langjährigen Witwe durchaus gebührte, und das im Winterlicht als Schwarz durchgehen konnte. Sie ging hinunter und stellte sich dem Tag.

Caroline stand vor dem Kamin. Joshua war unterwegs, um den Arzt zu holen, sodass die Formalitäten abgewickelt werden konnten.

»Ist alles in Ordnung, Schwiegermama?«, fragte Caroline besorgt. »Dieses Ereignis ist bestimmt furchtbar für dich.«

»Für Maude war es wesentlich furchtbarer!«, antwortete sie bissig. Mariah machte sich so ihre Gedanken, kam aber noch nicht zu einem Schluss. Sie konnte sie niemanden mitteilen, schon gar nicht Caroline, die, soweit sie wusste, noch nie etwas herausgefunden hatte. Wahrscheinlich würde sie einen Skandal vermeiden, ja sogar verhindern wollen. Das hätte Maude wirklich nicht verdient! Vielleicht war niemand anderes als Mariah Ellison in der Lage, der Wahrheit ins Auge zu sehen.

Kurz darauf erschien der Arzt und wurde nach oben geführt.

»Herzversagen«, klärte er sie auf, als er wieder nach unten kam. »Sehr bedauerlich. Sie schien ansonsten bei ausgezeichneter Gesundheit zu sein.«

»Ja, das war sie!«, stimmte Mariah ihm schnell zu, bevor jemand anderer etwas sagen konnte. »Sie reiste durch die Welt, ging meilenweit zu Fuß, ritt auf Pferden und sogar auf Kamelen. Sie erwähnte keinerlei Beschwerden.«

»So was kann ganz unerwartet eintreten«, sagte der Arzt freundlich.

»Ein tödlicher Herzanfall?«, hakte die alte Dame nach. »Sie sah nicht gerade aus, als hätte sie Schmerzen erlitten!«

»In der Tat«, stimmte er ihr stirnrunzelnd zu. »Ich halte es für wahrscheinlicher, dass ihr Herz einfach sehr schwach war und dann ganz aufhörte zu schlagen.«

»Schwach war und dann aufhörte zu schlagen?«, wiederholte Mariah ungläubig.

»Schwiegermama!«, rief Caroline vorwurfsvoll.

»Ich nehme an, dass es ein friedlicher Tod war«, sagte der Arzt zu Mariah. »Beruhigt Sie das etwas? Waren Sie mit der Dame eng befreundet?«

»Sie kannte sie kaum!«, sagte Caroline bissig.

»Oh doch!«, widersprach ihr Mariah im gleichen Ton.

»Es tut mir wirklich leid.« Der Doktor war immer noch freundlich. Er wandte sich Joshua zu. »Wenn ich Ihnen irgendwie behilflich sein kann, bin ich natürlich gerne bereit dazu.«

Joshua bedankte sich.

»Wir müssen ihre Familie verständigen«, mischte sich Mariah lauthals ein. »Bedelia nochwas.«

»Ich hab mir auch schon überlegt, wie ich das zu Papier bringen kann«, gab Caroline zu. »Wie kann ich es nur ausdrücken, damit es nicht so… ›schlimm‹ ist. Das klingt geradezu absurd. Wenn ich einfach nur schreibe, dass wir bedauern, ihnen mitteilen zu müssen… Ist das besser?« Sie sah besorgt aus. ›Wir bedauern…‹ wäre wirklich keine Übertreibung. Ihr betrübter Gesichtsausdruck war durchaus echt.

Mariahs Gedanken rasten. Was kam ihr da alles in den Sinn? Herzschwäche? Schwer verdauliche Nüsse? Eine Ration Pfefferminzwasser? War Maude umgebracht worden? Absurd! Das hatte sie nun davon, dass man ihrer Enkelin erlaubt hatte, einen Polizisten zu heiraten. Alles Carolines Schuld. Hätte sie als Mutter auch nur das geringste Verantwortungsbewusstsein verspürt, hätte Charlotte nie die Erlaubnis dazu erhalten! Thomas Pitt war kein geeigneter Ehemann. Er besaß wirklich nichts, was für ihn sprach, außer vielleicht seine Größe.

Wenn aber jemand wie Pitt in der Lage war, ein Verbrechen aufzuklären, dann war es Mariah allemal. Sie würde sich doch nicht von dem Sohn eines Wildhüters, der halb so alt war wie sie, übertreffen lassen!

Und wenn Maude umgebracht worden war, würde sie, Mariah Ellison, dafür sorgen, dass der Mörder vor Gericht gebracht würde und teuer für die Tat bezahlen müsste. Auch wenn Maude vielleicht ein komischer Vogel und eine Nervensäge gewesen war, hatte sie doch einen Anspruch auf Gerechtigkeit.

Mariah kam es vor, als wären das Licht und die Wärme aus der Luft gewichen und eine Schwere eingetreten, die sie ganz und gar nicht verstand.

»Du solltest gar nicht schreiben«, sagte sie bestimmt. »Man kann so einen schrecklichen und plötzlichen Tod nicht einfach in einem Brief mitteilen, zumal die Familie doch ganz in der Nähe wohnt. In Snake oder so ähnlich, habe ich recht?«

»In Snave«, verbesserte Caroline sie. »Ungefähr vier oder fünf Meilen von hier. Noch im Marschland. Meinst du, ich sollte hinfahren und es ihnen persönlich mitteilen?« Ihre Miene spannte sich an. »Ja, du hast natürlich recht.«

»Nein, nein«, widersprach ihr Mariah schnell. »Zugegeben, es sollte jemand persönlich hingehen. Schließlich war Maude ja die Schwester, auch wenn sie schlecht behandelt wurde. Vielleicht hat die Familie jetzt sogar Gewissensbisse.« Das kam ihr allerdings unwahrscheinlich vor. Sie schienen ziemlich schamlos zu sein. »Ich werde gehen. Du musst dich schließlich um die Weihnachtsvorbereitungen kümmern und du würdest Joshua fehlen. Außerdem habe ich mehr Zeit mit Maude verbracht als alle anderen hier. Vielleicht kann ich Trost spenden und von ihren letzten Stunden berichten.« Ihr war genau bewusst, wie salbungsvoll sie klang. Sie beobachtete Carolines Miene. Eine Katastrophe, wenn sie mitkäme; ja, das würde die ganze Fahrt sogar zur reinen Zeitverschwendung machen. Wollte sie nämlich wirklich etwas herausfinden, müsste sie dann Caroline notgedrungen über ihren Verdacht, der bei genauerer Überlegung immer stärker wurde, in Kenntnis setzen.

In Carolines Augen sprühte ein Funken Hoffnung. »Ist das wirklich nicht zu viel verlangt, Schwiegermama?«

Natürlich hatte Caroline Zweifel. Mariah Ellison war weiß Gott nicht dafür bekannt, dass sie sich für andere bemühte. Das entsprach ganz und gar nicht ihrem Charakter. Allerdings kannte Caroline sie auch nicht so gut. Zwar hatten sie fast zwanzig Jahre lang unter einem Dach gelebt, aber die ganze Zeit über hatte die Schwiegermutter ihr etwas vorgespielt. Sie hatte ihr Elend und ihren Selbsthass unter dem Mantel der Witwenschaft versteckt. Was hätte sie auch anderes tun können? Unaufhörlich nagte die schamvolle Vergangenheit an ihr, als ob der körperliche Schmerz einer offenen, blutenden Wunde noch da wäre und kaum zu gehen vermochte. Ihres Sohnes wegen war ihr gar nichts anderes übrig geblieben, als sich zu verstellen. Und die Lebenslüge wuchs immer weiter in ihr, entfremdete sie immer mehr von ihren Mitmenschen.

»*Du* hast mich ja nicht darum gebeten«, sagte sie heftiger als beabsichtigt. »*Ich* habe es angeboten. Das scheint mir am vernünftigsten zu sein.« Sollte sie noch erwähnen, dass Caroline und Joshua sie hier willkommen geheißen hatten, und sie sich nun revanchieren wollte? Nein, doch nicht. Caroline würde ihr das niemals abnehmen. Sie hatten Mariah lediglich aufgenommen; sie war nicht willkommen hier; sie war auch nicht so einfältig, das zu erwarten. Caroline würde misstrauisch werden. »Ich habe hier nichts zu tun«, räumte sie realistischerweise ein. »Mir ist langweilig.« Das klang glaubhaft. Jedenfalls würde sie Caroline gegenüber nie und nimmer zugeben, dass sie Maude Barrington sogar bewundert hatte. Nun spürte sie eine schreckliche Wut in sich, weil Maude von ihren Angehörigen abgewiesen und sehr wahrscheinlich sogar von jemandem aus der Familie ermordet worden war. Sie wartete Carolines Reaktion ab. Sie durfte jetzt nicht übertreiben.

»Macht es dir wirklich nichts aus?«, Caroline war noch nicht so ganz überzeugt.

»Wirklich nicht«, erwiderte Mariah. »Es ist immer noch ein herrlicher Morgen. Ich werde mich langsam zurechtmachen, etwas zu Mittag essen und mich dann auf den Weg machen. Allerdings nur, wenn ihr die Kutsche entbehren könnt. Anders kommt man ja in dieser gottverlassenen Gegend nicht vorwärts.« Plötzlich kam ihr ein Gedanke. »Vielleicht befürchtet ihr …«

»Nein«, unterbrach sie Caroline hastig. »Es ist wirklich sehr großmütig von dir, und es scheint mir auch angemessen. Wir bezeugen damit weit mehr Anteilnahme als mit einem Brief, egal wie ernsthaft wir ihn formuliert hätten. Selbstverständlich wird dich der Kutscher hinfahren. Wie du schon erwähntest, ist es noch recht mild draußen. Heute Nachmittag passt mir sehr gut. Ich weiß es wirklich zu schätzen.«

Lächelnd versuchte Mariah ihren Triumph zu verbergen. »Dann werde ich mich jetzt fertig machen.« Sie trank den Tee aus und erhob sich. Sie beabsichtigte so lange in Snave zu bleiben, bis sie die Wahrheit über Maudes Tod herausgefunden und bewiesen hatte. Das Wissen allein würde wohl kaum ausreichen. Ihr Besuch könnte sich leicht über mehrere Tage erstrecken. Sie musste es einfach schaffen. Es ging dabei gar nicht um Sentimentalitäten, es ging ums Prinzip. Sie gehörte nun mal zu den Frauen, die Wert auf solche Dinge legten.

Selbst mit der Decke, die sie um sich geschlungen hatte, war die Fahrt kalt und unbequem. Vom Meer her blies ein bitterkalter Wind, der jedoch die Wolken ab und an wegtrieb. Über der ebenen Heide war das Licht frisch und hart. Hier hatte Julius Cäsar fünfundfünfzig Jahre vor Christi Geburt das Land erobert. Damals hatte es noch keine Weihnachten gegeben! Auch Cäsar war ermordet worden, von seinen eigenen Leuten, die er über Jahre hinweg gekannt und denen er vertraut hatte.

Elf Jahrhunderte später war William aus der Normandie mit seinen Rittern und Schützen hier gelandet und hatte König Harold getötet, in Hastings, ein Stück weiter die Küste entlang. Irgendwie betrachtete Mariah die Invasion Cäsars mit Genugtuung. Rom war damals das Zentrum der Welt gewesen und England stolz darauf, ein Teil des Reiches gewesen zu sein. Aber die Eroberung Williams kränkte sie. Das war eigentlich dumm von ihr, weil es vor tausend Jahren das Beste gewesen war! Aber es war das letzte Mal, dass England erobert worden war, und das störte sie.

Wahrscheinlich wäre König Philipp aus Spanien mit seiner Armada, wenn sie nicht im Sturm untergegangen wäre, auch hier gelandet. Und dann noch Napoleon Bonaparte. Aber der zog stattdessen nach Russland, was sich als äußerst schlechte Idee entpuppte.

Und was war mit ihrer Idee? War sie auch schlecht, arrogant, dumm, das Resultat ihrer aufgeheizten Fantasie? Aber jetzt konnte sie nicht mehr zurück. Sie würde sich nur lächerlich machen! Ungeliebt zu sein, war schon schmählich genug. Verachtet – oder schlimmer noch – bemitleidet zu werden, wäre unerträglich.

Sie schaute aus dem Fenster und sah, wie sich der Himmel verdunkelte und sich ein Grauschleier vor die schon tief stehende Sonne legte. Mariah konnte sich einfach nicht vorstellen, warum jemand freiwillig in dieser Gegend leben wollte. Außer Maude natürlich! Sie liebte das flache, weite, grasbewachsene Marschland, den windzerzausten Himmel, die Wolkenbänder und die salzige Luft.

Vielleicht hatte Maude es nie erlebt, dass alles gefroren oder derart im Nebel versunken war, dass man die Hand vor Augen nicht mehr sehen konnte! Genau so ein Wetter käme ihr jetzt gerade recht, dachte Mariah: ein so grausiges Wetter, dass sie mehrere Tage lang nicht nach St Mary in the Marsh zurückkehren könnte. Sie hatte eine große Aufgabe zu bewältigen und je länger sie darüber nachdachte, desto gewaltiger und hoffnungsloser erschien sie ihr. Irgendwie war es beruhigend, dass sie jetzt nicht mehr umkehren konnte, sonst hätte sie es womöglich getan. Sie hatte nicht die geringste Vorstellung, welche Leute sie antreffen würde, und sie hatte mit Sicherheit keinerlei Rückhalt für ihre Absichten. Auch wenn es nur ein Versuch war. Vielleicht wäre Charlottes Anwesenheit gar nicht so schlecht. Sie hatte sich schon oft in die Kriminalfälle ihres Ehemannes eingemischt und hatte sicherlich ein gewisses Gespür entwickelt.

Aber Charlotte war nun mal nicht hier. Dann musste eben die Großmutter das Beste daraus machen. Auf in den Kampf, was auch immer geschah. Sie verfügte über Intelligenz und Entschlusskraft. Das musste reichen. Und natürlich hatte sie das Recht auf ihrer Seite. Der Mord an Maude Barrington war einfach abscheulich – sofern es überhaupt einer war. Egal wie die Wahrheit aussah, ihre Angehörigen hatten sie jedenfalls abgewiesen. Und das auch noch an Weihnachten! Welche Kränkung! Mariah konnte sie spüren, als wäre sie ihr persönlich widerfahren.

Die Fahrt war viel zu schnell vorbei. Es waren ja nur ein paar Meilen, vierzig Minuten bei flottem Trab, schneller als eine Krähe flöge. Jedes Sträßchen schien sich wieder zum Ausgangspunkt zurückzuschlängeln, als führte es nur um ein Feld, und Mariah hatte den Eindruck, jeden Bach zweimal zu überqueren. Der Himmel war aufgeklart, das Licht legte lange helle Bahnen über das zitternde Gras und warf netzartige Schatten durch die nackten Bäume, als die Kutsche in das winzige Dorf Snave einfuhr. Eigentlich gab es dort nur ein einziges großes Haus. Alles andere schienen Cottages und Farmgebäude zu sein. Wie konnte man hier nur leben? Ein Fleck an einer verbreiterten Straße.

Sie holte tief Luft, um sich zu beruhigen, und wartete mit Herzklopfen darauf, dass ihr der Kutscher die Tür öffnete. Ein Dutzend Mal hatte sie eingeübt, was sie sagen wollte, und jetzt, wo es so weit war, hatte sie alles wieder vergessen.

Draußen, auf der Auffahrt:, kämpfte sie schwankend gegen den messerscharfen Wind an. Sie hielt den Umhang ganz fest, damit er nicht wegflog, und stapfte auf ihren Stock gestützt zur Eingangstür. Der Kutscher zog die Türglocke und trat abwartend zurück.

Die Tür ging sogleich auf. Jemand musste gesehen haben, wie die Kutsche vorgefahren war. Ein ausgesprochen gewöhnlich aussehender Butler sprach sie höflich an.

»Guten Tag«, gab sie zurück. »Mein Name ist Mariah Ellison. Mr Joshua Fielding, bei dem Miss Barrington zu Gast war, ist mein Schwiegersohn.« Sie würde die genaueren Familienverhältnisse, sofern das überhaupt nötig war, später erklären. »Leider muss ich der Familie eine sehr betrübliche Nachricht überbringen, die eine persönliche Vorsprache erforderlich macht.«

Er sah beunruhigt aus. »Du meine Güte. Kommen Sie doch herein, Mrs Ellison.« Er zog die Tür weiter auf und trat etwas zurück.

Sie dankte und trat ein. »Darf ich Sie darum bitten, den Kutscher ebenfalls ins Warme zu lassen und ihm eine Erfrischung anzubieten? Vielleicht auch etwas Wasser für die Pferde und Schutz vor dem schneidenden Wind?«

»Aber selbstverständlich! Haben Sie …«, er schluckte, »… haben Sie Miss Barrington mitgebracht?«

»Nein, gewiss nicht«, antwortete sie und folgte ihm hinein. Mit einem Blick zurück vergewisserte sie sich, dass der Kutscher verstanden hatte, und zu den Ställen fuhr.

Sie konnte nicht umhin, in der Eingangshalle alles zu begutachten. Das Haus entsprach nicht der Mode in London; dennoch war es geschmackvoll möbliert und äußerst komfortabel. Der Fußboden bestand aus einem alten Eichenparkett, das durch den jahrhundertelangen Gebrauch dunkel geworden war. Die mit Holz verkleideten Wände waren heller und dicht behangen mit Gemälden. Gnädigerweise handelte es sich jedoch nicht um diese Porträts von Vorfahren, die wie sauere Milch dreinblickten. Vielmehr waren es leuchtende Stillleben von Obst und Gemüse und ein oder zwei Pastoralmotive mit bewegten Himmeln und friedlich grasenden Kühen. Zumindest hatte jemand guten Geschmack bewiesen. Auch war es angenehm warm.

»Die ganze Familie ist beisammen, Madam«, fuhr der

Butler ernst fort. »Oder möchten Sie Mrs Harcourt unter vier Augen sprechen? Sie ist Mrs Barringtons älteste Schwester.«

Mariah nahm den Vorschlag dankend an. »Sie wird am besten wissen, wie die Familie informiert werden soll.«

Zustimmend neigte er leicht den Kopf und führte sie zu einer Seitentür. Er öffnete sie und bat Mariah in den sehr angenehmen Raum. Er zündete die Lichter für sie an und stocherte im Feuer, das fast erloschen war. Umsichtig legte er etwas Kohle nach, entschuldigte sich und ging hinaus. Er bot ihr keinen Tee an. Vielleicht war er zu beunruhigt von der Nachricht, die er doch noch gar nicht kannte. Seinem Verhalten nach rechnete er wohl eher mit einer peinlichen Angelegenheit als mit einer Tragödie – was an sich schon auf einiges schließen ließ.

Sie stand am Kamin und wärmte sich auf. Noch immer hatte sie Herzklopfen und konnte nur mit Mühe ruhig atmen.

Eine Frau von außergewöhnlicher Schönheit trat ein und schloss sogleich die Tür hinter sich. Sie war um die sechzig, hatte rotbraunes Haar, mehr golden als kupferfarben, und einen klaren, hellen Teint, wie er so oft mit solcher Haarfarbe einhergeht. Ihre Gesichtszüge waren fein und ihre Augen groß und blau, der Mund perfekt geformt. Sie sah Maude kaum ähnlich. Man hätte sie nicht für Geschwister gehalten. Niemand hätte Maude schön genannt. Was sie so attraktiv gemacht hatte, waren ihre Intelligenz, ihre Fähigkeit zu Gefühl und Fantasie, ihre

Fröhlichkeit, die von innen kam. All das spiegelte das Gesicht dieser Frau nicht wider. Vielmehr sah sie ängstlich und ärgerlich aus. Ihre perfekt geschnittene Kleidung entsprach der neuesten Mode und hatte die obligatorischen Schulterpolster und die weiten Ärmel.

»Guten Tag, Mrs Ellison«, sagte sie höflich, aber kühl. »Ich bin Bedelia Harcourt. Mein Butler sagte mir, Sie seien den ganzen Weg von St Mary in the Marsh hergekommen, um bedauerliche Nachrichten über meine Schwester zu übermitteln. Ich hoffe, sie hat Sie nicht …«, sie hielt feinfühlig inne, » … in Verlegenheit gebracht?«

Mariah spürte, wie der Zorn so heftig in ihr hochstieg, dass sie sprachlos war, ja, fast wurde ihr schwindlig. Am liebsten hätte sie die Frau angeschrien und ihr in das schöne Gesicht geschlagen. Das wäre jedoch töricht und ihren Erkundungen wirklich nicht dienlich gewesen. So … dilettantisch wäre nicht einmal Pitt gewesen!

»Mrs Harcourt, es tut mir außerordentlich leid.« Noch nie in ihrem Leben hatte sie sich derart beherrschen müssen. »Aber ich muss Ihnen in der Tat eine traurige Nachricht übermitteln. Statt Ihnen einen Brief zu schreiben, spreche ich lieber persönlich vor.« Sie beobachtete Bedelias Miene genau, damit ihr auch der kleinste Anflug einer Ahnung nicht entging. Sie konnte aber nichts entdecken. »Bedauerlicherweise ist Mrs Barrington letzte Nacht im Schlaf verstorben. Es tut mir unendlich leid.« Zumindest das war aufrichtig. Sie war selbst erstaunt, wie sehr es sie betraf.

Bedelia starrte sie an, als könnte sie die Bedeutung der Worte nicht fassen. »Verstorben?«, wiederholte sie. Sie hielt die Hand vor den Mund. »Maude? Aber soweit ich weiß, war sie nicht einmal krank! Ich hätte es wissen müssen! Oh, wie schrecklich. Wie furchtbar schrecklich!«

»Es tut mir leid«, sagte Mariah noch einmal. »Das Dienstmädchen klopfte an meine Tür. Ich hielt mich im gleichen Teil des Hauses auf. Ich ging sofort zu ihr, aber Mrs Barrington muss wohl schon früher in der Nacht gestorben sein. Sie war bereits … kalt. Natürlich holten wir sofort einen Arzt.«

»Oh, mein Gott!« Bedelia machte einen Schritt nach hinten und wäre beinahe im Sessel hinter ihr zusammengebrochen. Es war ein Kollaps, und doch schien er merkwürdig anmutig. »Arme Maude. Hätte sie doch nur etwas gesagt. Sie war so wenig gesprächig … zu tapfer.«

Mariah fiel Bedelias Brief ein, den sie Joshua geschickt hatte, um ihm mitzuteilen, dass Maude nicht bleiben könne, weil sie einen wichtigen Gast zu Besuch hätten. Jetzt konnte sie es kaum unterdrücken, Bedelia daran zu erinnern. Aber das hätte sie zu ihrem Feind gemacht und ihr Vorhaben erschwert. Diese Erkundungen verlangten ihr deutlich mehr Opfer ab als gedacht.

»Es tut mir aufrichtig leid, dass ich mit einer so schmerzlichen Nachricht gekommen bin«, sagte sie stattdessen. »Es muss ein unermesslicher Schock für Sie sein. Ich habe etwas Zeit mit Mrs Barrington verbracht.

Sie war wirklich eine ganz reizende Person. Ich muss gestehen, sie schien mir bei allerbester Gesundheit zu sein. Ich kann ihre Bestürzung nachvollziehen.«

Bedelia sah zu ihr hoch. »Sie … sie lebte einige Zeit im Ausland, in sehr extremem Klima. Es hat sie wohl mehr mitgenommen, als wir dachten. Mehr als sie es selber für möglich hielt.«

Mariah setzte sich in den Sessel gegenüber. »Sie sprach von Marrakesch und von Persien, glaube ich. Und auch von Ägypten. War sie länger dort?«

»Jahrelang«, erwiderte Bedelia und richtete sich auf. »Sie ging kurz vor meiner Heirat, und das ist schon vierzig Jahre her. Wahrscheinlich waren ihre Lebensumstände … ihrer Gesundheit weniger zuträglich als wir dachten. Vielleicht war sie sich selber nicht darüber im Klaren.«

»Ja, vielleicht«, stimmte Mariah ihr zu. Dann kam ihr ein anderer Gedanke. Einfach nur so dazusitzen, freundlich zu sein und nichts infrage zu stellen, würde sie wirklich nicht weiterbringen. Pitt hätte das besser gemacht. »Oder aber, sie wusste ganz genau um ihren schlechten Gesundheitszustand und kehrte gerade deshalb zu ihrer Familie, zu ihren nächsten Verwandten nach England zurück.«

Bedelias wunderschöne Augen wurden noch größer und für einen kurzen Augenblick hart und kalt wie das Meer im Winter.

Mariah erwiderte ihren Blick, ohne auch nur zu blinzeln.

Bedelia atmete langsam aus. »Vermutlich haben Sie recht. Daran habe ich gar nicht gedacht. Ich hielt Maude, genau wie Sie, für ausgesprochen gesund. Anscheinend waren wir beide ganz und gar auf dem Holzweg.«

»Sie erwähnte nichts, das Sie irgendwie vorbereitet hätte?«

Mariah empfand es als sehr unhöflich, so zu insistieren, aber Gerechtigkeit war nun mal wichtiger als gute Manieren.

Bedelia zögerte, als könnte sie sich nicht entscheiden, was sie antworten sollte. »Nicht dass ich wüsste«, sagte sie nach einer Weile. »Ich gestehe, ich bin zutiefst erschüttert. Mein Verstand scheint ausgesetzt zu haben. Noch nie habe ich jemanden verloren, der mir so … nahe stand.«

»Leben Ihre Eltern denn noch?«, fragte Mariah verwundert.

»Oh nein«, Bedelia verbesserte sich schnell. »Ich meinte natürlich jemanden meiner Generation. Natürlich waren meine Eltern rechtschaffene Leute! Aber sie standen mir nicht so nahe. Eine Schwester ist mit … das Liebste auf der Welt. Vielleicht merkt man es erst, wenn es zu spät ist. Die Leere, die entsteht, ist größer als man es sich vorstellen kann.«

Jetzt übertreiben Sie aber, dachte Mariah bei sich. Sie wollten sie ja nicht mal in Ihrem Hause haben! Nach außen hin lächelte sie gekünstelt.

»Es ist ganz normal, dass Sie unter Schock stehen«, sagte sie mitfühlend. »Wenn jemand der gleichen Generation stirbt, erinnert uns das an die eigene Sterblichkeit, an den Schatten des Todes auf unserem Weg. Ich weiß noch, was ich empfand, als mein Mann starb.« Und ob – es war die größte Befreiung ihres Lebens gewesen, auch wenn sie mit niemandem darüber sprechen konnte und so tun musste, als wäre sie erschüttert. Sie war dazu verdammt, ihr Leben lang Trauerkleidung zu tragen, genau wie die Königin.

»Oh, das tut mir leid!«, sagte Bedelia hastig. »Sie Ärmste! Und jetzt haben Sie den ganzen Weg auf sich genommen, um mir persönlich die Nachricht zu überbringen. Und ich sitze hier und habe Ihnen noch nicht einmal Tee angeboten. Ich bin ganz durcheinander. Dabei habe ich ja noch meinen geliebten Arthur, der mir Trost spenden kann.« Sie stand mit wackeligen Beinen auf.

»Vielen Dank. Das ist wirklich sehr nett von Ihnen. Ich muss zugeben, heute war ein furchtbarer Tag. Ich bin ganz erschöpft. Es freut mich, dass Sie Ihren Ehemann zur Seite haben. Zweifelsohne wird er Ihnen Kraft geben können. Man kann ja so … einsam sein.«

Der sorgenvolle Blick ließ Bedelias Züge weicher erscheinen. »Das kann ich mir gar nicht vorstellen. Ich habe immer so viel Glück gehabt. In diesem Zimmer ist es etwas kühl. Darf ich Sie in den Salon bitten? Dort ist es deutlich wärmer. Wir werden gemeinsam Tee trinken und überlegen, was zu tun ist. Natürlich haben wir Verständnis dafür, wenn Sie lieber so bald wie möglich nach St Mary in the Marsh zurückkehren möchten.«

»Vielen Dank«, erwiderte Mariah schwach. »Ich wäre Ihnen sehr dankbar, wenn ich mir eine ausgiebige Ruhepause gönnen könnte. Ich will mich aber nicht aufdrängen. Tee wäre jetzt genau das Richtige.« Sie erhob sich ebenfalls etwas wackelig, gerade so viel, dass sie nicht umfiel, was natürlich lächerlich gewesen wäre, und nur eingesetzt werden dürfte, wenn alles andere scheitern sollte.

Bedelia ging durch die Eingangshalle in den Salon voraus. Mariah folgte ihr so matt, wie es ihre Würde gerade noch zuließ. Der Glaubwürdigkeit halber musste sie weiterhin so tun, als wäre sie völlig erschöpft.

Auch der Salon war sehr geräumig. Beim Eintreten umgab sie die Wärme des mächtigen Feuers. Für eine modische Einrichtung befanden sich zu viele Möbel im Raum: geschnitzte Anrichten, dick gepolsterte Sofas und Sessel mit Schonbezügen. An den Wänden standen Holzstühle mit weichen Ledersitzen und leicht gebogenen Beinen und mehrere Fußhocker mit Quasten an den Ecken. Ein bunter Perserteppich war an den Stellen heller geworden, wo wahrscheinlich Generationen von Füßen darübergelaufen waren. An den Wänden hingen bestickte Wandteppiche, alle möglichen großen und kleinen Bilder und ein paar Glaskästen mit ausgestopften Tieren, einer sogar mit getrockneten, seidigen Schmetterlingen.

Der Raum wurde von warmen Farben beherrscht: überwiegend goldene, braune und ockerfarbene Töne. Caroline hätte sie erdrückend gefunden. Mariah fand alles angenehm, ja fast vertraut. Das passte ihr jedoch gar nicht.

Die Leute im Zimmer waren ein ganz anderes Kapitel. Sie wurde allen vorgestellt und Bedelia musste notgedrungen ihre Anwesenheit erklären.

»Meine Lieben.« Alle drehten sich nach ihr um. »Das ist Mrs Ellison, die freundlicherweise persönlich gekommen ist, um uns eine schreckliche Nachricht zu überbringen.« Sie wandte sich Mariah zu. »Sie möchten sich sicherlich setzten, vielleicht hier am Kamin? Darf ich Ihnen meine Schwester vorstellen, Mrs Agnes Sullivan.« Sie deutete auf eine Frau, deren oberflächliche Ähnlichkeit sich durch den Verwandtschaftsgrad erklärte. Die Schwestern schienen ungefähr gleich groß zu sein, auch wenn Mariah das nicht mit Sicherheit sagen konnte, denn Mrs Sullivan war nicht wie die drei Männer aufgestanden. In ihrer Jugend hatte sie wohl eine ähnliche Haarfarbe wie Bedelia gehabt, aber jetzt wirkte ihr Haar grauer und langweiliger. Die Gesichtszüge waren weniger fein und sie hatte, abgesehen von einer gewissen Traurigkeit, einen viel sanfteren Gesichtsausdruck. Ihre Kleidung hinterließ trotz des guten Schnitts einen recht alltäglichen Eindruck.

»Angenehm, Mrs Sullivan«, sagte Mariah förmlich.

»Und ihren Ehemann, Mr Zachary Sullivan«, fuhr Bedelia fort.

Zachary machte eine kleine Verbeugung. Er war

schlank, hatte braunes Haar und graue Schläfen. Er sah freundlich aus. Aber in seinem Gesicht lag eine gewisse Trauer, als wäre er an etwas gescheitert, das ihm zu wichtig war, um es vergessen zu können.

»Meine Schwiegertochter Clara und mein Sohn Randolph«, stellte Bedelia weiter vor. Sie deutete schwungvoll auf einen jungen Mann, dessen Haarfarbe der ihren glich. Seine Züge waren jedoch deutlich kräftiger und stumpfer. Die Frau neben ihm war auf aparte Weise recht hübsch: dunkles Haar, dunkle Augen und etwas zu buschige Augenbrauen.

Bedelia musste trotz der Situation lächeln. »Zu guter Letzt mein Mann, Arthur.« Sie wandte sich einem außergewöhnlich gut aussehenden Herrn zu, dessen ehemals dunkles Haar nun stahlgrau war. Der humorvolle, lebendige Blick zog sofort die ganze Aufmerksamkeit auf sich. Als er Mariah zulächelte, kamen perfekte Zähne zum Vorschein.

»Willkommen in Snave, Mrs Ellison«, sagte er warmherzig. »Ich bedauere, dass Sie eine betrübliche Nachricht hierher geführt hat. Darf ich Ihnen Tee anbieten, oder hätten Sie gerne etwas Stärkeres, vielleicht ein Gläschen Sherry? Ich weiß, es ist früh am Tag, aber dieser Wind ist schrecklich. Sie sind bestimmt ganz durchgefroren und vielleicht auch müde.«

»Das ist wirklich sehr mitfühlend und großmütig von Ihnen.« Mariah nahm das Angebot gerne an. Sie begab sich zum Kamin und setzte sich in den Sessel, den

Zachary für sie frei gemacht hatte. Wer auch immer Maude getötet hatte – wenn es überhaupt jemand aus diesem Kreise war –, sie hoffte, dass nicht Arthur Harcourt der Schuldige war.

»Nun, was müssen Sie uns mitteilen, Mrs Ellison?«, fragte Agnes Sullivan mit zitternder Stimme.

»Bedauerlicherweise ist Miss Barrington letzte Nacht im Schlaf verstorben«, sagte Mariah ernst. »Vermutlich ist sie friedlich eingeschlafen. Sie war bis zuletzt guter Dinge und bei ausgezeichneter Gesundheit. Mit keinem Wort erwähnte sie, dass sie sich unwohl fühlte. Es tut mir ja so leid.« Sie blickte hastig in die Runde, um die Reaktionen zu beurteilen, auch wenn sie sich nicht unbedingt zugetraut hätte, Schuld von Schock zu unterscheiden oder gar von Trauer.

Zachary blickte am wenigsten überrascht. Er sah eher verwirrt aus, als ob er die Bedeutung ihrer Worte nicht ganz verstanden hätte.

Agnes schnappte nach Luft. Ihre Hand flog vor den Mund, als wollte sie einen Aufschrei unterdrücken. Seltsamerweise wirkte ihre Geste ähnlich seltsam wie die von Bedelia vor fünf Minuten. Sie war kreidebleich.

»Arme Tante Maude«, sagte Randolph leise. »Es tut mir so leid, Mama.« Er sah Bedelia sorgenvoll an.

Clara Harcourt sagte nichts. Sie hatte Maude kaum gekannt und fand es wohl angebracht, sich nicht zu äußern.

Arthur Harcourts olivefarbener Teint war jetzt eher gräulich. Er blickte ins Leere. Was ging in ihm vor? War es der Schrecken der Schuld, jetzt, wo die Tat vollbracht war und nicht nur in der Vorstellung existierte?

»Ich bedauere zutiefst, Ihnen eine solche Nachricht zu überbringen.« Mariah fühlte sich verpflichtet, das Schweigen im Raum zu durchbrechen, das schwer über allen lag. Nur das Feuer prasselte wie eine im Wind flatternde Fahne.

»Das .… das war sehr lieb von Ihnen«, stammelte Agnes. »Es muss schrecklich für Sie gewesen sein … ein Gast in Ihrem Haus … quasi eine Fremde.«

Plötzlich kam Mariah eine brillante Idee. Sie loderte wie eine Flamme auf. Fast spürte sie die Hitze im Gesicht. »Aber nein doch!«, sagte sie schwärmerisch. »Maude und ich, wir haben uns stundenlang unterhalten.« Ihre Dreistigkeit überraschte sie selbst. »Sie hat mir so viel von sich erzählt … oh, über alles Mögliche. Über ihre Gefühle, ihre Erlebnisse, wo sie überall gewesen war und wen sie alles kennengelernt hatte.« Sie betonte das Gesagte mit ausschweifenden Gesten. »Glauben Sie mir, es gibt Menschen, die ich schon jahrelang kenne, über die ich aber weit weniger weiß. Noch nie habe ich mich so schnell mit jemandem angefreundet oder so eine natürliche Zuneigung empfunden.« Welch ungeheuerliche Lüge! »Ich muss gestehen, dass mich ihr Vertrauen tief bewegte. Deshalb musste ich auch unbedingt selber kommen«, fuhr sie eilig fort. »Nie werde ich Maude vergessen. Sie hat mir so viel Vertrauen geschenkt, wenn sie über ihr Leben und ihre Ansichten sprach.« Innerlich war

Mariah ganz aufgewühlt, weil diese Äußerungen klangen, als wären sie wahr und als ob Maude und sie gleich beste Freundinnen geworden wären.

Ihr wurde bewusst, dass hinter ihren Lügen absurderweise ein wahrer Kern steckte, und darüber freute sie sich. Maude hatte ihr in einem Tag mehr Einsichten vermittelt, als es die meisten ihrer anderen Bekannten in Jahren gekonnt hatten. Jedoch hatte sie nicht über die persönlichen Details ihrer erbärmlichen Familie gesprochen!

Wie wenn ein Furunkel aufgeschnitten würde, musste sich Mariah widerstrebend eingestehen, dass sie Maude tatsächlich gemocht hatte, zumindest mehr als sie in Anbetracht der Tatsache, dass sie ihnen in Carolines Haus ausgerechnet zu Weihnachten aufgedrängt worden war, erwartet hatte.

Bedelia sah sie ungläubig an. »Wirklich? Aber Sie kannten sie doch nur einen Tag lang!«

»Aber wir hatten so viel Zeit, miteinander zu reden«, versicherte ihr Mariah lächelnd. »Beim Lunch und beim Dinner hat sie mich schon fasziniert. Und noch mehr, als wir beide alleine spazieren gingen. Ich fühlte mich geschmeichelt, weil sie mir so viel von sich erzählte. Genauso offen war ich ihr gegenüber. Sie war so liebenswürdig und so verständnisvoll. Es war ein … ein wunderbares Erlebnis«, fügte sie etwas zu schnell hinzu. Sie wollte ihnen nur Angst einjagen. Sie sollten glauben, dass Mariah etwas über die Person wusste, die Maude ermordet hatte, falls sie überhaupt ermordet worden war. Außerdem verstärkte diese kleine List noch die gespielte Trauer. Sie sollten glauben, sie wäre zu betrübt, um die lange Fahrt zurück im Dunkeln in Betracht zu ziehen!

Zu ihrer eigenen Bestürzung musste sie feststellen, dass sie schmerzlich ersehnte, das alles wäre wahr. Maude und sie waren nun wirklich nicht so enge Freundinnen gewesen. Mariah hatte ihr auch nicht das Leid ihres Lebens anvertraut: die Scham, die sie jahrelang mit sich herumgetragen hatte, weil sie nicht die Courage aufgebracht hatte, ihren Mann zu verlassen und wie seine erste Frau ins Ausland zu fliehen! Auch konnte sie den wilden und panischen Versuch, seinen Stiefsohn umzubringen, bevor dieser die Schande in die Welt hinausposaunen konnte, kaum als mutig bezeichnen. Es war absurd gewesen. Sie erinnerte sich noch mit äußerster Beschämung an die panische Angst in dieser Nacht und an die Erleichterung, die sie empfand, als er kurz darauf völlig unversehrt – abgesehen von einem eisigen Bad in der dreckigen Themse – wieder auftauchte. Lieber wäre sie gestorben, als Maude so etwas zu erzählen! Es war ja schon schrecklich genug, dass sie jetzt nicht mehr wusste, was Caroline damals alles mitbekommen hatte.

Aber allein die Vorstellung war überraschend angenehm, dass Maude sie verstanden und mit ihr gefühlt hätte, statt sie als Feigling zu verachten, wie sie selbst es tat. Nichts auf der Welt wäre damals kostbarer gewesen als eine verständnisvolle Freundin. Welch Unsinn! Maude hätte sich nie und nimmer so behandeln lassen. Sie hätte sich wahrscheinlich ein Gewehr besorgt und den Mann erschossen, bevor sie es zugelassen hätte, dass er ihr all das antat!

»Sie trauern also mit uns«, stellte Arthur wohlwollend fest. Er hatte ihre Gedankengänge durchbrochen. »Fühlen Sie sich bitte wie zu Hause und überlegen Sie nicht weiter, ob Sie nach St Mary zurückfahren sollen. Bald ist es dunkel und Sie sind bestimmt bekümmert und müde. Sicherlich können wir Ihnen das Nötigste zur Verfügung stellen. Ein Nachtgewand und Toilettenartikel. Und natürlich haben wir Platz genug.«

»Da Lord Woollard gerade abgereist ist, steht das Gästezimmer für Sie bereit«, fügte Clara noch hinzu.

»Ach ja, Sie hatten ja einen Gast, als die arme Maude zu uns kam«, stellte Mariah fest. »Das ist sehr nett von Ihnen. Ich bin Ihnen wirklich zu Dank verpflichtet. Dürfte ich den Kutscher über Ihr großzügiges Angebot verständigen, damit er nach St Mary zurückkehren kann? Mr und Mrs Fielding brauchen vielleicht morgen die Kutsche. Außerdem könnten sie sich Sorgen machen, wenn sie nichts von mir hören.«

»Selbstverständlich«, stimmte Arthur ihr zu. »Möchten Sie es ihm selber sagen oder soll ich den Butler beauftragen?«

»Das wäre sehr freundlich von Ihnen«, nahm sie dankend an. »Bitten Sie ihn, Mrs Fielding von Ihrer Güte zu berichten, und dass es mir gut geht, dass ich nur … nur zutiefst bekümmert bin.«

»Natürlich.« Jetzt waren die Würfel gefallen. Was dachte sie sich eigentlich dabei? In ihrem Bauch rumorte es und ihr Mund war ganz trocken.

Sie nippte an dem ausgezeichneten Sherry, den man ihr gereicht hatte, und genoss einen Augenblick die köstliche Wärme, die sie durchströmte. Sie war zu einem Abenteuer aufgebrochen. So sollte sie die Sache sehen. Ihr Zorn darüber, wie entsetzlich man mit Maude umgesprungen war, war noch nicht verflogen. Gleichgültig ob da nun Mord im Spiel war oder nicht. Sie hielt es jedenfalls für möglich! Außerdem war sie müde und traurig, ja wirklich traurig. Zum Sterben war Maude zu lebenslustig gewesen. Sie hatte viel zu viel Freude daran gehabt, die schönen Erlebnisse auszukosten, um so früh von ihnen zu gehen. Und niemand sollte von seinen Angehörigen abgelehnt werden, egal warum.

Was könnte der Grund sein? Wer in diesem gemütlichen mit Sofas voll gestopften Raum mit dem knisternden Kaminfeuer und dem Silbertablett für den Tee hatte Maude aus dem Hause haben wollen? Und warum hatten es die anderen zugelassen? Waren sie womöglich alle schuldig? Hatten sie solch schreckliche Geheimnisse, dass sie deswegen sogar töteten? Alle sahen so harmlos, so normal aus. Gütiger Himmel, welche Bosheit kann sich hinter einer ganz banalen lächelnden Fassade verbergen?

Später wurde Mariah vom Dienstmädchen in das Gästezimmer geführt. Der Raum war warm und geschmackvoll eingerichtet: ein Bett mit vier Pfosten, schwere Vorhänge aus weinrotem Brokat, ein roter Perserteppich und mehrere mit Schnitzereien versehene Eichenmöbel. Ein sehr schöner, mit Blumen bemalter Krug war mit frischem Wasser gefüllt. Dazu passend gab es eine Waschschüssel und auf dem Ständer daneben hingen dicke Handtücher. Nichts wies darauf hin, dass Lord Woollard oder sonst jemand den Raum vor Kurzem bewohnt hatte. Sie würde die Gelegenheit nutzen und herausfinden, wie viele Gästezimmer es gab, um sicher zu sein, dass Maude hätte untergebracht werden können, wenn ihre Schwester das gewollt hätte.

Auf Zehenspitzen schlich Mariah den Gang entlang. Sie kam sich wie ein Einbrecher vor, als sie vorsichtig die Türgriffe berührte und die Türen zu den zwei weiteren Zimmern öffnete. Beide waren Schlafzimmer und im Augenblick unbewohnt. Platzmangel war also eine eklatante Lüge gewesen.

Mit zittrigen Händen und weichen Knien ging sie in ihr Zimmer zurück und setzte sich hin. Dann kam ihr noch ein Gedanke. Sie öffnete den Nachttisch und entdeckte Lavendelwasser, ein Fläschchen mit mehreren Rationen Laudanum und eine volle Flasche Pfefferminzwasser! Der Korken war fest verschlossen, aber noch aussagekräftiger war die Staubschicht auf der Flasche. Offensichtlich war sie gekauft worden, bevor Maude das

Haus verlassen hatte. Das ließ Maudes einzige Ration in einem neuen Licht erscheinen! War womöglich etwas anderes in der Flasche gewesen, das durch den scharfen Geschmack überdeckt worden war? Und die Macadamianüsse waren ihr womöglich nur mitgegeben worden, weil sie danach das Wasser brauchte.

Mariah machte das Schränkchen wieder zu und ließ sich aufs Bett fallen. Bisher war alles ganz genau nach Plan gelaufen, vielleicht sogar zu genau. Es gab noch eine Menge zu tun. Sie musste feststellen, ob Maude tatsächlich umgebracht worden war, und wenn, dann von wem und wie genau – außerdem wären ihre Nachforschungen absolut unvollständig, wenn sie nicht auch noch herausbekäme warum! Wie konnte sie das alles nur schaffen, bevor sie höflich zurückgeschickt würde? Pitt hatte keinerlei Zeitdruck, um seine Fälle zu lösen! Er brauchte Tage! Manchmal sogar Wochen! Und er war berechtigt, Fragen zu stellen und Antworten zu fordern – auch wenn sie nicht unbedingt immer der Wahrheit entsprachen. Sie müsste wesentlich klüger vorgehen! Vielleicht war es doch nicht so einfach, wie sie sich das vorgestellt hatte.

Dennoch. So weit, so gut. Sie war viel zu wütend, um jetzt aufzugeben.

Gegen Abend machte sie sich normalerweise für das Dinner zurecht. Heute jedoch war sie zu aufgewühlt von der ungewohnten Umgebung und dem, was in den letzten Tagen alles passiert war. Letzte Woche um diese Zeit war sie wie immer bei Emily und Jack gewesen. Dann hatte man sie nach St Mary in the Marsh verfrachtet. Gerade als sie das einigermaßen verarbeitet hatte, war Maude Barrington aufgetaucht. Fast hatte sie sich schon damit abgefunden, als Maude ohne die leiseste Vorwarnung starb!

Mariah hatte als Einzige bemerkt, dass Maudes Tod vielleicht keine natürliche Ursache hatte, vielmehr ein abscheuliches Verbrechen war. Und niemand außer ihr könnte für Gerechtigkeit sorgen. Nun saß sie hier, allein unter lauter Fremden, von denen mindestens einer – davon war sie jetzt überzeugt – der Mörder war. Außerdem hatte sie nicht mal frische Unterwäsche und ein Nachthemd dabei. Zwar hatten sie ihr angeboten, ihr etwas zur Verfügung zu stellen, aber alle weiblichen Familienmitglieder waren mindestens fünf oder zehn Zentimeter größer als sie und um einiges dünner! Sie musste wohl den Verstand verloren haben. Natürlich konnte sie Caroline oder sonst jemanden das alles niemals erzählen. Sie hätten Mariah glatt eingesperrt.

Ein lautes Klopfen an der Tür ließ sie hochschrecken. Sie verschluckte sich und musste hicksen.

»Herein!« Wieder meldete sich ihr Schluckauf.

Dem schwarzen Kleid, dem Spitzenhäubchen und dem von der Taille herunterhängenden Schlüsselbund nach, war es die Haushälterin. Genau wie Mariah war sie klein und kräftig.

»Guten Abend Madam«, sagte sie mit angenehmer

Stimme. »Ich bin Mrs Ward, die Haushälterin. Es war sehr liebenswürdig von Ihnen, die traurige Nachricht persönlich zu überbringen. Das muss sehr beschwerlich für Sie gewesen sein.«

»Ihr Tod schmerzte mich sehr«, sagte Mariah offen heraus. Sie war erleichtert, dass es niemand von der Familie war, sondern nur eine Hausangestellte. »Es schien mir selbstverständlich zu sein, dass ich persönlich komme. Sie starb bei fremden Leuten, auch wenn sie dort sogleich gemocht wurde. Sehr sogar.«

Mrs Ward errötete. Sie musste wohl ihre Gefühle unterdrücken. »Wirklich sehr nett von Ihnen«, sagte sie mit zittriger Stimme und zwinkerte nervös mit den Augen.

»Sie haben sie gut gekannt«, schloss Mariah. Sie bemühte sich zu lächeln. »Sie trauern sicherlich auch.«

»Ja, Madam. Ich war schon als junges Mädchen hier. Miss Maude war damals ungefähr sechzehn.«

»Und Mrs Harcourt?«, fragte Mariah unverfroren. Sie musste es herausfinden! Sie konnte ihre Zeit nicht mit Artigkeiten verschwenden.

»Oh, sie war achtzehn. Und eine außergewöhnliche Schönheit.«

Mariah sah die Haushälterin direkt an. Sie sah betrübt aus. Wahrscheinlich respektierte sie Bedelia Harcourt, war ihr sogar ergeben, aber sie schätzte sie sicherlich nicht so, wie sie Maude geschätzt hatte. Das musste sie sich merken. Dienstboten sagten wenig, gute äußerten sich meist gar nicht, aber sie sahen alles.

»Und Mrs Sullivan?«

»Sie war damals erst dreizehn, ein Schulmädchen, etwas linkisch, interessierte sich nur fürs Lernen. Aber sie war voller Enthusiasmus, das arme Mädchen. Die Gouvernante versuchte immer, sie dazu zu bewegen, mit dem Wörterbuch auf dem Kopf herumzugehen, aber es ist immer runtergefallen.«

»Das Wörterbuch?«

»Ja, schon weil es so schwer war! Miss Agnes legte großen Wert auf die Rechtschreibung. Aber das ist alles schon sehr lange her.« Sie musste wieder zwinkern. »Ich wollte nur wissen, ob Sie etwas brauchen. Ich wäre Ihnen gerne behilflich.« Sie sprach mit einer Ernsthaftigkeit, die mehr als reine Höflichkeit bewies, mehr bedeutete, als einfach nur Bedelias Auftrag nachzukommen.

»Vielen Dank. Nun, ich … ich habe nicht einmal das Nötigste bei mir.« Konnte sie wirklich um einen sauberen Unterrock oder um ein Unterhemd bitten?

Mrs Ward sah verlegen aus. »Es bereitet überhaupt keine Umstände, Ihnen Toilettenartikel zu besorgen, Mrs Ellison. Allerdings dachte ich eher an … nun, persönliche Dinge. Bitte verzeihen Sie mir die Anmaßung, aber wir beide sind fast gleich groß. Wenn Sie es mir nicht verübeln, Madam, könnte ich Ihnen ein oder zwei … meiner Kleidungsstücke zur Verfügung stellen. Dann könnten wir Ihre Kleidung wieder für Sie herrichten.« Sie war rot angelaufen, als ob sie befürchtete, sich zu viel herausgenommen zu haben.

Mariah rührte diese Freundlichkeit. Sie schien absolut echt zu sein und beruhte vielleicht auf der Zuneigung, die sie Maude gegenüber empfunden hatte. »Das Angebot ist außerordentlich freundlich von Ihnen«, sagte sie warmherzig. »Ich wäre Ihnen sehr dankbar. Ich habe nur die Kleidung, die ich am Leib trage. Daran habe ich wirklich nicht gedacht, als ich heute Morgen aufbrach.«

Mrs Ward errötete noch mehr, aber diesmal aus Erleichterung. »Dann kümmere ich mich jetzt darum. Danke, Madam.«

»Ich habe zu danken«, sagte Mariah, angenehm überrascht von ihrer eigenen Höflichkeit. Blitzartig kam ihr der Gedanke, dass Maudes Tod ihr die Gelegenheit gab, selbst ein neues Leben anzufangen, wenn auch nur für ein oder zwei Tage. Hier in Snave kannte sie niemand. Sie konnte jede x-beliebige Rolle annehmen. Das gab ihr eine schwindelerregende Freiheit, als ob es das Vergangene nie gegeben hätte. Rasch lächelte sie der Haushälterin zu. »Sie sind wirklich sehr zuvorkommend«, fügte sie noch hinzu.

Vor Freude wurde Mrs Ward erneut rot. Sie zog sich zurück und kam nach fünfzehn Minuten mit zwei schwarzen Kleidern, einer Auswahl an Unterwäsche und einem Nachthemd zurück.

Mit Hilfe einer für Mariah bereitgestellten Zofe, einem ausgesprochen netten Mädchen, konnte sie für das Abendessen ein sehr anständiges schwarzes Trauergewand aus Kammgarn anziehen, das nicht allzu modern und gut geschnitten war und einer älteren Dame oder eben einer Haushälterin angemessen war. Sie legte ihren eigenen Gagat- und Perlenschmuck an, der gleich einem doppelten Zweck diente, weil er nämlich die dunkle Trauerkleidung etwas auffrischte und doch der klassische Schmuck für diesen Anlass war. Sie besaß eine Menge davon aus einer Zeit, in der sie noch viel Aufhebens um ihren Witwenstand gemacht hatte. Außerdem waren die Schmuckstücke ausgesprochen schön und wirkten durch die Staubperlen sehr edel.

Sie ging durch die Eingangshalle in den Salon hinunter. Von innen hörte sie lebhafte Stimmen, die sie aber nicht zuordnen konnte. Dazu kannte sie die Herrschaften zu wenig.

Als sie die Tür öffnete, sahen sie alle an und es wurde sofort still im Raum. Die Herren standen auf und begrüßten sie. Die Damen wandten sich ihr höflich zu und bemerkten zwar die andere Kleidung, äußerten sich aber nicht dazu.

Man unterhielt sich wieder, aber weniger ungezwungen, förmlicher, ganz anders als vor ihrem Eintreten.

»Hoffentlich ist alles zu Ihrer Zufriedenheit, Mrs Ellison«, wollte Bedelia wissen.

»Sehr sogar, vielen Dank«, antwortete Mariah, die in einem der voluminösen Sessel Platz genommen hatte. »Sie sind wirklich sehr großmütig.« Sie lächelte erneut.

»Zum Glück ist Lord Woollard schon abgefahren«, sagte Clara.

Mariah fragte sich, ob diese Bemerkung sie überzeugen sollte, dass die Familie für nur einen Gast genügend Platz hatte und Maude deshalb abweisen musste. Wenn dem so war, dann wäre das absolut lächerlich. Sie wusste ja, dass mindestens noch zwei Zimmer unbewohnt waren. Außerdem sollten Verwandte an erster Stelle stehen, vor allem nach längerer Abwesenheit.

»Oh ja.« Sie tat so, als ob sie dem zustimmte. »Ist er ein enger Freund von Ihnen? Er wird sicherlich sehr traurig über Maudes Ableben sein.«

»Er kennt sie gar nicht«, sagte Bedelia hastig. »Wir sollten sein Weihnachtsfest durch die traurige Nachricht nicht trüben. Sie betrifft ihn ohnehin nicht.«

Er schien also seinen Gastgebern nicht sonderlich verbunden zu sein. Allem Anschein nach hatten sie statt Maude bloß einen Bekannten zu Gast gehabt!

»Ich dachte, er wäre vielleicht mit Ihnen verwandt«, murmelte Mariah.

Arthur lächelte ihr zu. »Gewiss nicht! Er ist ein Geschäftspartner.« Er klang müde, angespannt und irgendwie verbittert. »Genau genommen wollte er herausfinden, ob ich mich eigne, in den Adelsstand erhoben zu werden.«

»Natürlich bist du geeignet!«, sagte Bedelia scharf. »Es ist eine reine Formalität. Ich könnte mir denken, er war froh, aus der Stadt herauszukommen und uns ein, zwei Tage zu besuchen. Wenn es schneit, ist es in der Stadt so … so schmuddelig.«

»Es schneit aber nicht«, bemerkte Arthur.

Sie ignorierte ihn. »Wenigstens wurde sein Besuch nicht durch dieses tragische Ereignis getrübt.«

»Oder durch sonst irgendetwas«, fügte Clara noch hinzu.

»Ich glaube, es wird bald schneien«, warf Agnes mit einem Blick auf die Fenstervorhänge ein. »Der Wind hat sich gedreht, und bevor es dunkel wurde, sind dichte Wolken aufgezogen.«

Mariah war hocherfreut. Ausreichend tiefer Schnee würde bedeuten, dass sie morgen nicht zurückfahren konnte. »Oje«, heuchelte sie sorgenvoll. »Das habe ich gar nicht bemerkt. Hoffentlich mache ich Ihnen nicht zu viel Umstände?«

»Ganz und gar nicht«, versicherte Bedelia. »Sie sind ja eine Freundin von Maude, auch wenn Sie sie nur kurz kannten. Natürlich sind Sie willkommen hier.«

»Natürlich«, wiederholte Agnes Bedelias Worte zustimmend. »Sie sagten, Sie hätten sich viel mit Maude unterhalten? Wir haben sie so selten gesehen. Wenn es für Sie nicht allzu betrüblich ist, würden wir Sie gerne bitten zu berichten, was sie Ihnen von ihren … Reisen erzählte.« Hastig blickte sie zu Bedelia. »Natürlich nur … wenn es schicklich ist, darüber zu reden! Ich möchte Sie auf keinen Fall in Verlegenheit bringen.«

Was stellte sich Agnes da vor? Orgien am Lagerfeuer?

»Ein anderes Mal … vielleicht«, sagte Arthur mit zittriger, heiserer Stimme. »Sollte es tatsächlich schneien, werden Sie ja lange genug bei uns sein, um …« Er verstummte.

»Genau«, stimmte Bedelia ihm zu, ohne ihn anzusehen.

Zachary entschuldigte sich. »Wir sind alle überreizt«, erklärte er. »Maudes Tod kam so unerwartet. Wir können es noch gar nicht … fassen.«

»Wir hatten keine Ahnung, dass sie krank war.« Seit Mariah im Raum war, sprach Randolph zum ersten Mal. »Sie wirkte so … lebensfroh … als ob sie einiges verkraften könnte.«

»Mein Lieber, du hast sie ja so gut wie nicht gekannt«, sagte Bedelia kühl.

Mariah sah sie überrascht an.

»Maude ging, bevor mein Sohn auf die Welt kam«, erklärte Bedelia, als hätte jemand eine aufdringliche Frage gestellt. »Ich glaube, Sie wissen gar nicht, welch … außergewöhnliche Frau sie war.« So wie sie ›außergewöhnlich‹ betonte, deckte das eine ganze Palette an Bedeutungen ab, vorwiegend wenig wohlwollende.

Mariah antwortete nicht. Sie musste alles genau beobachten! Im Raum knisterte es vor Spannung. Trauer, Neid, Wut, vor allem Angst. Roch es vielleicht sogar nach einem Skandal? Großer Gott, sie hatte noch nicht viel erreicht. Es gab keinerlei Beweis dafür, dass Maudes Tod durch einen Mord verursacht worden war. Die Gewissheit existierte nur in ihrem Kopf.

»Nein«, sagte Mariah sanft. »Ich wusste wirklich

nicht, wie außergewöhnlich sie war. Ich unterhielt mich nur mit ihr und lauschte ihren Erinnerungen und ihren tiefen Gefühlen. Sie war eine Frau mit viel Verständnis und erstaunlicher Wahrnehmung. Aber wie gesagt, kannten wir uns ja nur einen Tag. Ich habe kein Recht dazu, über sie zu sprechen, als wäre sie mir so vertraut gewesen wie Ihnen. Sie sind ja mit ihr aufgewachsen.« Bewusst ließ sie die Ironie der vierzigjährigen Abwesenheit im Raum stehen. »Ich könnte mir vorstellen, dass sie wunderbare Briefe aus dem Ausland schickte.«

Das folgende Schweigen sprach Bände. Maude hatte also nicht so leidenschaftlich und poetisch geschrieben, wie sie in St Mary erzählt hatte. Oder doch und sie ignorierten es aus irgendeinem Grunde.

Mariah stocherte weiter, fest entschlossen, alles von Bedeutung ans Licht zu bringen. »Sie reiste wie vor ihr kaum jemand – ob Mann oder Frau – gereist war. Eine Sammlung ihrer Briefe wäre für all die Leute sehr interessant, die nie eine solche Gelegenheit hatten. Sie würden ein passendes Zeugnis von ihrem bemerkenswerten Mut ablegen, glauben Sie nicht auch?«

Agnes schnappte nach Luft und blickte zu Bedelia. Ohne ihre Zustimmung traute sie sich nicht zu antworten. War das eine lebenslange Angewohnheit, die ihr in der Kindheit aufgezwungen worden war? Aufgezwungen war wohl das richtige Wort. Sie wirkte, als hätte man ihr Fesseln angelegt. Mariah war über Agnes, aber auch über sich selbst wütend. Es war ein feiges Benehmen und sie kannte Feigheit nur allzu gut, so gut wie ihr eigenes Spiegelbild.

In Erwartung einer Antwort blickte Clara erst ihren Ehemann, dann ihre Schwiegermutter an.

Aber es war Arthur, der schließlich antwortete.

»Ja, in der Tat«, stimmte er ihr zu.

»Arthur!«, rügte ihn Bedelia. »Mrs Ellison meint es sicher gut, aber sie weiß wirklich nichts über das Ausmaß und die Art von Maudes … Reisen. Es wäre gänzlich unpassend, die Briefe zu veröffentlichen.«

»Und du?«, fragte Arthur mit hochgezogenen Augenbrauen.

»Wie bitte?«, entgegnete Bedelia frostig.

»Weißt du über Maudes Reisen Bescheid?«, wiederholte er. »Ich habe dich gefragt, ob sie jemals geschrieben hat und du hast das verneint.« Er beschuldigte sie nicht direkt der Lüge, aber die logische Schlussfolgerung hing in der Luft. Sie war blass geworden und saß mit zusammengekniffenem Mund da.

Schließlich brach Clara das Schweigen. »Glaubt du, es ist immer noch angebracht, die Matlocks und die Willowbrooks Weihnachten zum Essen einzuladen? Oder in die Neujahrsmesse nach Snargate zu gehen? Würden wir dann als herzlos dastehen?«, fragte sie ihre Schwiegermutter.

»Das können wir sicherlich nicht«, sagte Agnes traurig. »Ich hatte mich auch schon darauf gefreut, Liebes.« Sie sah Clara an, nicht Zachary, der schon zum Sprechen angesetzt hatte.

»Der Tod ändert nichts an Weihnachten«, sagte Bedelia nach kurzer Überlegung. »Eigentlich ist Weihnachten sogar die Zeit, wo Sterben am wenigsten bedeutet. Zu dieser Zeit preisen wir die Ewigkeit und die Gnade Gottes. Selbstverständlich werden wir dem Neujahrsgottesdienst in Snargate beiwohnen und gemeinsam Tapferkeit und Glauben und den Zusammenhalt der Familie zeigen. Meinst du nicht auch, mein Lieber?« Sie blickte Arthur an, als wären die vorangegangenen Sätze nicht gesprochen worden.

»Es wäre durchaus angemessen«, sagte er ohne erkennbare Gefühle in den Raum hinein.

»Oh, das freut mich«, erwiderte Agnes mit einem Lächeln. »Wir sollten für vieles dankbar sein. Bestimmt ist es nicht falsch.«

Mariah kam diese Bemerkung seltsam vor. Wofür konnten sie in dieser Situation wohl dankbar sein? Für die Tatsache, dass Lord Woollard Arthur in den Adelsstand erheben wollte? Konnte das angesichts des Todes einer Schwester überhaupt eine Rolle spielen? Natürlich! Maude war vierzig Jahre lang nicht zu Hause gewesen, und sie hatten sich an ihre Abwesenheit gewöhnt. Sie war zu einer höchst ungünstigen Zeit zurückgekehrt, sonst hätten sie Maude nicht zu Joshua und Caroline geschickt. Gab es womöglich doch einen Familienskandal, mit dem sie Arthurs ehrgeizige Pläne hätte zunichte machen können?

Es wurde zu Tisch gebeten und damit auch jedes weitere Spekulieren unterbunden. Das Abendessen war hervorragend und weitaus reichhaltiger als bei Caroline.

Während des Essens ging das Gespräch hauptsächlich um die Organisation des Weihnachtsfestes, und ob es durch Maudes Tod oder das Wetter beeinträchtigt würde. Sie umgingen die Frage der Beerdigung, wo und wann sie stattfinden sollte, aber das Thema hing unausgesprochen in der Luft, wie ein kalter Luftzug von einer offenen Tür.

Mariah achtete weniger auf die Worte als auf die Stimmen, die Leichtigkeit oder die Angespanntheit, mit der sie intonierten, und vor allem auf die Gesichtsausdrücke der Anwesenden, wenn sie sich nicht beobachtet fühlten.

Clara schien erleichtert zu sein, als wäre eine Sorge von ihr abgefallen. Vielleicht hatte sie Lord Woollards Besuch nervös gemacht. Offenbar war sie weniger selbstbewusst, als es den Anschein hatte. Fühlte sie sich in Gesellschaft unbeholfen oder sonst wie beeinträchtigt? Da ihr Ehemann der einzige Erbe war, könnte das schon ein ernsthaftes Problem sein. Vielleicht kam sie aus einfacheren Verhältnissen als die anderen Familienmitglieder und war schon durch Ungeschicklichkeiten aufgefallen. Oder aber ihre Mutter gehörte zu den Personen, die sich skrupellos für ihre Töchter einsetzten und deren Ehrgeiz nicht zu stillen war.

Zachary sagte nicht viel und Mariah merkte, dass er Bedelia unerwartet oft ansah. Sein Blick drückte Bewunderung und eine Spur Dankbarkeit aus. Etwa wegen ihrer Schönheit? Sie sah sicherlich besser aus als die arme Agnes. Bedelia strahlte etwas Feminines aus, einen Glanz, etwas Geheimnisvolles, eine Stärke, die von ihrem Selbstbewusstsein herrührte. Mariah musste sie unwillkürlich betrachten.

Wie fühlte man sich, wenn man so schön war? Nicht viele Frauen waren so gesegnet; sie selbst war es sicher nicht und Agnes auch nicht – genauso wenig wie Maude. Clara war gerade mal hübsch. Leuchtende atemberaubende Schönheit gab es selten. Die hatte auch Bedelia nicht.

Mariah war ihr ein- oder zweimal begegnet. Das blieb in Erinnerung. Lady Vespasia Cumming-Gould, Emilys Großtante aus erster Ehe, hatte diese Schönheit besessen. Selbst in fortgeschrittenem Alter war sie noch erhalten, unverwechselbar, wie ein Lied aus der Kindheit: Man hört den ersten Ton und das Herz lässt es wieder aufleben.

Warum wohl sah Zachary Bedelia ununterbrochen an? War es die übliche männliche Faszination von Schönheit? Oder seine guten Umgangsformen, weil sie die Gastgeberin war?

Arthur betrachtete sie nicht so.

Agnes sah die beiden auch an und schien es ebenfalls zu bemerken. Traurigkeit lag in ihren Augen. War ihr bewusst, dass sie niemals mithalten könnte? Vielleicht war es das Gefühl von Unterlegenheit, das Mariah entdeckt hatte. Das verstand sie nur allzu gut. Ja, sie kannte es auch: ein durchschnittliches Gesicht; kein Zauber in den Augen oder in der Stimme. Aber vor allem die Gewissheit, nicht geliebt zu werden.

War es der Neid? Oder gar über Jahre aufgestauter Hass? Warum nur? Nur wegen ihrer Schönheit? War das denn so wichtig? Nur wenige Frauen waren in ihrer Jugend mehr als hübsch, gewannen dann vielleicht in ihrer Reife etwas an Stil oder mehr noch an Klugheit. Agnes war schließlich kein Mauerblümchen. Aber unter Schwestern gab es nun mal Konkurrenz. Das war unvermeidlich. Spielte Geld vielleicht eine Rolle? Und jetzt die Aussicht auf den Adelsstand?

Man unterhielt sich weiter, drückte Bedauern über diejenigen aus, die in der Weihnachtszeit alleine und vielleicht sogar bedürftig waren, sprach über Leute, deren Gesundheit zu wünschen übrig ließ und überlegte, wem sie ein kleines Geschenk machen konnten oder sollten. Würde das Wetter schlecht werden?

»Sind Sie wegen des Schnees oft ans Haus gefesselt?«, fragte Mariah interessiert. »Das muss ja schrecklich sein.«

»Nein, gar nicht«, beruhigte sie Zachary. »Wir sind hier sicher. Wir haben genügend Vorräte und Brennmaterial und es wird höchstens ein oder zwei Tage dauern. Machen Sie sich also keine Sorgen. Und wenn überhaupt, dann kommt es im Januar oder Februar. Sie kennen ja das alte Sprichwort: ›Werden die Tage länger, wird der Winter strenger.‹«

Er lächelte. Sein Blick war nicht mehr so ernst, sondern erstaunlich warmherzig.

Sie lächelte zurück und genoss das unverhoffte und unerklärliche Gefühl von Freiheit, das dieses Lächeln ihr gab. »Ja, es hat sich schon so oft bewahrheitet«, stimmte sie ihm zu. »Und sicherlich sind Sie umsichtig genug, für alle Fälle Sorge zu tragen. Ich dachte an einen Krankheitsfall. Aber das ist natürlich für alle Leute beschwerlich, die in der schönen freien Natur auf dem Lande leben.«

Sie war weiterhin charmant. Es war als hätte sie ein neues Spielzeug. Sie wandte sich an Bedelia. »Wissen Sie, Mrs Harcourt, hätte ich Miss Barrington nicht kennen gelernt, hätte ich in Romney Marsh niemals mehr als eine ziemlich raue, flache Küstenlandschaft mit Meeresluft gesehen. Aber auf unserem Spaziergang merkte ich, dass Maude so viel mehr wahrnahm! Sie erzählte von der Pflanzenwelt im Frühjahr und von den Vögeln. Sie kannte sehr viele Arten und auch ihr spezifisches Verhalten. Vor allem die Wasservögel.« Sie erfand immer noch etwas dazu. Es war berauschend. Die erstaunten und besorgten Gesichter der Anwesenden steigerten noch ihre Abenteuerlust. Sie holte tief Luft und fuhr fort. »Nie zuvor war mir in den Sinn gekommen, wie perfekt sich alles in seine Bestimmung und Rangordnung fügt.«

»Wirklich?«, fragte Bedelia mit fast ausdrucksloser Stimme. »Dieses Interesse hat sie wohl erst in letzter Zeit entwickelt. Das heißt, seit sie England für immer verlassen hat. Sie muss es sich aus Büchern angeeignet haben. In natura hat sie das alles jedenfalls nie gesehen.«

»Ist sie denn nicht öfter spazieren gegangen?«, fragte Mariah unschuldig.

»Sie war ja nur ein paar Stunden hier«, informierte Bedelia sie. »Sie hatte nicht mal die Zeit aus dem Hause zu gehen. Sie hat Ihnen sicherlich gesagt, dass sie ohne jegliche Vorankündigung hierher kam. Deshalb konnten wir sie nicht aufnehmen. Glauben Sie denn, wir hätten Joshua Fieldings Gastfreundlichkeit beansprucht, wenn wir sie hätten unterbringen können.«

Es stimmte also! Jemand im Hause hatte Maude die Ration Pfefferminzwasser gegeben. Jetzt hieß es schnell zu überlegen. Lieber den Rückzug antreten als einen Streit entfachen, auch wenn ihr die Worte auf der Zunge lagen. Was war besser? Als eine dumme und deshalb ungefährliche Person dazustehen oder als eine äußerst kluge Frau, die man im Auge behalten musste? Sie musste sich sofort entscheiden. Sie konnte nicht beides gleichzeitig sein und die Zeit rannte davon.

Bedelia erwartete eine Antwort. Alle sahen Mariah an. Ihr kam eine Idee. Wenn sie sich schwerhörig stellen würde, könnte sie sowohl dümmlich wirken als auch außergewöhnlich klug!

Sie atmete tief ein und wollte gerade zu einer Entschuldigung ansetzen. Dann aber kam ihr ein weitaus klarerer Gedanke. Wenn sie sich taub stellen würde, könnte jeglicher Beweis, den sie erbrächte, später geleugnet werden!

Sie unterdrückte ihren Stolz, was sie nie zuvor getan hatte, außer bei diesem unaussprechlichen Anlass, als ihre eigene Vergangenheit wie eine Leiche aus dem Fluss aufgetaucht war. Wenn sie das überlebt hatte, dann konnte diese Familie ihr nicht mal eine Schramme an ihrem gepanzerten Inneren zufügen.

»Da haben Sie recht«, sagte sie sanft. »Ich hatte ganz vergessen, dass sie so lange fort war. Wenn sie nicht schon vorher Interesse gezeigt hatte, so hat sie sich ihre Kenntnisse wohl ausschließlich aus Büchern angeeignet. Vielleicht hatte sie auch Heimweh nach dem endlosen Himmel, dem salzigen Wind und dem Meeresrauschen?«

In Bedelias Blick lag Triumph, das Wissen um ihre Macht. Mariah spürte eine starke elektrische Spannung zwischen ihnen knistern, wie wenn man bei sehr trockener Luft ein bestimmtes Metall anfasst. Sie hatte einmal gelesen, dass Raubtiere genau auf diese Weise Blut riechen konnten, und sie erschauderte vor Angst und vor dem tiefen Wissen um die Verletzlichkeit, die das Leben auf einen Schlag süß und zerbrechlich zugleich machen kann.

War es das, was Agnes ihr Leben lang empfunden hatte? Oder war das zu weit hergeholt? Und wie war das bei Maude? War sie auch unterdrückt worden? War das vielleicht der eigentliche Grund, weshalb sie England verlassen hatte, alles Vertraute, das sie zweifelsohne geliebt hatte. War sie deshalb in alle möglichen altertümlichen, barbarischen und zugleich herrlichen Länder gezogen, wo sie niemanden kannte? Ein verzweifelter Fluchtversuch?

Vielleicht gab es unter der Oberfläche noch viel mehr, als sie sich heute Morgen in Maudes Zimmer neben dem toten Körper vorgestellt hatte.

Bedelia lächelte und stimmte ihr mit lauter Stimme zu: »Ja, vielleicht. Aber wenn sie gewollt hätte, hätte sie ja jederzeit am Meer leben können. Die arme Maude hatte nie ein Gespür für die richtige Entscheidung. Wirklich höchst bedauerlich.«

»Wir haben gehofft, mehr hinauszugehen, später, wenn sie zurückgekommen wäre ...«, Agnes blickte zu Bedelia hin. »Im neuen Jahr ... oder ... oder wenn wir sicher wären ...« Sie verstummte. Ihr war bewusst, dass sie ins Fettnäpfchen getreten war.

Mariah sah sie mit einem durchdringendem Blick an, der sie zu einer Erklärung ermuntern sollte.

Bedelia seufzte ungeduldig. »Agnes, meine Liebe, manchmal kannst du deine Zunge nicht im Zaum halten!« Verzweifelt wandte sie sich Mariah zu. »Mrs Ellison, Sie sollten die Wahrheit erfahren, sonst denken Sie noch wir sind herzlos. Und das stimmt wirklich nicht. Maude war die mittlere Schwester. Sie war stets ungebärdig. Sie musste mit ihrer Andersartigkeit immer die Aufmerksamkeit auf sich ziehen. So was kommt in den besten Familien vor. Die Ältesten werden am meisten beachtet, weil sie zuerst da sind, und die Jüngsten, weil sie die Kleinsten sind. Die Mittleren fühlen sich vernachlässigt und sie benehmen sich ... sagen wir mal auffällig.«

»Maude hat sich nicht aufgespielt«, verbesserte Arthur

sie. »Sie steckte voller Enthusiasmus. Alles, was sie tat, kam von ganzem Herzen. Sie war ganz und gar nicht affektiert oder gekünstelt.«

Bedelias Blick blieb auf Mariah gerichtet. »Mein Mann ist ein außergewöhnlich großmütiger Mensch. Für seinen Einsatz für die Bedürftigen erhebt ihn Ihre Majestät in den Adelsstand. Ich bin sehr stolz auf ihn, weil er ihn für seinen reinen Edelmut erhält und nicht etwa wegen niedriger Beweggründe wie Geld oder politischer Gesinnung.« Sie lächelte geduldig. »Manchmal jedoch urteilt er eher wohlwollend als genau. Gleich bei Maudes Ankunft wurde deutlich, dass sie in Gegenden unterwegs gewesen war, wo die Bräuche und die Manieren sich sehr von den unseren unterscheiden. Leider war auch ihr Sprachgebrauch von der Art, dass wir unserem Gast ihr … ihr auffälliges Verhalten nicht zumuten konnten. Da Joshua Schauspieler ist, wussten wir, dass er einer gewissen Exzentrik gegenüber wahrscheinlich weitaus toleranter ist. Natürlich konnten wir nicht wissen, dass auch Sie bei ihm zu Gast waren. Falls Maude Sie schockiert oder peinlich berührt hat, übernehmen wir natürlich die Verantwortung. Ich möchte mich im Namen aller dafür entschuldigen. Es ist diese Rücksichtslosigkeit von uns, die Agnes sehr bewegt hat.«

Agnes lächelte, hatte aber Tränen in den Augen.

»Ich verstehe.« Mariah versuchte sich vorzustellen, wie Maude die ganze Familie ernsthaft blamieren könnte. Sie kannte Lord Woollard nicht. Vielleicht war er unerträglich aufgeblasen. Natürlich gibt es Menschen, die so gefangen in ihrer eigenen emotionalen Unzulänglichkeit und eingebildeter Tugend sind, dass sie sich an der kleinsten Kleinigkeit stoßen. So wie sie Maude kennengelernt hatte, hätte sie durchaus einen gewissen Gefallen daran finden können, gegen alles Törichte, Wichtigtuerische und vor allem Verlogene zu opponieren. Das wollte man auf jeden Fall vermeiden. Wenn Arthur Harcourt sich wirklich so für andere eingesetzt hatte, wie Bedelia behauptete, dann verdiente er auch eine Anerkennung und – was noch wichtiger war – zusätzliche Machtbefugnisse für seine guten Taten, die ja eine solche Auszeichnung mit sich brächte.

»Das hoffe ich«, sagte Bedelia freundlich.

»Jede Familie hat wohl ein unbequemes Mitglied«, fügte Zachary entschuldigend hinzu.

Mariah beschlich das ungute Gefühl, dass in ihrer Familie sie selbst diese Unbequeme war. Obgleich Caroline ihr den Platz durch die Heirat mit einem so viel jüngeren Schauspieler jetzt streitig machte! Und da gab es ja noch Charlotte mit ihrem Polizisten!

Kurz darauf zogen sich die Damen in den Salon zurück und Mariah erfuhr nichts Interessantes mehr. Sie erwog kurz, sich nach der Gesundheit der Einzelnen zu erkundigen, verwarf jedoch den Gedanken sogleich wieder, weil sie keine Möglichkeit sah, das Thema anzuschneiden ohne sich verdächtig zu machen. Sie war sehr müde. Es war einer der längsten Tage in ihrem Leben.

Er hatte mit einer entsetzlichen Tragödie begonnen und mit einem Rätsel und der zunehmenden inneren Gewissheit geendet, dass jemand in diesem Haus Maudes Medizin vergiftet haben musste. Wie und womit, das musste sie noch ermitteln. Noch wichtiger war es herauszufinden, warum. Maude war ja erfolgreich zu Joshua abgeschoben worden. Lord Woollard war zu Besuch gewesen und wieder abgefahren. Was konnte so kostbar oder so schrecklich sein, dass man dafür einen Mord beging?

Sie entschuldigte sich, dankte ihren Gastgebern nochmals für deren Gastfreundlichkeit und ging auf ihr Zimmer. Hoffentlich würde es morgen schneien oder sonst etwas eine Abreise unmöglich machen. Sie musste noch so viel herausfinden. Die Ermittlungsarbeit war schwieriger als gedacht, und unbeabsichtigt war sie in das Leben anderer Menschen hineingezogen worden. Sie war Maude zugetan. Es war sinnlos, das weiterhin zu leugnen. Und sie mochte Bedelia nicht. Sie hatte deren Macht gespürt. Agnes tat ihr leid, auch wenn sie nicht wusste warum. Arthur machte sie neugierig. Trotz allem, was man über ihn sagte – sein Erfolg, seine Güte anderen gegenüber –, spürte sie doch etwas Undefinierbares, etwas Beunruhigendes. Da passte etwas nicht zusammen.

Von Randolph und Clara konnte sie sich noch kein Bild machen, außer, dass Clara gesellschaftliche Ambitionen hatte. Würden sie für ein Mordmotiv ausreichen?

Ihr schwirrte der Kopf, als sie das Nachtgewand der Haushälterin anzog und ins Bett stieg. Sie wollte alles noch einmal genauestens durchdenken, schlief aber fast augenblicklich ein.

Am nächsten Morgen wachte Mariah erst sehr spät auf. Es war ihr peinlich, dass das Zimmermädchen mit einem Tablett Tee schon vor ihrem Bett stand und wissen wollte, was sie gerne zum Frühstück hätte.

Vielleicht zwei weich gekochte Eier mit Toast?

Ja, das wäre ohne Weiteres möglich.

Trotz der Umstände und der Gedanken, die ihr im Kopf herumgingen, genoss sie das Frühstück. Dann stand sie auf und erledigte ihre Morgentoilette. Sie zog das andere schwarze Kleid der Haushälterin an. Das Zimmermädchen half ihr dabei und sie unterhielten sich vergnüglich. Anschließend ging sie nach unten.

In der Eingangshalle begegnete sie Agnes. Sie hatte sich warm angezogen und wollte gerade hinausgehen.

»Guten Morgen, Mrs Ellison«, sagte sie hastig. »Hoffentlich haben Sie gut geschlafen. Es ist bestimmt alles sehr unangenehm für Sie. Hatten Sie wenigstens alles, was Sie brauchten? Und war Ihnen warm genug?«

»Ich war bestens versorgt«, antwortete Mariah aufrichtig. »Sie sind wirklich sehr gutherzig. Ich habe die ganze Nacht durchgeschlafen. Wollen Sie gerade weggehen?«

»Ja, ich will einigen Freunden ein paar Gläser Marmelade und Chutney bringen. In den Nachbardörfern, Sie wissen schon. Leider ist das Wetter nicht gerade vielversprechend.«

Mariah hatte einen Geistesblitz von doppeltem Nutzen. Einmal könnte sie alleine, ohne Bedelias Kontrolle, mit Agnes sprechen. Und dann könnte sie, wenn sie schon nicht einschneiten, zumindest vorgeben, sich leicht erkältet zu haben und so verhindern, morgen, oder schlimmer noch, heute Nachmittag, nach St Mary in the Marsh zurückkehren zu müssen.

»Darf ich Sie begleiten?«, fragte sie gespannt. »Ich bin ja nur ganz kurz über Weihnachten hier und ich würde so gerne etwas von der Gegend sehen. Es ist alles ganz anders als in London. Viel weitläufiger … und sauberer. In der Stadt ist es so schmuddelig, wenn der Schnee erst einmal festgetreten ist, und dann der Rauch von den Kaminfeuern.«

»Aber natürlich!« Agnes war erfreut. »Es wäre sehr nett, wenn Sie mich begleiten würden. Aber es ist kalt draußen. Sie müssen Ihren Umhang überziehen, und ich kümmere mich um eine Decke.«

Mariah dankte ihr aufrichtig und zehn Minuten später saßen sie nebeneinander in dem Pferdewagen, der von einem jungen Lakai vorgefahren worden war. Wie Agnes schon vorhergesagt hatte, war es sehr kalt. Der Wind war eisig. Vom Meer zogen Wolken heran und das Sumpfgras wogte hin und her, als würde eine unsichtbare Hand darüberstreifen.

Der Wagen war gut gefedert und aus unerklärlichen Gründen trabte das Pony voller Begeisterung. Dennoch war es nicht gerade eine bequeme Fahrt. Sie fuhren aus dem Dorf hinaus und dann, wie Mariah vermutete, ziemlich schnell nach Südwesten. Das schloss sie aus der Windrichtung und dem Geruch des Meeres. Agnes erzählte ihr freundlich vom Dorf Snargate und dessen Bewohnern und teilte ihr mit, dass sie von Snargate nach Appledore weiterfahren würden. Wenn die Zeit es zuließe, würden sie noch nach Isle of Oxney fahren, was natürlich keine Insel, sondern lediglich eine Erhebung in der flachen Küstenlandschaft war. Bei Hochwasser würde dieser Ort jedoch seinem Namen alle Ehre machen.

Die Geschichte dieser alten Dörfer wäre möglicherweise recht interessant, aber jetzt richtete Mariah ihre ganze Aufmerksamkeit auf die Geschichte der Barrington Schwestern. Sie musste Agnes darauf ansprechen und durfte keine Sekunde ihrer ohnehin knappen, wertvollen Zeit verschwenden.

»Sie scheinen diese Gegend sehr gut zu kennen.« Eine Schmeichelei tat immer ihre Wirkung. »Ist Ihre Familie denn von hier? Ist das Ihre Heimat?« Die Leute wollten immer eine Heimat haben. Niemand wollte sich fremd fühlen, so wie Mariah es, seit sie erwachsen war, erleben musste.

»Oh ja«, sagte Agnes warmherzig. »Vor hundertfünfzig Jahren hat mein Ururgroßvater das Haus geerbt und vergrößert. Natürlich gehört es jetzt Bedelia. Leider haben wir keine Brüder. Irgendwann einmal wird es sowieso Randolph gehören, weil ich ja keine männlichen Nachkommen habe.« Sie wandte sich Mariah zu und einen flüchtigen Augenblick lang sah Mariah ihr Gesicht mit den feuchten Augen, die vielleicht auch vom Ostwind herrührten. Kalt genug war er ja.

»Sie können sich glücklich preisen, dass Sie Schwestern haben. Ich bin nur mit Brüdern aufgewachsen und die waren viel älter als ich. Zu alt, um meine Freunde zu sein«, log Mariah sie an.

»Das tut mir aber leid.« Agnes' Gesichtsausdruck war leer, keinerlei aufmunternde Erinnerung, die ein Lächeln hervorgebracht hätte.

»Sicher haben Sie eine gute Erinnerung an Weihnachten und die alten Familienbräuche?« Mariah blickte auf den mit einem feinen Tuch bedeckten und sorgfältig verschnürten Korb mit den Gläsern. »Sie haben ihn so schön hergerichtet.« Wieder eine Schmeichelei, auch wenn sie der Wahrheit entsprach.

»Das machen wir immer so«, erwiderte Agnes, immer noch ohne Regung in der Stimme.

Mariah forschte weiter und erhielt schließlich auch genauere Antworten. Du meine Güte, das war wirklich Schwerstarbeit! Musste Pitt sich auch so abrackern? Schlimmer noch als Zähne ziehen. Aber sie war fest entschlossen. Schließlich ging es um die Gerechtigkeit.

»Ich kann mir vorstellen, dass Sie als Kinder das alles zusammen machten«, sagte sie, wohlwissend, dass es taktlos war. »Hatten Sie vielleicht sogar Verehrer? Ich kann mir nichts Romantischeres vorstellen.« War sie da womöglich zu weit gegangen?

»Zachary hat Bedelia den Hof gemacht«, erwiderte Agnes. »Es war um diese Jahreszeit und schrecklich kalt. Ich weiß noch genau, in jenem Jahr waren mehrere Bäche zugefroren.« Sie blickte traurig vor sich hin. Ein paar Haarsträhnen, die der Wind gelöst hatte, wippten vor ihrem Gesicht auf und ab.

Mariah sah langsam nicht mehr durch. Zachary war doch Agnes' Ehemann. Nur allzu gerne hätte sie es dabei bewenden lassen. Sie hörte den Schmerz in Agnes' Stimme. Alte Verletzungen gingen sie nichts an. Aber Maude war nun mal tot. Sie konnte die stechende Salzluft nicht mehr spüren, nicht mehr sehen, wie die Möwen sich im Wind hinuntergleiten ließen, dann wieder flatternd aufstiegen und über dem weiten Land kreisten.

»Mrs Harcourt ist sehr schön, auch heute noch.« Ihre Worte stachen wie ein Messer zu. »Damals musste sie ja atemberaubend ausgesehen haben. Eine entfernte Verwandte von mir war ihr sehr ähnlich.«

»Ja.« Agnes hielt die Zügel ganz fest. Das Leder ihrer Handschuhe spannte sich. »Über die Hälfte aller jungen Männer hier war in sie verliebt.«

»Und sie entschied sich für Mr Harcourt?« Dumme Frage. Für Maudes Tod wahrscheinlich völlig irrelevant, aber Mariah hatte keine bessere Spur.

»Ja.« Einen Augenblick lang schien Agnes nicht mehr weiterreden zu wollen. Dann atmete sie tief durch und sagte doch noch etwas: »Aber so einfach war das nicht.«

»Wirklich? Die Dinge sind selten einfach«, sagte Mariah mitfühlend. »Noch seltener entsprechen sie dem, was man auf den ersten Blick vermutet. Die Leute urteilen manchmal etwas zu vorschnell.«

»Weil man es sich leicht machen will«, stimmte Agnes ihr zu. Sie nahm eine scharfe Kurve und Snargate lag vor ihnen. Mariahs Befragung erwies sich als äußerst zäh. Sie waren fast schon am Dorfanger. Vor ihnen lagen der Gasthof, die Kirche mit den alten Eiben und dem Friedhof und das mit kahlen Geißblattranken überdachte Kirchhoftor.

Sie gaben eins nach dem anderen die Weihnachtsgeschenke ab und fuhren wieder aus Snargate hinaus nach dem nicht weit entfernten Appledore.

»Sicher werden alle möglichen Vermutungen angestellt, wenn eine der Schwestern so schön wie Bedelia ist«, sagte Mariah, sobald sie mit dicken Decken um die schlotternden Knie weiterfuhren. Der Himmel klarte auf und zwischen den Wolken leuchteten blaue Bänder.

Als ob sie sich absichtlich Schmerz zufügen wollte, erzählte Agnes ihr die ganze Geschichte.

»Maude wusste nichts davon. An jenem Weihnachten war sie nicht da. Tante Josephine war krank und einsam und Maude kümmerte sich um sie. Zachary machte Bedelia den Hof. Er war sehr in sie verliebt. Sie machten alles gemeinsam. Sie gingen auf Bälle und zu Dinnereinladungen und ins Theater nach Dover, selbst durch den tiefsten Schnee. Damals war die Königin jung und glücklich und Prinz Albert ein schneidiger Gemahl. Wir sahen Zeichnungen der beiden in der Zeitung. Das war vor dem Krimkrieg. Erinnern Sie sich noch?«

»Oh ja.« Die Zeit war ein Albtraum für sie gewesen. Ihr Ehemann hatte noch gelebt, war charmant und verführerisch gewesen, aber zu Hause brutal. Er hatte Dinge von ihr verlangt, die eine anständige Frau sich niemals hätte vorstellen können. Sie hatte heute noch den Wollgeschmack des Teppichs im Mund und spürte noch sein Gewicht, als er sie auf den Boden zwang. Nach außen hin war alles eitle Zufriedenheit: prachtvolle, endlos lange Reifröcke und eine Figur, die man heute bei ihrer zu üppigen Taille und Hüfte nicht mehr erkennen konnte. Zu Hause aber war es die Hölle. Sie konnte nur mit tiefster, Übelkeit erregender Scham daran zurückdenken. Wie kam nun ausgerechnet sie dazu, die Feigheit anderer zu kritisieren? Wut und Mitleid stiegen in ihr auf und starke, körperlich spürbare Rachegelüste. Der bitterkalte Wind war fast schon ein Trost.

Aber Agnes war in ihre eigenen Gefühle versunken und merkte gar nicht, dass ihre Begleiterin abwesend war. »Dann kam Arthur Harcourt«, fuhr sie fort. »Ich glaube, das war Anfang März. Zum Frühlingsanfang. Die Tage wurden länger und die Knospen trieben aus. Arthur war nicht nur gut aussehend, sondern auch nett, charmant und witzig. Er brachte uns alle so zum Lachen, dass es schon fast peinlich war. Damals konnte man sich noch nicht so offen vergnügen. Das ziemte sich nicht für junge Damen. Ihm war das egal. Und er tanzte wie ein Engel. Mit ihm hatte man an allem Freude.«

Mariah konnte sich den Rest denken. Bedelia war nicht mehr in Zachary verliebt, sondern in Arthur, der eine weit bessere Partie war. Der arme Zachary wurde abgeschoben und begnügte sich nach einiger Zeit mit dem Zweitbesten: mit der langweiligeren, weniger hübschen Agnes.

Sie willigte ein, weil ihr das Selbstbewusstsein und der Mut fehlten, um dagegen anzukämpfen.

Spontan legte Mariah die Hand auf die von Agnes und ließ sie dort liegen. Agnes hielt die Zügel über der Decke fest. Sie sagte nichts. Es war ein stillschweigendes Verstehen, ein Mitgefühl ohne viele Worte.

Eine Weile fuhren sie schweigsam auf den Landstraßen Richtung Appledore.

Dann fuhr Agnes fort. »Natürlich gingen wir damals davon aus, dass Bedelia und Arthur heiraten würden. Das war ganz selbstverständlich.«

»Ja«, stimmte Mariah zu.

»Aber dann starb Tante Josephine und Maude kehrte zurück. Und alles kam ganz anders.«

»Wirklich?« Mariah hatte gar nicht mehr an Maude gedacht. »Was geschah dann?«

»Arthur und Maude …«, Agnes zuckte kaum merklich zusammen, »schienen … sich so ineinander zu verlieben, dass Bedelia gar nicht mehr existierte. Es war nicht nur ein Flirt. Bedelia … konnte es zunächst gar nicht fassen. Ausgerechnet Maude. Weiß der Himmel, was sie ihm erzählt hatte!«

»Sie hat ihm etwas erzählt?«, hakte Mariah unweigerlich nach.

»Nun, sie muss ihm irgendwas Furchtbares über Bedelia gesagt haben, sonst hätte er sie nicht so einfach verlassen! Und natürlich muss das eine Lüge gewesen sein. Eifersucht ist… etwas Schreckliches. Wenn man nicht aufpasst, frisst sie die Seele auf.«

»Ja, das ist wohl wahr«, stimmte ihr Mariah ernsthaft zu. »Ob es nun eine spontane Leidenschaft oder eine langsame Entwicklung ist, Eifersucht ist doch immer vernichtend. Aber Arthur schien die Sache zu durchschauen.« Sie sagte das äußerst ungern, weil sie Maude damit beschuldigte. Das wollte sie eigentlich auf keinen Fall, aber sie musste ja Agnes weitererzählen lassen.

»Oh ja. Nach einem Monat nahm Arthur wieder Verstand an. Er merkte wohl, dass er Bedelia wirklich liebte. Er beendete diese dumme Affäre mit Maude und bat Bedelia, ihn zu heiraten. Natürlich verzieh sie ihm und nahm an.«

»Ich verstehe.« Sie verstand überhaupt nichts mehr.

Drei Schwestern, zwei Männer. Da musste ja eine verlieren. Dass Maude diejenige war, gefiel Mariah gar nicht. Oder waren sie alle drei die Verlierer, weil keine wirklich fand, wonach sie sich sehnte. »Und Maude?«, fragte sie leise.

»Es brach Maude fast das Herz.« Agnes blieben die Worte im Hals stecken. Sie wandte sich um, als ob etwas an der Pferdekutsche ihre volle Aufmerksamkeit erforderte. Aber weit und breit gab es nur den Meereswind und bis zum Horizont grasbewachsenes Moor. »Sie ging einfach fort. Gott weiß wohin. Aber einen Monat später erhielten wir eine Postkarte aus Granada, im Süden Spaniens. Es standen nur ein paar Worte darauf. Ich erinnere mich genau: ›Ich bin auf dem Weg nach Afrika. Wahrscheinlich bleibe ich dort. Maude.‹«

Bedelia hatte behauptet, sie habe nie wieder geschrieben. Ob das wohl stimmte? »Und dann kam sie vor ein paar Tagen zurück«, sagte Mariah mit lauter Stimme.

»Ja, genau.«

»Warum ist sie denn nach all den Jahren zurückgekehrt?«

Agnes schüttelte den Kopf und rieb sich die Augen. »Vielleicht wusste sie, dass sie sterben würde und wollte hier beerdigt werden. So sind die Menschen. Wollen da, wo sie geboren wurden, auch begraben sein, in der Erde ihrer Heimat.«

»Erwähnte sie denn etwas in der Art?«

»Sie sprach vom Tod. Ich weiß nicht mehr genau was. Aber sie war sehr traurig, so viel war klar. Hätte … hätte ich doch nur zugehört. Ich war ganz und gar mit Lord Woollards Besuch beschäftigt. Wir machten uns solche Sorgen, ob auch alles gut gehen würde.« Ihre Stimme und ihre kummervolle Miene drückten Schuldgefühle aus. »Wissen Sie, Arthur verdient die Anerkennung wirklich. Er könnte damit noch so viel mehr Gutes tun.«

»Und Sie befürchteten, Maude könnte sich unangemessen benehmen?«

Agnes blickte Mariah kurz an, wandte dann das Gesicht, in dem eine Mischung aus Ungeduld und Scham stand, wieder ab. »Wissen Sie Mrs Ellison, die letzten vierzig Jahre hatte sie an außergewöhnlichen Orten gelebt. In Gegenden, wo die Leute mit Händen essen, wo es kein fließendes Wasser gibt, wo die Frauen … Ich darf gar nicht daran denken, geschweige denn darüber reden.«

»Ich dachte immer die Frauen im Mittleren Osten wären eher zurückhaltender als wir hier in England«, sagte Mariah nachdenklich. »Zumindest vermittelte mir Maude diesen Eindruck. Sie gehen nicht aus dem Haus und sprechen nur mit Männern der eigenen Familie. Ihre Kleidung ist auf jeden Fall sehr schicklich.«

Agnes runzelte die Stirn. »Aber Maude ging ohne Begleitung aus, sie lief herum wie … wie ein Mann!«, rief sie aus. »Wer weiß schon, was sie alles anstellte? Ihr Geschmack ist äußerst fragwürdig. Ihre Tugendhaftigkeit leider auch.«

»Wie bitte?«, rief Mariah ungläubig und wütend aus. Dann merkte sie, dass sie zu weit gegangen war. Sie musste sich schnell aus der Affäre ziehen. »Es tut mir so leid«, entschuldigte sie sich. Die Worte blieben ihr fast im Hals stecken. »Ich fühle mich Maude durch unser gegenseitiges Vertrauen so verbunden, dass ich an dem Gedanken, jemand, der sie gar nicht kannte, könnte ihre Tugend infrage stellen, mehr Anstoß nehme, als mir das zusteht. Wirklich sehr unvernünftig, ja sogar unverschämt von mir. Bitte verzeihen Sie mir. Schließlich war sie Ihre Schwester, nicht meine, und es kommt nur Ihnen zu, für sie zu sprechen. Ich wollte nicht anmaßend sein.« Sie sah Agnes mit einem nach Verzeihung heischenden Blick an. In Wirklichkeit wollte sie unbedingt Agnes' Reaktion sehen.

Agnes hatte die Zügel fest im Griff und starrte geradeaus, obwohl sie schon fast in Appledore waren und sie die Ponys in eine langsamere Gangart hätte bringen müssen.

»Es ist gar nicht anmaßend«, sagte sie mit knallrotem Gesicht. Sie hielt unsicher inne. »Sie haben es sicher nur gut gemeint. Vielleicht leben wir zu sehr in der Vergangenheit. Und haben eine zu blühende Fantasie.«

»Bezüglich Maude?«, fragte Mariah nach. Agnes' Kummer und die Gewissheit, dass sie immer nur an zweiter Stelle sein würde, kam ihr erschütternd zu Bewusstsein. Sie empfand Mitleid, sie verstand sie sogar – aber das konnte jetzt die Lügen auch nicht entschuldigen oder die Gerechtigkeit wiederherstellen. Sie fuhren an der Kirche vorbei, und Mariah sah die festlichen Kränze an den Türen. Ein paar Kinder riefen ihnen im Vorbeilaufen Weihnachtswünsche zu. Was ist nur mit den Menschen los, dass sie so verbittert werden? Warum wenden wir uns nicht einander zu und helfen uns gegenseitig? Von der Wiege bis zum Grab gehen wir doch einen gemeinsamen Weg. Jeder hat seine Steine, über die er stolpert, und seine Löcher, in die er fällt, jeder versinkt einmal in einem Sumpf.

Agnes hatte noch immer nicht geantwortet.

»Ich kann das gut verstehen«, sagte Mariah spontan. »Sie haben alte Erinnerungen an Maude, wie sie damals Arthur eroberte. Und Sie befürchteten natürlich, Maude würde sich unschicklich benehmen. Vielleicht sogar Arthurs Chancen auf den Adelsstand zunichte machen. Sie sorgten dann dafür, dass sie während Lord Woollards Anwesenheit nicht im Hause war. Jetzt, wo sie tot ist, fühlen Sie sich natürlich schuldig. Aber jetzt ist es zu spät.«

Agnes drehte sich um und sah sie mit offenem, verletztem Blick an. Sie sagte nichts, aber ihr Eingeständnis war auch ohne viele Worte eindeutig.

Sie gaben die Marmelade und das Chutney in Appledore ab und fuhren weiter nach Isle of Oxney. Ein grausig kalter Wind kam auf. Der Horizont verschwamm hinter den sich zusammenballenden Wolken und die Luft roch nach Schnee. Vielleicht bräuchte Mariah gar keine Erkältung vorzutäuschen. Sie wusste allerdings nicht, wie tief der Schnee sein musste, um sie von der Fahrt abzuhalten. St Mary in the Marsh war nur fünf Meilen, nicht mal eine Stunde, entfernt. Wahrscheinlich wäre es doch besser, ein paarmal zu niesen und über Halsschmerzen zu klagen. Bisher hatte sie gerade mal an der Oberfläche gekratzt. Darunter gab es noch eine ganze Menge aufzudecken: Gemütsbewegungen, verflossene Liebschaften, Eifersüchteleien und alte Verletzungen. Warum waren sie jetzt aufgebrochen? Pitt hatte einmal gesagt, es gäbe immer einen Grund, weshalb eine Gewalttat zu einem bestimmten Augenblick geschah, irgendein Vorkommnis, das letztlich die Tat auslöste.

Warum war Maude zurückgekehrt? Warum hatte sie ihr vierzig Jahre währendes Exil nicht früher beendet? Warum nicht ein Jahr später? Warum an Weihnachten und nicht im Sommer, wenn das Wetter unendlich viel angenehmer wäre? Von wessen Tod hatte sie gesprochen? Doch wohl nicht von ihrem eigenen?

Auf dem Rückweg nach Snave unterhielt sich Mariah mit Agnes absichtlich nur über die Weihnachtsvorbereitungen. Was gäbe es zu essen? Natürlich eine Gans, verschiedenes gebratenes, gekochtes, gebackenes Gemüse mit den dazugehörenden Soßen. Danach gäbe es einen üppigen Plumpudding mit getrockneten Früchten, der beim Servieren mit Weinbrandbutter flambiert würde. Dazu Sahne.

Aber davor musste man noch an buchstäblich tausend andere Dinge denken, die es vorzubereiten galt: Kuchen, Gebäck, Fleischpasteten, Süßigkeiten, Ingwerbrot und alle möglichen Getränke, mit und ohne Alkohol. Und dann natürlich eine Fülle von Dekoration: Kränze und Zweige, Girlanden, Goldengel, bunte Schleifen, Seidenblumen, golden bemalte Tannenzapfen, Püppchen, die später den Armen im Dorf gegeben würden. Dann mussten Geschenke angefertigt werden: auf Holz gemalte

Soldaten, Nadelkissen, selbst gemachte Schmuckstücke, die mit Spitze und Perlen und bunten Borten verziert waren. Man konnte die Stunden Arbeit kaum zählen. Sie sprachen davon, als würden sie gemeinsam daran teilhaben, und sie erinnerten sich an Weihnachten in ihrer Kindheit, bevor es Weihnachtskarten und Tannenbäume und solche modischen Einfälle gab, die die allgemeine Glückseligkeit steigerten.

Nach dem Mittagessen nutzte Mariah die Pause zwischen zwei Regenschauern zu einem kurzen Spaziergang im Garten. Zum Nachdenken brauchte sie Zeit für sich alleine. Die Ermittlungen erforderten Ordnung in ihrem Kopf. Sie musste die Tatsachen betrachten und abwägen.

Außer der gut gepflegten Anlage, die offensichtlich mit Liebe und Können gestaltet worden war, gab es nur wenig zu sehen. Lauben, Kieswege, sorgfältig von Unkraut befreite Staudenrabatten, mehrjährige Pflanzen, deren verwelktes Laub entfernt worden war, Stufen, die in einem Bogen zu einer mit kahlen Rosenzweigen überwachsenen Pergola führten, und schließlich das etwas wildere Waldland über dem offenen Moor.

Der Boden war feucht und ziemlich matschig. Das hohe Gras durchnässte ihren Rocksaum. Das ließ sich nun mal nicht vermeiden. Im Frühjahr gäbe es hier eine einzige Blütenpracht: Schneeglöckchen, aller Wahrscheinlichkeit nach Schlüsselblumen, Buschwindröschen, sicherlich Glockenblumen, Gänseblümchen, Schleierkraut.

Vielleicht sogar Narzissen mit ihrem intensiven süßen Duft. Sie bemerkte zwei oder drei Blätterrosetten des Fingerhuts. Sie mochte seine eleganten Spitzen in Lilatönen oder in Weiß. Eine Pflanze war ein wenig beschädigt, als ob ein Tier sich daran zu schaffen gemacht hätte. Allerdings würde kein Tier Fingerhut fressen – er war ja giftig. Die Kreaturen schienen das irgendwie zu wissen. Er bewirkte eine Verlangsamung des Herzrhythmus. Ärzte setzten ihn bei Patienten mit Herzrasen ein. Digitalis. Sie erstarrte. Herzrasen … Herzschwäche. Herzstillstand!

War das die Lösung, nach der sie suchte? Sie bückte sich und sah sich die Blätter genauer an. Keine Macht auf Erden könnte das beweisen, sie war sich aber ganz sicher, dass jemand zwei oder drei Blätter abgerupft hatte. Die abgebrochenen Enden waren noch sichtbar.

Langsam stand sie wieder auf. Wie konnte sie herausfinden, wer das getan hatte? Es musste an dem Tag, als Maude da war, geschehen sein. War es feucht oder trocken gewesen? Im Winter war es im Wald nie trocken, aber falls der Boden gefroren war, hätte das verhindert, dass jemand so nass und schmutzig würde, wie sie es jetzt war.

Der Tag bevor Joshua Bedelias Brief erhielt. Denk nach! Es war stürmisch gewesen. Sie hatte das Pfeifen unter dem Dach noch genau im Ohr. Es hatte sie unerträglich nervös gemacht. Und es war relativ mild gewesen. Wer hatte mit schmutzigen Stiefeln und durchnässtem Rocksaum das Haus betreten? Die Zofe würde es wissen. Aber wie konnte sie das erfragen?

Mariah drehte sich um und ging forsch ins Haus zurück. Sie wollte Mrs Ward finden.

»Es tut mir schrecklich leid«, entschuldigte sie sich überschwänglich. Sie staunte, dass sie es ohne jegliche Heuchelei meinte. »Ich bin im Garten spazieren gegangen und war von der Schönheit ganz in Anspruch genommen.«

»Ja, er ist wirklich schön«, stimmte ihr Mrs Ward zu. »Das ist Mrs Harcourts Geschick zu verdanken. Mrs Sullivan kann eine Blume sowohl wunderschön als auch naturgetreu malen, aber den Garten selbst gestaltet Mrs Harcourt.«

»Welche Gabe! Und wir haben alle etwas davon. Leider habe ich meine Stiefel und auch den Saum Ihres Rockes ganz schmutzig gemacht. Äußerst unvorsichtig von mir und jetzt bereue ich es.«

»Oh, das macht doch nichts! Das kommt immer wieder vor!«, tat es Mrs Ward ab. »Ihr Kleid ist jetzt trocken und sauber, und Nora kann dies hier im Handumdrehen wieder reinigen.«

»Sicher passiert so etwas nur mir«, sagte Mariah. »Ich kann mir nicht vorstellen, dass Mrs Harcourt jemals so ungeschickt und so gedankenlos wäre. Sie können sich bestimmt nicht einmal erinnern, wann ihr so was das letzte Mal passierte!«

Da lächelte Mrs Ward. »Oh doch, gewiss! Am Tag als Miss Maude zurückkam. Sie holte ein paar schöne Zweige für die Blumen in der Eingangshalle. Sie sehen in einer Vase sehr hübsch aus. Machen Sie sich bloß keine Gedanken, Mrs Ellison.«

»Ach, wirklich?« Mariahs Herz raste. Dann war es also Bedelia. Sie musste sich aber noch sicherer werden. »Vermutlich waren Mr und Mrs Harcourt in heller Aufregung, wo doch Lord Woollard erwartet wurde.«

»Gewiss. Außerdem musste Mrs Harcourt noch eine Erledigung machen und kam schrecklich schmutzig zurück. Die arme Nora war ganz außer sich. Und dann noch Mrs Sullivan einen Tag später. Ich glaube, es war ein Tag später. Ich versuche jetzt Nora zu finden und schicke sie zu Ihnen.«

»Vielen Dank. Sie sind wirklich sehr aufmerksam.« Mariah ging nach oben. Ihr schwirrte der Kopf. Also waren sie alle draußen gewesen. Wer hatte die Blätter ausgekocht? Und wo? Wie konnte sie das nur herausfinden? Vielleicht wurden die Blätter auch nur zerkleinert und aufgegossen, so wie man Tee zubereitet! Jeder konnte das gewesen sein. Sie musste weiter nachdenken und auf der Hut sein!

Am Nachmittag bot Mariah Bedelia an, ihr mit den letzten Vorbereitungen zu helfen. Natürlich würde die Köchin sich um das Festmahl kümmern und um die anderen Dinge, die in der Küche erledigt werden mussten. Aber es gab noch einiges zu nähen, Säckchen mit Lavendel mussten fertig gemacht und Schmuckrosen hergestellt werden. Und dann noch die Dekoration für den großen Baum in der Eingangshalle.

»Ich könnte schwören, wir hatten letztes Jahr mehr Weihnachtsschmuck!« Bestürzt sah Bedelia auf den Baum. »Er sieht so kahl aus. Finden Sie nicht auch, Mrs Ellison?«

Mariah sah die riesige Kiefer an. Die dunkelgrünen noch frischen Nadeln rochen nach Erde und Wald. Sie war üppig mit Bändern und Baumschmuck behangen und darunter lag ein beachtlicher Haufen Päckchen. Kleinere, mit Spitze und Blumen dekorierte Schachteln hingen an den Zweigen. Der Baum war alles andere als spärlich geschmückt, aber natürlich konnte man noch mehr dazuhängen. Wichtig war jetzt, dass sie sich nützlich machte.

»Er ist sehr schön«, sagte sie umsichtig. »Aber Sie haben natürlich recht. Ein oder zwei Stellen könnten durchaus noch gefüllt werden. Es wird wohl nicht schwer sein, Material für ein wenig Weihnachtsschmuck zu finden. Wir brauchen lediglich einen Ball, zwei unterschiedlich große wären vielleicht am besten, Kleister und so viel verschiedenes Buntpapier wie möglich. Vielleicht noch Perlen, Trockenblumen, Bänder, Spitze, alles was hübsch ist und entbehrt werden kann. Manchmal kann ein altes Kleid eine erstaunliche Vielfalt an Material liefern. Es ist ganz einfach, Püppchen oder Engel zu basteln.« Sie hatte sich wirklich Mühe gegeben, aber alles diente ja dem Zwecke der zunehmend dringlichen Aufklärung. In ihrem Kopf kristallisierten sich schon klare Vorstellungen heraus, aber sie brauchte einfach mehr Zeit!

Weihnachten war zwar die Zeit der Vergebung, aber ohne Ehrerbietung gab es nun mal keine Heilung, keinen inneren Frieden ohne einen Wandel im Herzen. Und keinen Wandel ohne die Wahrheit.

»Material gibt es genug«, antwortete Bedelia. »Ich habe aber nicht die Zeit und die Dienstmädchen haben wohl nicht das Geschick dazu.«

»Wenn Sie erlauben, würde ich Ihnen sehr gerne helfen«, bot Mariah an. Seit Jahren war sie nicht so höflich gewesen und sie genoss es regelrecht, auch wenn sie sich über sich selbst amüsierte. Es war, als machte sie einen Schritt aus ihrem eigenen Leben heraus, eine seltsame Befreiung von den Erwartungen anderer oder von den Ketten der Vergangenheit. »Es würde mir große Freude bereiten, mich an der Dekoration dieses herrlichen Baumes zu beteiligen«, fuhr sie eifrig fort. »Und der Familientradition zu dienen. Die Barringtons leben ja schon seit vielen Generationen in diesem Dorf. Da kommen natürlich viele Leute, um Weihnachts- und Neujahrswünsche zu bestellen und an Ihrer Gastfreundschaft teilzuhaben.«

Davon konnte man ausgehen. Lieferanten machten in dieser Zeit ihre Ehrerbietung und nahmen gerne Fleischpasteten, kandierte Früchte, Nüsse und natürlich ein Glas Punsch zu sich.

Bedelia nahm das Angebot an und eine halbe Stunde später saßen sie sich im Nähzimmer gegenüber, pflückten ein altes Abendkleid auseinander, trennten die Perlen ab, die Borten, schnitten feine Seiden- und Samtstücke heraus, und aus zwei alten Unterröcken, die sie ebenfalls aufgetrieben hatten, lösten sie hellere Bänder und Spitzen.

»Zu viel dunkelrot«, kritisierte Bedelia. »Alle Stücke aus Samt und Seide haben den gleichen Farbton.«

»Das stimmt. Wir brauchen unbedingt noch eine ganz andere, kräftige Farbe.« Stirnrunzelnd sah sie Bedelia an. »Ich habe da eine ganz verwegene Idee. Vielleicht erregt sie Ihren Anstoß, aber ich muss einfach fragen. Wenn es Sie betrübt, entschuldige ich mich schon im Voraus.«

»Du meine Güte!«, Bedelia wurde neugierig. »Mich erschüttert so schnell nichts. Was ist das für eine Idee?«

»Maude sagte, sie sei in viele fremde und exotische Länder gereist.«

Ein Anflug von Widerwillen blitzte in Bedelias Augen auf, aber sie überspielte ihn. »Und wie kann uns das jetzt nützen?«

»Zweifelsohne trug sie etwas ... merkwürdige Kleidung.« Mariah zögerte. »Farbtöne, die wir nicht unbedingt auswählen würden.«

Sogleich begriff Bedelia und Freude erhellte ihr Gesicht.

»Oh, aber natürlich! Wie klug von Ihnen. Ja, gewiss, wir können einiges für diesen herrlichen Weihnachtsschmuck zerschneiden.«

Mariah erschauderte bei dem Gedanken, Maudes Kleider zu zerschnippeln, Kleider, die sie fern der Heimat getragen hatte, wo sie sich offensichtlich so wohl gefühlt hatte. Sie hatte vielleicht bei Sonnenuntergang in einem persischen Garten gestanden, den Duft exotischer Bäume und den Wüstenwind eingeatmet und zu dem unvorstellbaren Sternenhimmel aufgeschaut. Oder ihre Seidentücher, die sie auf einem der zahlreichen quirligen Basare in Marrakesch oder einer anderen Stadt gekauft hatte. Man sollte liebevoll mit den Sachen umgehen, sollte sie zusammenfalten, um den Duft von Gewürzen und exotischen Früchten, von Öl und Leder und vom Rauch der Feuerstellen zu erhalten.

»Sie sind so klug, Mrs Ellison. Wir haben ja die meisten Habseligkeiten hier und brauchen sie nur auszupacken. Es ist nicht sehr wahrscheinlich, dass jemand die Kleidungsstücke tragen will. Von mir aus können wir sie ruhig weggeben, selbst den Armen. Es wäre …«

»Respektlos«, klärte Mariah sie überzeugt auf. Es bereitete ihr Genugtuung, Bedelia dazu zu zwingen, ihr zuzustimmen. Sie hasste sich dafür, aber die Wahrheit verlangte nun mal die merkwürdigsten Opfer. »Als Weihnachtsschmuck bleiben sie gänzlich anonym und spenden noch jahrelang Freude.«

Verzeih mir, Maude, dachte sie. Ermittlungsarbeit ist nicht leicht und ich muss es einfach schaffen. Sie stand auf. »Wir sollten jetzt anfangen. Schauen wir mal, was wir finden.« Das war wirklich haarsträubend. Man hatte ihr nicht angeboten, Maudes Habseligkeiten zu durchforsten, aber sie war sehr neugierig, ob sie nicht etwas Aufschlussreiches fände. Selbst wenn noch jemand über den Mord Bescheid wüsste, niemandem würde sich jemals eine solch günstige Gelegenheit bieten.

Wenn Bedelia brüskiert war, so ließ sie es sich nicht anmerken.

Oben im Abstellraum, wo das Gepäck hingebracht worden war, öffneten sie die beiden Koffer, die Maude mitgebracht hatte. Mariah schaute in den Koffer mit normalen Blusen und Röcken, Unterwäsche und praktischen, ziemlich ausgetretenen Stiefeln. Die Kleidungsstücke aus Leinen, Baumwolle und roher, ungebleichter Wolle waren von mäßiger Qualität. Sie fragte sich, an welchen herrlichen Orten Maude sie getragen hatte. Was hatte sie alles gesehen, welche Glücksgefühle, welchen Schmerz oder welche Einsamkeit hatte sie dabei verspürt? Hatte sie sich nach ihrer Heimat gesehnt, oder fühlte sie sich überall wohl, bei Freunden, bei Menschen, die sie liebten?

Sie blickte zu Bedelia und beobachtete ihren Gesichtsausdruck, als sie eine Seidenbahn in Lila, in Purpur- und Scharlachrot und in goldbraunen, mit knallrosa vermischten Farbtönen herauszog. Sie atmete tief ein. Zunächst sah Bedelia freudig, erregt, sogar ein wenig sehnsüchtig aus. Dann verhärtete sich ihr Mund und in ihren Augen lag etwas Verletzliches.

»Großer Gott!«, sagte sie schrill. »Wann hat sie das bloß angehabt? Was ist das überhaupt?« Sie schüttelte den Stoff aus, bis er sich entfaltete und als ein ganz normales breites Tuch entpuppte. »Man kann nur hoffen, dass es ein Geschenk war und nicht etwa selbst gekauft. Keine Frau könnte so was jemals tragen, nicht mit zwanzig und schon gar nicht in Maudes Alter! Sie hätte darin wie ein Zirkuspferd ausgesehen!« Sie fing an zu lachen und hörte ganz plötzlich wieder auf. »Gott sei Dank haben wir das als Erste entdeckt, Mrs Ellison. Wäre uns das Personal zuvorgekommen, würde das ganze Dorf über uns reden.«

Mariah spürte Wut in sich aufflackern. Hätte sie sich getraut, hätte sie losgewettert, um Maude zu verteidigen. Aber es galt höhere Ziele zu verfolgen, und so behielt sie ihre Worte mit ungeheuerer Anstrengung für sich. Sie zwang sich zu einem annähernd gutmütigen Gesichtsausdruck, was sie einiges an Kraft kostete. »Stattdessen werden sie über den einzigartigen, prächtigen Baumschmuck sprechen«, sagte sie zuckersüß. »Und Sie können die Erinnerung an Ihre Schwester hochleben lassen.«

Bedelia saß mit starren Augen und unbeweglicher Miene da. Vielleicht war es Trauer oder die Vielschichtigkeit und der Schmerz der Erinnerung, Wut, die jetzt keine Versöhnung mehr finden konnte, das bedauerliche Gefühl, es sei zu spät für Vergebung. Vielleicht sogar nicht beglichene Schuld. Mariah wusste nur eins ganz genau, nämlich, dass Bedelias Gefühle sehr tief gingen und dass sie weder Erleichterung noch Freude brachten.

Sie nahmen die Seidenstoffe mit nach unten und Bedelia schnitt mit einer großen Schere hinein. Die leuchtenden Stoffbahnen schwebten wie Wolken über den Tisch und glitten zu Boden, farbenfroh wie ein Sonnenuntergang in der Wüste. Mariah hob sie auf und fing an, mit dem Pappmaché und dem Kleister Bälle zu formen, die dann mit dem glänzenden Stoff bedeckt würden. Danach würden sie Püppchen anfertigen und in Gold und Bronze und Weiß einkleiden und mit Perlen versehen. Bei der Vorstellung musste sie lächeln. Es bereitete ihr Freude, schöne Dinge zu schaffen.

Aber sie war ja nicht zum Spaß hier. Die Seide, die sie in der Hand hielt, stammte von einem herrlichen, verrückten, knallbunten Kleidungsstück, das Maude vielleicht auf den heißen Straßen Arabiens getragen hatte.

»Maude hat sicherlich ganz unterschiedliche Menschen kennengelernt«, sagte Mariah nachdenklich. »Uns wären sie merkwürdig vorgekommen, vielleicht hätten sie uns sogar Angst eingeflößt.« Sie ließ das Licht auf die purpurne Seide und das messingfarbene Rot fallen. »Ich kann mir einfach nicht vorstellen, dass man diese Farben zusammen tragen kann.«

»Nur ein Marktweib könnte das!«, rief Bedelia aus. »Jetzt sehen Sie selber, dass Maude unmöglich zur selben Zeit wie Lord Woollard im Hause sein konnte. Es war einfach eine Frage des Anstands, ihn nicht zu schockieren oder in Verlegenheit zu bringen.«

»Hat er denn keine Lebenserfahrung?«, fragte Mariah

so unschuldig, wie sie das eben noch bewerkstelligen konnte.

»Er ist sehr dezent und von bester Herkunft«, sagte Bedelia kühl. »Seine Frau, die ich kennenlernen durfte, ist die Schwester einer der Kammerzofen Ihrer Majestät, der Königin. Eine ganz besondere Person.«

Noch vor einer Woche wäre Mariah vielleicht beeindruckt gewesen. Jetzt dachte sie nur an Maudes persische Gärten mit den kleinen Eulen in der Abenddämmerung.

Es klopfte an der Tür und Agnes kam herein. Sie unterhielten sich kurz über die Feierlichkeiten, über Spiele, die man spielen könnte, vor allem Blinde Kuh, und natürlich über kleine Erfrischungen.

»Wir dürfen die Zitronentörtchen für Mrs Hethersett nicht vergessen«, erinnerte Agnes ihre Schwester. »Sie schmecken ihr so gut.«

»Sie muss selber welche backen«, antwortete Bedelia. »Sie kommt nämlich nicht.«

»Oje! Geht es ihr wieder nicht so gut?«, fragte Agnes mitfühlend.

»Sie kommt nicht, weil ich sie nicht eingeladen habe«, sagte Bedelia kurz angebunden. »Sie hat sich unverzeihlich unhöflich verhalten.«

»Aber das ist schon über ein Jahr her!«, protestierte Agnes.

»Ja, das stimmt. Na und?«

Agnes wollte nicht streiten. Sie bewunderte das schnell gefertigte Flitterzeug und widmete sich wieder ihrer Aufgabe, die Pasteten und Törtchen zu organisieren.

»Wirklich sehr unerfreulich«, sagte Mariah verständnisvoll, fragte sich aber, was um alles in der Welt Mrs Hethersett gesagt haben könnte, dass Bedelia noch nach einem Jahr, und dann auch noch an Weihnachten, einen solchen Groll hegte. »Wenn Sie derart betroffen waren, muss sie ja wirklich sehr unverschämt gewesen sein.« Fast hätte sie noch hinzugefügt, sie könne gar nicht verstehen, warum Leute überhaupt unhöflich sind, aber das schien ihr dann doch zu dick aufgetragen. Sie konnte Unhöflichkeiten nur allzu gut verstehen und sogar kunstvoll anwenden. Zuvor hatte sie sich dafür nie geschämt, aber jetzt war es ihr irgendwie unangenehm.

»Sie denkt, ich würde das vergessen. Da täuscht sie sich aber gewaltig.«

Mariah beugte sich wieder über ihre Handarbeit, empfand aber nicht mehr so viel Freude am Mischen der leuchtenden Farben. Sie fragte sich, was Maude Bedelia wohl zugefügt hatte, dass die alten Kränkungen immer noch nicht vergeben werden konnten. Schließlich hatte Arthur Bedelia doch noch geheiratet und Maude war diejenige gewesen, die alleine von zu Hause weggegangen war.

Warum war Maude jetzt zurückgekommen? War Mariah vielleicht völlig auf dem Holzweg? War sie so gelangweilt und einsam gewesen, dass ihre Fantasie mit ihr durchging und sie einen Mord heraufbeschwor, der womöglich nur ein plötzlicher Todesfall war, und sie die Trauer als Wut wahrnahm? War Bedelia eine stolze Frau, die ihre Scham darüber verstecken wollte, dass sie ihre Schwester aus Angst vor unschicklichem Benehmen abgewiesen hatte, und die jetzt, wo es zu spät war, alles schrecklich bedauerte? Machte Mariah aus einer Tragödie ein Verbrechen?

Das Abendessen war angespannt. Wie am ersten Abend spürten alle die unausgesprochenen Gefühle, wie sie oft in Familien vorkommen: das Wissen über Schwächen, Nachgiebigkeiten, Dinge, die besser in Vergessenheit geraten wären, aber dennoch in Erinnerung geblieben waren.

Das Gespräch ging dann um vergangene Weihnachtsfeste, vor allem solche, als Randolph noch ein kleiner Junge war, was Clara allerdings ausschloss. Mariah sah Clara genau an und konnte erst Verletztheit, dann Überheblichkeit in ihrer Miene erkennen.

Die anderen schienen sich zu amüsieren. Sogar Arthur stimmte in das Gelächter ein und zeigte offene Zuneigung, als Bedelia die Geschichte von Randolphs Überraschung erzählte, als er Zinnsoldaten als perfekte Nachbildung von Wellingtons Armee bei Waterloo geschenkt bekam. Er wollte gar nicht mehr zum Essen kommen, nicht einmal zur Weihnachtsgans. Er war so im Bann seiner Soldaten, dass er sie einfach nicht aus der Hand geben konnte. Bedelia wollte damals eingreifen, aber Arthur fand, an Weihnachten sollte Randolph tun, wozu er Lust hatte.

Mariah musste auch lächeln – bis sie gewahrte, wie Zachary Bedelia mit sehnsüchtigem Blick ansah und wie Agnes ihn daraufhin anblickte. Sodann fiel ihr ein, dass Randolph der Einzige von allen war, der noch Vater werden konnte. Er war vierzig. Die ehrgeizige und willensstarke Clara war um einiges jünger. Wann würden sie Kinder haben? Oder war das womöglich eine weitere Sorge, die hinter den Kulissen lauerte?

Mariah hätte gerne selber mehr Kinder gehabt. Eine Tochter wie Charlotte oder sogar Emily hätte ihrem Leben ein ganz anderes Gesicht gegeben. Viel Arbeit, viele Enttäuschungen, aber vielleicht auch unendliches Glück.

Sie sollte nicht immer über die Vergangenheit nachdenken. Sie sollte das Erreichte mehr schätzen und nicht ständig darüber grübeln, was sie nicht besaß.

Sie betrachtete erneut die Gesichter. Wie konnte jemand einen anderen Menschen so hassen, dass er ihn trotz der Risiken tötete? Niemand mit gesundem Menschenverstand wäre dazu in der Lage. Man tötet nur, um sich zu schützen, um seinen Besitz und seine Liebe zu verteidigen, wegen der gesellschaftliche Stellung und des Geldes, aus Machtgier, ja sogar um einen Skandal zu vertuschen, aus Schmerz über eine Demütigung oder einen Verlust, oder aus dem Schrecken der Einsamkeit heraus. Das alles konnte sie sich vorstellen, auch wenn sie keinen Grund hatte jemanden zu töten. Einmal hatte sie es versucht. Es war grotesk gewesen, einfach entsetzlich. Nur ihre eigene Unfähigkeit hatte sie vor der Katastrophe bewahrt. Mit der entsprechenden Leidenschaft oder einer verzehrenden Angst, die unsere Seele auffrisst, wären wir vielleicht alle anfällig für so etwas.

Sie sah, wie sich die Kronleuchter im Silber spiegelten, sie betrachtete die Kristallgläser, das weiße Leinentischtuch, die Lilien aus dem Treibhaus, den roten Wein, die verschiedenen Gesichter und sie fragte sich, ob sie die Antwort wirklich wissen wollte.

Dann erinnerte sie sich an Maudes Lachen, daran, wie sich das Erlebte in ihren Augen spiegelte, als sie das Mondlicht über der Wüste beschrieb. Sie durfte der Antwort nicht ausweichen. Das würde die endgültige, hoffnungslose Feigheit bedeuten.

Am nächsten Tag schnitt sich die Küchenmagd so schlimm in den Finger, dass sie die Hand nicht mehr gebrauchen konnte. In der Küche herrschte Chaos. Agnes hatte vorgehabt, mit dem Pferdewagen nach Dymchurch zu fahren, um bei der Witwe des Pfarrers Geschenke abzugeben. Jetzt musste ganz neu geplant werden.

Ohne auch nur zu überlegen, ob diese Aufgabe vielleicht ihre Kompetenzen überschritt, bot Mariah an, an Agnes' Stelle zu fahren. Der Stalljunge könnte sie hinbringen und sie würde Mrs Dowson die Situation erklären und ihr die Geschenke, die schon eingepackt bereitlagen, für sie und für ein, zwei andere Familien überreichen.

Man nahm ihr Angebot an und um zehn Uhr fuhren sie los. Sie war äußerst zufrieden mit sich. Es war bitterkalt, am Horizont türmten sich schiefergraue Wolken, und der Wind hatte gedreht und blies jetzt eisig von Norden.

Mariah hatte eine Decke unter sich gesteckt und fest um ihre Knie geschlagen und hoffte inständig, dass es vor ihrer Rückkehr nach Snave nicht schneien würde. Sonst würde die Erkältung, die vorzutäuschen sie sich überlegt hatte, womöglich noch bittere Realität werden. Sie verspürte keinerlei Bedürfnis, Weihnachten mit Fieber im Bett zu verbringen!

Dann kam ihr ein noch unangenehmerer Gedanke. Was wäre, wenn sie zweifelsfrei herausfände, wer die Fingerhutblätter gepflückt und das Gift herausdestilliert hatte, und das auch noch beweisen könnte? Und die betreffende Person würde es merken! Dann käme eine weit größere Gefahr als nur eine Erkältung auf sie zu. Sie fragte sich, ob es wohl schmerzvoll wäre, an Herzstillstand zu sterben. Vor Angst spürte sie das Herz in ihrer Brust schlagen.

Gäbe es jemanden, der traurig wäre und sie vermisste, wenn sie starb? Gäbe es jemanden, für den die Welt kälter und grauer aussähe ohne sie?

Sie dachte an Maude, alleine bei Fremden, die sie aus Güte oder, schlimmer noch, aus Pflichtbewusstsein aufgenommen hatten. Oder aus Mitleid? Noch schlimmer. Hatte sich Maude vielleicht bemüht, charmant zu sein, um die Zurückweisung, die sie in ihrem Inneren fühlte, zu verstecken und Zuwendung zu erhalten? Hatte sie überhaupt gemerkt, dass Mariah sie mochte – aufrichtig mochte?

Also wirklich, jetzt war sie nicht ganz ehrlich. Trotz des messerscharfen Windes glühte ihr Gesicht. Sie hatte Maude verabscheut, schon vor ihrer Ankunft, weil sie die ganze Aufmerksamkeit auf sich zog. Erst nach ihrem Tod hatte sie gemerkt, wie sehr sie Maude zugeneigt war, sie bewunderte, wie aufregend sie es fand, ihren Erzählungen zu lauschen, die ihre Fantasie anregten und Träume wachriefen. Jetzt wünschte sie so sehnsüchtig, dass es sie körperlich schmerzte, sie hätte Maude ihre wirklich große Zuneigung spüren lassen.

Sie fuhren in Richtung Meer und sie nahm den scharfen Salzgeruch wahr. Dymchurch war nicht weit von St Mary in the Marsh entfernt. Sie musste die Lösung finden, bevor sie zurückkehrte. Alles andere wäre Betrug an Maude und an der Freundschaft an sich gewesen. Nicht die Länge einer Freundschaft war entscheidend, sondern ihre Intensität.

Sie ignorierte die Wolkenfetzen am Himmel, die wie zerrissene Heeresbanner mit Eisspeeren in der Nachhut über den Horizont zogen. Als sie ins Dorf einfuhren, hörte sie die donnernde Brandung und hoch oben schien der Kirchturm den Sturmwolken und der schnell hereinbrechenden Dunkelheit zu trotzen.

Sie hielten vor einem kleinen Cottage, dessen Eingangstor von knorrigen Weinreben umrankt war, und der Stalljunge ließ sie wissen, dass sie nun angekommen waren. Er sagte, er werde die Päckchen für sie hineintragen, sobald sie sich von Mrs Dowsons Anwesenheit überzeugt hätten. Dann würde er den Pferdewagen so lange im Stall hinter dem Haus abstellen, bis Mrs Ellison wieder zurückzufahren wünschte. Er blickte beunruhigt zum Himmel auf, lächelte und zeigte seine Zahnlücken.

Mariah dankte ihm und stieg mit seiner Hilfe vom Wagen.

Mrs Dowson war zu Hause. Sie war schlank, hatte schmale Schultern und leuchtende Augen. Sie ging auf die achtzig zu, schien sich aber noch bester Gesundheit zu erfreuen. Ihre roten Backen ließen vermuten, dass sie trotz des aufkommenden Sturms wahrscheinlich noch vor Kurzem im Freien gewesen war.

Mariah stellte sich vor.

»Ich bin Mariah Ellison, Mrs Dowson. Entschuldigen Sie bitte, wenn ich unangemeldet anstelle von Mrs Harcourt hier vorspreche. Aufgrund eines großen Unglücks habe ich die Gastfreundschaft der Familie angenommen. Die Angehörigen versuchen das Beste aus der schwierigen Situation zu machen. Ich habe ihnen angeboten, diesen Gang für sie zu erledigen. Das war das Mindeste, was ich tun konnte.«

»Du meine Güte! Das tut mir aber leid. Wirklich sehr nett von Ihnen, Mrs Ellison.« Sie sah Mariah neugierig an, wirkte aber nicht im Geringsten beunruhigt. »Darf ich Ihnen eine Tasse Tee anbieten? Vielleicht auch ein Fleischpastetchen?« Sie fragte nicht weiter nach, welche Tragödie sich nun genau ereignet hatte. War sie besonders diskret oder hatte es sich schon bis hierhin herumgesprochen?

»Vielen Dank.« Mariah nahm gerne an und fragte sich, ob es vielleicht noch eine dritte Erklärung gab – nämlich die, dass es ihr einfach egal war. »Nun, es ist wirklich außergewöhnlich kalt draußen. Ich kenne die Gegend hier nicht sehr gut. Ich wohne in London und bin nur zu Besuch, aber die Seeluft bekommt mir irgendwie recht gut. Daran mangelt es ja nun wirklich nicht.«

Mrs Dowson lächelte. »Ja, mir tut sie auch gut«, stimmte sie Mariah zu, als sie in das kleine, aber sehr hübsche Wohnzimmer vorausging. Die Decke hing recht tief, die Sessel hatten einen Chintzbezug mit Blumenmuster und im Kamin prasselte ein Feuer. Sie klingelte nach der Magd und bat sie, Tee und Gebäck zu bringen.

»Nun, meine Liebe«, sagte sie, nachdem sie sich gesetzt hatten. »Was ist mit der armen Agnes los? Ich gehe einfach einmal davon aus, dass es sich um Agnes handelt.«

Wirklich interessant, dachte Mariah. Laut sagte sie: »Leider betrifft es alle. Kannten Sie eigentlich die mittlere Schwester, Miss Maude Barrington?«

Mrs Dowsons Miene verhärtete sich und ihr Blick kühlte ab. »Ja, aber wenn Sie etwas Unfreundliches über sie sagen möchten, würde ich Sie bitten, das zu unterlassen. Ich weiß schon, sie war etwas unkonventionell und Zurückhaltung war nicht gerade ihre Stärke, aber sie hatte ein gutes Herz. Außerdem ist das alles schon sehr lange her. Ich bin der Ansicht, man sollte die Erfolge im Leben nicht zu ernst nehmen und einem Verlust mit Würde und Schweigen begegnen, finden Sie nicht auch, Mrs Ellison?«

Wie merkwürdig! Damit hatte Mariah ganz und gar nicht gerechnet. Mrs Dowsons Blick mochte wach und kühl sein, aber ihre Augen entfachten bei Mariah völlig unerwartet ein Gefühl von Wärme.

»Ja, da bin ich ganz Ihrer Meinung«, sagte sie herzlich. »Deshalb empfand ich vom ersten Augenblick an tiefe Zuneigung zu Maude. Es gehört sicher zu den traurigsten Gegebenheiten in meinem Leben, dass ich sie nur so kurz kannte.«

»Wie bitte?«, fragte Mrs Dowson mit tiefer Stimme und beunruhigter Miene.

Noch vor einer Woche hätte sich Mariah herablassend geäußert. Jetzt aber wollte sie die Nachricht möglichst schonend überbringen.

»Es tut mir so leid. Maude kehrte aus dem Ausland zurück, und da die Familie im Haus ihrer Schwester anderweitige Verpflichtungen hatte, wurde sie bei Mr Joshua Fielding untergebracht, einem Cousin von ihr und auch ein Verwandter von mir. Deshalb bin ich hier. Vor drei Tagen verstarb Maude friedlich im Schlaf.« In der Miene der alten Dame zeigte sich unverhüllt der Schmerz. »Ich war zutiefst betrübt und beschloss, der Familie die Nachricht persönlich zu übermitteln und sie nicht einfach nur schriftlich zu benachrichtigen«, schloss sie. »Deshalb bin ich immer noch bei der Familie zu Gast und leiste meinen bescheidenen Beitrag, ihnen zu helfen.«

»Du meine Güte«, sagte Mrs Dowson und schüttelte bedächtig den Kopf. »Und ich dachte, Agnes hätte mal wieder eine Erkältung oder sonst ein Zipperlein. Wie dumm von mir. Man sollte nicht einfach irgendwas vermuten. Ein wirklich großer Verlust.« Ihr standen plötzlich Tränen in den Augen. »Es tut mir leid«, entschuldigte sie sich.

Mariah fand es gerechtfertigt, dass Mrs Dowson nach vierzig Jahren noch so tiefe Trauer empfand. Gewisse Erinnerungen konnte die Zeit nicht löschen. Fröhliche Jugendtage, Gelächter und Freundschaft können bestehen bleiben.

Auch wenn es hart schien, so konnte sie doch die Gelegenheit nicht verstreichen lassen. »Kannten Sie sie gut, bevor sie ins Ausland reiste?«

»Oh ja«, lächelte Mrs Dowson. »Ich kannte sie alle drei. Mein Mann war damals Pfarrer, ganz frisch im Amt. Wissen Sie, er war sehr ernsthaft, wie engagierte Männer das oft sind. Ich glaube, er war von Maude überwältigt. Sie war so heftig in Arthur Harcourt verliebt. Und natürlich war Arthur der schneidigste junge Mann weit und breit. Er sah außergewöhnlich gut aus und war sich dessen durchaus bewusst. Aber es konnte ihm ja auch kaum entgehen. Er brauchte nur mit dem Finger zu schnippen, und alle Mädchen Südenglands lagen ihm zu Füßen. Mich selbst eingeschlossen, wenn er gewollt hätte. Aber ich sah nie besonders gut aus und war mit Walter auch recht glücklich. Er war so aufrichtig. Arthur wohl eher nicht.«

»War er nicht ernsthaft genug? Spielte er nur mit Maude?« Mariahs Sympathien für Arthur Harcourt lösten sich schlagartig in Luft auf, so, als hätte sie ihm die lächelnde Maske heruntergezogen und darunter verwestes Fleisch entdeckt.

»Aber nein«, erwiderte Mrs Dowson hastig. »In diesem Punkt waren Walter und ich anderer Meinung. Er glaubte fest, dass Arthur Bedelia liebte. Er fand, sie wären das perfekte Paar. Ja, er war ein Idealist, mein Mann. Er dachte, Schönheit ginge ganz tief, nicht nur wie eine hier und dort mal aufgetragene Farbe, er hielt sie für einen Ausdruck von Selbstbewusstsein. Stellen Sie sich mal vor, wie die Weltkarte aussähe, wenn Kleopatras Nase einen Zentimeter länger gewesen wäre! Cäsar hätte sich womöglich nicht in sie verliebt und Marcus Antonius erst recht nicht.«

Mariahs Gedanken wurden wie von einem Sturm davongetragen.

»Es tut mir wirklich leid«, entschuldigte sich Mrs Dowson abermals. »Walter sagte immer, ich hätte eine völlig ungebändigte Gedankenwelt. Ich wies das von mir, denn ich folgte ganz einfach nur einem anderen Muster als er. Bedelia Barrington konnte ihn mühelos um den Finger wickeln! Wie auch die meisten anderen Männer. Der arme Zachary ist nie darüber hinweggekommen, wirklich schade. Agnes war die bessere Partie. Hätte sie es doch nur selbst geglaubt!«

Mariah ließ sie reden. Der Tee wurde serviert. Mrs Dowson schenkte ihr ein und reichte ihr Fleischpastetchen und Marmeladentörtchen.

»Bedelia hielt sich selber für unwiderstehlich, Agnes dagegen war langweilig und Maude war nicht gerade eine Schönheit und äußerst exzentrisch. Wegen ihres Selbstbewusstseins dachten viele Leute, Bedelia wäre im Recht.«

»War sie das denn nicht …?«

»Doch, doch«, widersprach ihr Mrs Dowson. »Aber nur, weil wir sie ließen. Außer Maude. Sie wusste, dass Bedelias Schönheit nicht wirklich echt war. Wissen Sie, sie besaß keine menschliche Wärme.«

»Aber Maude verliebte sich doch in Arthur? Sogar so sehr, dass sie es kaum ertrug, als er wieder zur Besinnung kam und Bedelia doch noch heiratete.« Mariah wählte ihre Worte bewusst provokativ.

»Damals dachte ich, er hätte erneut den Verstand verloren«, widersprach ihr Mrs Dowson. »Ich war wütend auf Maude, weil sie nicht für den Mann, den sie liebte, kämpfte. Einfach so aufzugeben und wegzurennen! Ab nach Nordafrika und dann nach Ägypten und Persien. Auf Pferden und sogar auf Kamelen durch die Wüste zu reiten. Unvorstellbar! Sie lebte in Zelten und schenkte den Persern ihr ganzes Herz.«

»Sie hat Ihnen geschrieben?« Mariah war erfreut und

überrascht. Maude hatte also doch eine Freundin hier gehabt, die sie über all die Jahre hinweg begleitete und ihr ermöglichte, den Kontakt zur Heimat aufrechtzuerhalten.

»Natürlich«, fuhr Mrs Dowson fort. »Aber sie sagte mir nie, warum sie wegging. Doch ich merkte langsam, dass es um die Ehre ging. Darüber durfte aber niemals gesprochen werden. Sie hatte für sich die richtige Entscheidung getroffen. Ich glaube jedoch nicht, dass sie jemals aufgehört hat, Arthur zu lieben.«

In Mariahs Kopf taten sich ganz neue Aspekte auf. »Mrs Dowson, wissen Sie, warum Maude nach so langer Zeit zurückgekehrt ist? Machte sie sich etwa … etwa Sorgen wegen ihrer Gesundheit?«

»Das hat sie mir nicht anvertraut«, sagte Mrs Dowson stirnrunzelnd. »Sicher hatte sie Angst und war etwas bedrückt bei dem Gedanken, nach so langer Zeit zurückzukommen. Aber der Gentleman, um den sie sich in Persien gekümmert hatte und der sie geliebt hatte, war gestorben. Das hat sie mir geschrieben. Sein Tod hat sie sehr betrübt und sie sah keinen Grund mehr, dort zu bleiben. Im Gegenteil, ohne seinen Schutz wäre das sogar äußerst unvernünftig gewesen. Ich kenne ihre Beziehung zu diesem Mann nicht. Ich habe sie nie danach gefragt und sie hat es mir nie erzählt, aber es handelte sich nicht um ein geregeltes Verhältnis, so wie wir es verstehen.«

»Ach so. Wusste Bedelia davon?« Hatte sie befürchtet, dass dieser Skandal Lord Woollard zu Ohren gekommen wäre – vielleicht, um ihn zu schockieren, sogar in aller Offenheit aus Maudes Mund? Nach Bedelias jahrelangem distanzierten Verhalten und angesichts der Tatsache, dass Arthur *sie,* warum auch immer, geheiratet hatte, wäre es durchaus verständlich, wenn Maude der Versuchung erlegen wäre, ihrer Schwester den Aufstieg zur Lady Harcourt zunichte zu machen. Mariah fragte Mrs Dowson, ob sie das für möglich hielte.

»Vielleicht wusste Maude Bescheid, aber sie hätte so etwas nie getan. Maude war nicht nachtragend. Das war eher Bedelias Art.«

»War Bedelia nicht schon in Arthur verliebt gewesen, bevor Maude von ihrer Tante, um die sie sich gekümmert hatte, zurückkam?«, wollte Mariah wissen.

»Maude hat Ihnen ja wirklich eine Menge erzählt«, stellte Mrs Dowson fest.

Mariah lächelte nur.

»Maude mag Bedelia noch so sehr gehasst haben, aber Arthur hätte sie nie wehgetan«, fuhr Mrs Dowson fort. »Wie gesagt, sie liebte ihn immer noch. Ich meine damit das Gefühl, für den anderen immer das Beste zu wollen, das Ehrgefühl und die Zufriedenheit und die damit verbundenen geistigen Werte; nicht den Drang, alles unbedingt besitzen zu müssen, und nur in Gesellschaft des anderen Freude zu finden und umgekehrt zu glauben, dass der andere nur mit einem selbst glücklich ist. So ist Bedelia, nur auf Gewinn bedacht. Und die arme Agnes war immerzu mit dem Gedanken beschäftigt, zweite Wahl zu sein.«

»Warum war Arthur dann so dumm gewesen?«, rätselte Mariah. »War er womöglich von, oh … reiner Begierde geblendet?« Eine ganz einfache, verständliche Erklärung kam ihr in den Sinn. Sie merkte, dass Mrs Dowson sie konzentriert ansah. Sie spürte, wie ihre Wangen glühten, als befürchte sie, dass Mrs Dowson ihre Gedanken lesen könnte.

»Ich weiß es nicht«, sagte Mrs Dowson ruhig. »Aber ich glaube, Maude wusste Bescheid. Deshalb war Bedelia froh, dass sie ihr Leben lang in Persien blieb.«

Der Gedanke verfestigte sich. Er erklärte das Verhalten, das ihrer Meinung nach nicht der Art und dem Charakter der Betroffenen entsprach. Wenn sie jetzt Mrs Dowson so ansah, war sie sich sicher, dass diese zu demselben Schluss gekommen war. Sie lächelte sie an. »Wie traurig«, sagte sie leise, wobei ihr sehr deutlich bewusst war, dass das geradezu grotesk untertrieben war. »Der arme Arthur.« Sie zögerte. »Und der arme Zachary.«

»Und die arme Agnes«, fügte Mrs Dowson hinzu. »Aber vor allem hätte ich mir gewünscht, dass Maude nicht so … gelitten hätte.«

»Immerhin hat sie das Beste daraus gemacht«, sagte Mariah aus voller Überzeugung und einem heftigen Gefühl heraus, das in ihr aufstieg und jeglichen Zweifel vertrieb.

Mrs Dowson nickte. »Maude wusste immer schon zu leben. Sie war sich des Schlimmsten bewusst und sie nahm den Schmerz als Teil der Wahrheit an. Aber sie wollte auch das Gute sehen, Freude an der Vielfalt finden. Sie verschloss sich nicht dem Reichtum der Erfahrungen. Ich glaube, sie hatte diese Gabe. Ich werde Maude schrecklich vermissen.«

»Ich vermisse sie ebenfalls, auch wenn ich sie nur so kurz kannte«, gestand ihr Mariah. »Aber ich bin zutiefst dankbar, dass ich ihre Bekanntschaft machen konnte. Und … und Dankbarkeit ist etwas, das mir in letzter Zeit nicht vergönnt war. Allein diese Erfahrung ist …« Sie konnte den Satz nicht beenden. Sie schniefte, riss sich mühsam zusammen und stand auf. »Aber ich habe noch etwas zu erledigen. Ich muss nach Snave zurück und mich darum kümmern. Vielen Dank für Ihre Gastfreundschaft, Mrs Dowson, und vor allem für Ihr Verständnis. Darf ich Ihnen frohe Weihnachten und alles Gute fürs neue Jahr wünschen? Mögen Ihnen die guten Erinnerungen und die Hoffnung für das Kommende bleiben.«

Mrs Dowson erhob sich ebenfalls. »Wie nett Sie das gesagt haben, Mrs Ellison. Ich werde Ihre Worte sicher in Erinnerung behalten. Ich wünsche Ihnen auch alles Gute und eine sichere Reise, sowohl im wörtlichen wie im übertragenen Sinn. Frohe Weihnachten.«

Draußen hatte es zu schneien angefangen, dicke Flocken, die im Wind wirbelten. Noch bestäubte der Schnee den Boden nur, aber das Wolkenband im Norden kündete Schlimmeres an. Ob sie es nun wollte oder nicht, heute würde sie nicht nach St Mary in the Marsh zurückkehren können. Und das war gut so. Am Abend, wenn sie nach dem Dinner alle beisammensäßen, wäre der geeignete Zeitpunkt für ihr Vorhaben. Es würde höchst unangenehm werden. Im Pferdewagen, fest eingemummt gegen den Schnee, spürte sie, wie ihr flau wurde. Der bitterkalte Wind kam von hinten und die tosende Brandung wurde schwächer, je weiter sie landeinwärts über die weiten, flachen Felder fuhren, die vom Schnee langsam weiß wurden.

Sie gestand sich ein, dass sie Angst hatte. Sie hatte Angst vor der Auseinandersetzung, ja sogar vor einer Handgreiflichkeit, obwohl sie eher einen heimlichen, verdeckten Anschlag wie bei Maude erwartete. Ja, einen noch hinterhältigeren. Es überraschte sie selbst, dass sie vor allem Angst hatte, ihre Sache nicht gut zu machen.

Wie Agnes hatte sie sich im Leben meist als Versager gefühlt. Sie hatte mit einer Lüge gelebt, hatte immer mit voller Kraft so getan, als wäre sie eine höchst ehrbare Frau, deren Ehemann relativ früh verstorben war, und sie, erst Ende vierzig, zur trauernden Witwe gemacht hatte, die über den Verlust nicht hinweggekommen war.

In Wahrheit war ihre Ehe erbärmlich und sein Tod eine Befreiung gewesen, zumindest äußerlich. Nie hatte sie sich zugestanden, sich auch geistig, schlimmer noch, in ihrem Herzen frei zu fühlen. Um ihren Stolz zu bewahren, hatte sie die Lüge aufrechterhalten.

Natürlich hätte niemand die Einzelheiten erfahren müssen, aber sich selbst gegenüber hätte sie ehrlich sein können. Und das hätte sich langsam auf ihr Verhalten ausgewirkt, auf ihre Einstellung und schließlich auf die Art, wie sie andere Leute sah beziehungsweise von ihnen gesehen wurde.

Maude Barrington war ungeheures Unrecht widerfahren. Anscheinend hatte sie es ohne Verbitterung ertragen. Auch wenn es ihr frühes Leben, damals, als sie ins Ausland aufbrach, getrübt hatte, hatte sie doch ihren Geist von dem Schaden heilen können und ein leidenschaftliches und abenteuerliches Leben gelebt. Vielleicht war es kein bequemes Leben gewesen, aber was war Bequemlichkeit schon wert? Verbitterung, Schuld und Selbsthass waren auch nicht bequem. Vielleicht verliehen einem diese Gefühle nicht einmal Sicherheit, wie sie einst angenommen hatte. Sie waren wie eine sich langsam ausbreitende Krankheit, die einen von innen heraus Stück für Stück auffraß.

Inzwischen schneite es ziemlich stark. Der Schnee bedeckte schon den Boden und der heftige Wind trieb ihn in die Ackerfurchen und gegen die Baumstämme, wehte ihn von den sich wiegenden Ästen herab. Man konnte die Hufe der Ponys kaum hören, nur das tiefe Heulen des Windes und das Quietschen der Räder. Eine raue, schöne Welt, belebend, eiskalt, unendlich weit. Von allen Seiten die frische, salzige Meeresbrise.

Mariah war eigentlich noch nicht bereit, als sie nach Snave zurückkam. Aber daran konnte sie jetzt auch nichts ändern. Wahrscheinlich hätte sie nie das Gefühl, dass der richtige Zeitpunkt gekommen wäre. Sie erlaubte dem Stalljungen, ihr behilflich zu sein, und dankte ihm, sehr zu seiner Verwunderung.

Im Haus legte sie das Cape und den Schal ab und war froh, wieder im Warmen zu sein. Ihre Hände waren von der Kälte schon fast taub, ihr Gesicht brannte und die Augen tränten. Dennoch hatte sie sich noch nie so lebendig gefühlt. Sie hatte schreckliche Angst und doch steckte unverkennbar Mut in ihr, als ob Maude ihr etwas von ihrer Vitalität und Lebensfreude vermacht hätte.

Sie kam zu spät zum Lunch, aber sie war ohnehin zu aufgeregt, um viel essen zu können. Die Köchin hatte auf einem Tablett Suppe und frisches, noch warmes Brot für sie hergerichtet. Das reichte ihr voll und ganz. Sie bedankte sich aufrichtig mit einem Lob für die Köchin, und nachdem sie alles aufgegessen hatte, ging sie unter dem Vorwand, sich etwas hinlegen zu wollen, nach oben. In Wirklichkeit aber wollte sie sich auf den Abend vorbereiten. Es sollte einer der wichtigsten in ihrem Leben werden, vielleicht sogar ihre einzig wahre Leistung. Er forderte ihren ganzen Mut und Verstand. Jetzt hatte sie keinerlei Zweifel mehr an der Wahrheit. Den Beweis zu erbringen, war allerdings eine ganz andere Sache. Aber wenn sie es nicht wenigstens versuchte, egal um welchen Preis, verpasste sie die letzte Gelegenheit, die das Schicksal ihr bot.

Mariah kleidete sich mit äußerster Sorgfalt an. Sie wählte das beste schwarze Kleid der Haushälterin und dankte der Zofe. Es schien ihr angemessen zu sein. Von jetzt an wäre sie ein anderer Mensch. Anders als die Frau, die sie, so weit sie zurückdenken konnte, immer gewesen war. Sie würde tapfer sein, sich der Hässlichkeit, der Scham und den Niederlagen stellen und gnädig mit ihnen umgehen, weil sie sie nur zu gut kannte. Sie selbst war eine Lügnerin gewesen, und sie war mit allen dummen, hässlichen Aspekten des Lebens vertraut. Der zerfressene Schleier der Feigheit hatte ihr ganzes Dasein verhüllt. Sie hatte versucht, mit ihrer eigenen Engstirnigkeit und ihrer Schwarzseherei das Leben der anderen zu beeinflussen. Daran war nun wirklich nichts Verdienstvolles. Man verdarb nur die anderen, beschmutzte sie, zerstörte, was heil hätte bleiben können. Jetzt konnte sie all diese Kränkungen, die sie anderen zugefügt hatte, klar erkennen.

Sie betrachtete sich im Spiegel. Sie sah anders aus als gewohnt. Aber das lag nicht nur an dem fremden Kleidungsstück; auch das Gesicht war nicht dasselbe wie zuvor. Die Haut hatte Farbe bekommen. Die Augen leuchteten. Der beleidigte Zug um ihren Mund war verschwunden und die Falten zeigten nach oben, nicht nach unten.

Wie lächerlich! Sie war nie hübsch gewesen und war es auch jetzt nicht. Wüsste sie es nicht besser, hätte sie gedacht, sie hätte dem Weihnachtspunsch zu sehr zugesprochen!

Schließlich strich sie den Rock glatt und begab sich

zum Abendessen mit der Familie. Morgen würde sie abfahren. Wahrscheinlich müsste sie das sogar, auch wenn der Schnee bis zum Dach reichte! Die letzten Würfel zu werfen, hatte etwas Berauschendes, Verrücktes. Wenn sie sich ihrer Geschichtsstunden in der Schule recht erinnerte, war es, wie den Rubikon zu überschreiten. Es war Krieg! Triumph oder Fiasko? Sie musste bis zum Ende durchhalten.

Wie beabsichtigt, kam sie ein paar Minuten zu spät, und kaum hatte sie sich zu ihren Gastgebern gesellt, wurde auch schon zu Tisch gebeten. Sie begaben sich in den Speiseraum. Er sah jetzt noch festlicher aus: Kränze und Girlanden mit scharlachroten Beeren waren mit Goldbändern am Kaminsims befestigt, auf dem Tisch standen rote Kerzen, die jedoch noch nicht angezündet waren. Alles erstrahlte im Licht der Kronleuchter.

»Ich hoffe, Sie haben sich gut von dem Ausflug erholt, Mrs Ellison«, erkundigte sich Arthur besorgt. »Leider wurde das Wetter ja schon vor Ihrer Rückkehr höchst unangenehm.«

»Ich hätte Sie nicht fahren lassen sollen«, fügte Bedelia hinzu. »Mir war nicht bewusst, dass es so lange dauern würde.«

»Es war einzig und allein mein Fehler«, erwiderte Mariah. »Ich hätte schon früher zurück sein können, ja, zumindest aus Rücksicht auf den Stalljungen und die Pferde hätte ich das sogar müssen. Um ehrlich zu sein, war die Rückfahrt sehr schön. Seit Langem bin ich nicht mehr im Schneesturm draußen gewesen, und ich hatte ganz vergessen, wie faszinierend das ist. Es ist einfach herrlich, die Großartigkeit und die Gewalt der Natur zu spüren.«

»Welch erfrischende Sichtweise!« Plötzlich füllten sich Arthurs Augen mit einer überwältigenden Traurigkeit. »Sie erinnern mich an Maude.« Er schwieg, er konnte nicht weitersprechen.

Solch ein Kompliment hatte Mariah noch nie bekommen, aber sie durfte jetzt nicht innehalten und das Gesagte auskosten.

Mariah lenkte das Gespräch genau so, wie sie sich das vorgenommen hatte, ungeachtet der Antworten. Sie beachtete nicht einmal den Butler und den Diener, die die Suppe servierten.

»Vielen Dank, Mr Harcourt. Je mehr ich über Maude erfahre, desto deutlicher merke ich, was sie mir bedeutet hat. Ich weiß, dass Sie sehr tief empfinden und, mehr als Sie sich vorstellen können, erstrebe ich, ihrem Vorbild nachzueifern.«

Bedelia sah alarmiert auf. Dann verzog sich ihr Mund zu einem Lächeln, das eher Verachtung als Belustigung verriet. »Wir trauern alle um Maude, Mrs Ellison, aber es besteht wirklich keine Veranlassung für Sie, solches Lob den Ansichten der Familie beizusteuern.« Das Adjektiv ›übertrieben‹ blieb unausgesprochen im Raum stehen.

»Aber nein!«, sagte Mariah offen und ehrlich, mit weit aufgerissenen Augen. »Maude war eine äußerst bemerkenswerte Person. Wie erstaunlich sie wirklich war, erfuhr ich von Mrs Dowson. Ich fürchte, dass ich aus diesem Grunde erst so spät zurückgekehrt bin.«

Bedelia saß stocksteif da, unter dem schwarzen Taftkleid sahen ihre Schultern wie geschnitztes Elfenbein aus. »Mrs Dowson ist recht gefühlsselig«, sagte sie kühl. »Die Frau eines Pfarrers. Sie sieht notgedrungen immer das Beste im Menschen.«

»Der Pfarrer war vielleicht so«, wandte Mariah ein. »Aber Mrs Dowson sicher nicht. Sie ist durchaus in der Lage, Stolz, Gier, Egoismus und insbesondere auch Feigheit zu erkennen.« Sie lächelte Agnes an. »Es ist schwer, sich ein Scheitern einzugestehen, wenn man nicht den Mut aufbringt, sich der Angst zu stellen und den Preis, den der Erfolg zuweilen fordert, bereitwillig zu zahlen.«

Alles Blut wich aus Agnes' Gesicht und sie saß kreidebleich da. Der Löffel glitt in ihre Suppe, aber sie kümmerte sich nicht darum.

Zachary wollte etwas sagen, aber die Worte blieben ihm im Hals stecken.

Schließlich kam ihr Randolph zu Hilfe. »Das klingt äußerst streng, Mrs Ellison. Wic um alles in der Welt könnte Mrs Dowson so etwas über andere Leute wissen? Was sie weiß, kann sie nur ganz vertraulich erfahren haben, und deshalb sollte sie es auch nicht weitererzählen.«

»Wie unchristlich«, fügte Clara noch hinzu.

»Manchmal ist es wohl nicht so einfach, das Richtige zu erkennen und danach zu handeln«, fuhr Mariah fort, dankbar, dass sich die Gelegenheit für ihre Offenbarung mit einer solchen Leichtigkeit einstellte. »Aber ich darf Mrs Dowson nicht die Worte im Mund umdrehen. Sie äußerte sich in der Tat nur wenig. Sie pries lediglich Maudes Freude an schönen Dingen, ihr Lachen und vor allem ihren Mut, das Beste aus ihrem Leben zu machen, selbst nach einem solchen Opfer, das sie stillschweigend mit großer Würde hinnahm.«

Zachary blickte völlig verwirrt drein. Arthur war ganz blass und hatte Mühe zu atmen. Bedelia war jetzt genau so bleich wie Agnes und hatte die Hände fest ineinander verschränkt. Keiner aß mehr.

»Ich weiß wirklich nicht, auf was Sie da anspielen wollen, Mrs Ellison«, sagte Bedelia frostig. »Es scheint mir, Sie sind eine einsame alte Dame, die nichts Besseres zu tun hat, als sich in unsere Familienangelegenheiten zu mischen, und zwar auf eine Art und Weise, die Ihre vermeintlichen Verpflichtungen gegenüber Maude, die Sie ja kaum kannten, bei Weitem überschreitet. Ihre Neugierde ist wohl mit Ihnen durchgegangen. Ich glaube, wir sollten, unabhängig vom Wetter, eine Möglichkeit finden, Sie morgen nach St Mary in the Marsh zurückkehren zu lassen. Das wäre für alle Beteiligten das Beste.«

Randolph wurde knallrot.

Dann ergriff Arthur das Wort. »Das war gänzlich überflüssig, Bedelia. Entschuldigen Sie bitte, Mrs Ellison. Ich weiß nicht, was Maude Ihnen erzählt hat, aber Sie müssen sie wohl falsch verstanden haben.«

»Nichts hat sie mir erzählt.« Mariah sah ihm direkt in die Augen. »Nie würde sie Sie derart verraten! In der Zwischenzeit wissen Sie sicherlich, dass sie auch Bedelia nie verraten hätte! Das stand für sie außer Frage. Sie ist nicht zurückgekehrt, um irgendein Ärgernis zu erregen. Der Mann, der sie geliebt und der sie in Persien beschützt hatte, starb, und sie konnte dort nicht länger bleiben. Sie kam zurück, weil sie das wollte. Vielleicht dachte sie sogar, man würde sie nach all den Jahren willkommen heißen. Das war natürlich ein Irrtum. Offensichtlich wurde sie hier nicht mit offenen Armen empfangen.«

»Sie haben kein Recht, so etwas zu behaupten!«, mischte sich Clara ein. »Sie hatte in der Wüste gelebt, in Zelten und am Lagerfeuer geschlafen, wie … wie eine Zigeunerin. Mit einem Fremden, der nicht ihr Ehemann war! Wir konnten sie ja wohl kaum mit Lord Woollard im selben Haus beherbergen! Mein Schwiegervater hat mehr für die Gesellschaft getan, als Sie das für möglich halten. Der Adelsstand wäre nicht nur ein gerechter Verdienst gewesen, sondern auch eine Gelegenheit, noch mehr Gutes zu tun. Das konnten wir doch nicht einfach gefährden!«

»Und hätte Sie nach einiger Zeit zur Lady Harcourt gemacht«, fügte Mariah noch hinzu. »Mit all den Vorteilen. Natürlich wollten Sie sich diesen Preis nicht entgehen lassen.«

»Oh nein … ich …« Immerhin besaß Clara den Anstand, sich zu schämen.

»So ein dummes Geschwätz!«, bellte Bedelia los. »Jetzt gehen Sie aber wirklich zu weit, Mrs Ellison. Ihr Verhalten ist skandalös!«

»Ist sie nach Hause gekommen, weil sie nicht wusste, wo sie sonst hinkonnte?«, wollte Agnes mit sorgenschwerem Gesicht wissen. »Wir hätten ihr verzeihen sollen, Bedelia. Das ist alles schon so lange her.«

»Bedelia verzeiht nicht«, erwiderte Mariah. »Nicht, dass es etwas zu verzeihen gegeben hätte. Tragischerweise können einige Leute selbst ein Geschenk nicht verzeihen, besonders dann, wenn es von jemandem kommt, der sich ihrer Verletzbarkeit bewusst ist. Manchmal ist es schwieriger, ein Geschenk anzunehmen als eine Beleidigung, weil man damit Schuld auf sich nimmt, weil man in den eigenen Augen die Kontrolle verloren hat und die Überlegenheit.«

Alles schwieg betroffen.

»Diejenigen, die selbst nicht verzeihen können, wollen einfach nicht glauben, dass andere dazu in der Lage sind«, fuhr Mariah fort. »Sie erwarten Rache, wo es keine gibt, und wehren einen Schlag ab, der nur in der eigenen schuldbeladenen Fantasie existiert.«

Arthur beugte sich nach vorne. »Ich glaube, Mrs Ellison, Sie sollten jetzt aufhören, in Rätseln zu sprechen. Ich weiß wirklich nicht, wovon Sie eigentlich reden …«

»Das weiß sie wahrscheinlich selber nicht!«, erwiderte Bedelia barsch. »Also wirklich, Arthur, du solltest nicht so unvernünftig sein, sie auch noch zu ermuntern.

Merkst du denn nicht, dass sie getrunken hat? Sprechen wir lieber über etwas Zivilisierteres und hören wir mit diesen abfälligen Bemerkungen auf. Das ist so außerordentlich vulgär.« Sie sprach, als wäre die Angelegenheit damit erledigt.

Arthur holte tief Luft, aber es war Agnes, die zuerst etwas entgegnete. Sie blickte Mariah direkt ins Gesicht. »War Maude krank? Wusste sie, dass sie sterben würde? Ist sie deshalb nach Hause zurückgekehrt? Um den Frieden wiederherzustellen?«

»Nein«, erwiderte Mariah bestimmt. »Wie ich schon sagte, in Persien hielt sie nichts mehr. Außerdem war sie dort nicht mehr sicher.«

»Zweifelsohne hat sie sich dort Feinde gemacht«, bemerkte Bedelia. »Zwar erwähnten Sie nicht, dass dieser Herr mit jemand anderem verheiratet war, aber wie ich Maude kenne, war das bestimmt der Fall.«

»Oh, Bedelia, du solltest ihr wirklich vergeben!«, flehte Agnes. »Es ist doch schon vierzig Jahre her! Und sie lebt nicht mehr. Es ist schließlich Weihnachten!«

»Sei nicht so nachgiebig!«, beschuldigte Bedelia sie. »Ein Unrecht wird nicht einfach wieder gut, bloß weil Weihnachten ist.«

Agnes lief knallrot an.

»Natürlich nicht«, stimmte ihr Mariah vehement zu. »Es gibt Schuld, der man vergeben kann, aber es gibt auch Schuld, für die man auf die eine oder andere Weise büßen muss.«

»Ich gebe nichts auf Ihre Meinung, Mrs Ellison«, sagte Bedelia kühl.

»Warum auch?« Wieder gab Mariah ihr recht. »Aber die Meinung Ihrer Familie ist Ihnen wichtig. Sie ist im Grunde alles, was Ihnen bleibt. Sie und natürlich das Wissen in Ihrem Inneren. Vielleicht war Maude deshalb so glücklich, im tieferen Sinne. Sie wusste, sie wurde geliebt. Was auch immer der Preis war, sie hatte richtig gehandelt.«

»Wovon reden Sie da eigentlich?«

»Das wissen Sie sehr wohl. Wahrscheinlich sind Sie sogar die Einzige, die es weiß.« Mariah war jetzt nicht mehr zu bremsen. »Als junge Frau, als Sie noch schöner waren als heute, Mrs Harcourt, verliebte *er* – sie sah Zachary an – sich in Sie. Wie viele andere junge Leute auch, wiesen Sie die Freuden der Liebe nicht von sich.«

Bedelia stieß ein fauchendes Geräusch aus, aber die Schmach in Zacharys Miene machte ein Leugnen unmöglich.

»Aber dann tauchte Mr Harcourt auf. Er war eine weitaus bessere Partie und Sie wandten sich ihm zu.« Mariah fuhr unerbittlich fort. »Mit Erfolg – zumindest, was seine Bewunderung für Ihre Schönheit und eine gewisse physische Anziehung betrifft. Sie gaben sich einander hin. Schließlich hatten Sie ja ganz und gar die Absicht, ihn zu heiraten. Es wäre auch alles gut gegangen, wäre Maude nicht zurückgekehrt, und hätte sich Mr Harcourt nicht wahrhaftig in sie verliebt.«

Bedelia durchbohrte sie mit Blicken.

Mariah beachtete sie nicht, aber das Herz schlug ihr bis zum Hals. Wenn sie Unrecht hätte, wenn sie fürchterlich, irrsinnig falsch läge, wäre sie für immer ruiniert. Ihr Mund war trocken, ihre Stimme krächzte. »Sie waren wütend, dass ausgerechnet Maude Ihnen den Geliebten nahm. Aber es kam noch schlimmer. Sie erfuhren, dass Sie ein Kind in sich trugen. Von Mr Sullivan natürlich. Aber es hätte auch genauso gut von Mr Harcourt sein können. Damit hatten Sie die perfekte Waffe, um in die Offensive zu gehen. Sie sagten es Mr Harcourt. Trotz seines Fehltritts ein Ehrenmann, beendete er die Beziehung mit Maude, die er jedoch inständig liebte, so wie sie ihn auch. Er heiratete *Sie.* Für seine Zügellosigkeit musste er einen hohen Preis bezahlen. Ihre Schwester ebenso, weil sie Ihnen die Schande ersparen wollte.«

Mehrere Anwesende schnappten nach Luft, das Geschirr klirrte, ja, man hörte sogar, wie Glas zersplitterte.

»Sie haben ihr Unrecht getan. Genau das ist es, was Sie ihr nicht verzeihen können«, fuhr Mariah gnadenlos fort. »Und sie opferte ihr Glück für das Ihre – und vielleicht auch für Mr Harcourts Ehre. Obwohl ich beinahe davon überzeugt bin, dass es Mr Sullivans Ehre war, die auf dem Spiel stand.«

Fassungslos, mit bösem Blick, starrte Arthur Bedelia an. »Randolph ist nicht mein Sohn und du weißt es?«, fragte er sehr leise.

»Sind Sie … sind Sie sich da sicher?«, wollte Agnes

wissen. Dann blickte sie Bedelia scharf an und fragte nicht noch einmal.

»Was genau konntest du ihr nicht verzeihen?«, wandte Arthur sich an Bedelia.

»Ich weiß wirklich nicht, was Mrs Ellison meint! Sie ist eine neugierige Alte, die sich überall einmischt, an Türen horcht, auf Halbwahrheiten und Tratsch von anderen Leuten hört, die es eigentlich besser wissen müssten. Offensichtlich hat sie auch Maudes Illusionen über ihre romantische Jugend gelauscht.«

»Es war keine Illusion«, sagte Arthur mit sehr leiser Stimme. »Ich habe Maude wie niemanden sonst auf der Welt geliebt. Damals wie heute. Ich konnte sie nicht heiraten, weil du mir sagtest, dass du mein Kind in dir trugst. Dafür trägst du keine Schuld – ich hatte daran gewiss den gleichen Anteil wie du. Auch kann ich Zachary nichts vorwerfen. Er war auch nicht schlimmer als ich und, weiß Gott, du warst wirklich eine Schönheit. Aber Maude war lustig und gütig. Sie war tapfer und warmherzig und ehrlich, und sie war großmütig, im Leben und im Denken. Ihre Schönheit hätte immer gewährt, wäre noch gewachsen und niemals verblasst. Ich wusste es damals, und ich wurde bestätigt, als sie zurückkam. Die vierzig Jahre erschienen mir wie ein ganzes Leben, und als sie wiederkehrte, war es, als hätte die Zeit stillgestanden.«

»Oh, Arthur!«, hauchte Agnes. »Wie schrecklich für dich.«

Zachary sah sie mit Verwunderung an, so, als ob er sie nicht wiedererkenne.

»Ich habe den Rest von dem Pfefferminzwasser gefunden«, brach Mariah das Schweigen.

»Wie bitte?« Arthur runzelte die Stirn.

Einen Augenblick lang geriet Mariah ins Wanken. Sollte sie es ihnen sagen oder sollte sie es dabei bewenden lassen? Aber würde es ausreichen? Es gäbe keine zweite Gelegenheit. Sie wandte sich Bedelia zu und sah die Wut in deren Augen.

»Als Sie Maude die Macadamianüsse gaben, die ja viele von uns so schlecht vertragen, sagten Sie ihr, sie hätten nur noch ganz wenig Pfefferminzwasser, nur einen Rest in der Flasche, gerade genug für eine Ration. In Wirklichkeit hatten Sie aber noch eine ganze Menge davon. In meinem Zimmer und auch in den anderen Gästezimmern. Eine nette Aufmerksamkeit, besonders an den Festtagen, wo allgemein zu schwer gegessen wird.«

»Das hat ja damit gar nichts zu tun«, sagte Clara. »Warum reden wir jetzt plötzlich über Pfefferminzwasser? Haben Sie den Verstand verloren?«

»Leider nein«, antwortete Mariah. »Das wäre eine weit weniger schlimme Erklärung als die Wahrheit. Ich persönlich mag keine Macadamianüsse. Sie verursachen Magenverstimmung bei mir …«

Zachary starrte sie an, als ob er seinen Ohren nicht traute.

Agnes blickte entsetzt drein.

»Aber Pfefferminzwasser würde da helfen«, fuhr Mariah fort. »Es sei denn, man hätte die Blätter des Fingerhuts dazugegeben. Dann wäre es tödlich. Jeder von uns, der einmal Blumen gesteckt hat, weiß das. Bei einigen Sorten muss man sehr aufpassen, besonders, wenn Kinder in der Nähe sind: Goldregen, Eisenhut, Tollkirsche und natürlich Fingerhut. Wirklich schöne Pflanzen. Aber ihr destillierter Saft kann Herzversagen verursachen. Er wird in der Medizin bei Herzrasen verwendet, aber natürlich nur in sehr geringer Menge.«

»Welch bösartige Unterstellung!«, rief Clara entsetzt aus. »Wie … wie können Sie es nur wagen?«

Randolph berührte sie sanft. »Liebes, du brauchst keine Angst zu haben. So etwas könnte sie nie beweisen.« Er schluckte. »Oder etwa doch?«

Mariah sah ihn an und merkte, dass er die Frage ernst meinte. »Ich weiß nicht«, antwortete sie. »Daran habe ich noch gar nicht gedacht, obwohl es nicht allzu schwierig sein dürfte. Aber darauf kommt es jetzt nicht an. Wichtig ist die Wahrheit, das Wissen über Recht und Unrecht. Das alleine gibt Ihnen die Freiheit, über Ihr Handeln zu entscheiden.« Sie wandte sich Arthur zu und wartete auf seine Antwort.

Aber er sah sie nicht an. Sein Blick blieb auf Bedelias Gesicht geheftet. Er konnte die Angst und den Hass sehen und es gab keinen Zweifel mehr. Was sie auch sagen würde, er wusste, was sie getan hatte.

Entsetzt starrte Randolph seine Mutter an. Sein Blick

war voller Mitleid und voller Abscheu, den er nicht zu verstecken vermochte. Er sah Zachary kurz an, dann aber gleich wieder verlegen zur Seite. Zachary erwiderte seinen Blick verwundert und mit einem intensiven Ausdruck in den Augen.

Arthur seufzte. Er sprach mit Mariah, als habe Bedelia zu existieren aufgehört. »Sie erwähnten einen Garten in Persien, den Maude Ihnen beschrieben und den sie geliebt hatte. Wissen Sie vielleicht, wo er sich genau befand?«

»Nein, aber vermutlich weiß Mrs Dowson es. Maude schrieb ihr regelmäßig. Sie wird es Ihnen sicher gerne sagen.«

»Gut. Da Maude ihn so liebte, habe auch ich den sehnlichen Wunsch, ihn zu sehen. Auch Sie beschrieben ihn als so wunderbar, Mrs Ellison. Dafür werde ich Ihnen für immer dankbar sein. Sie haben uns die grausame Wahrheit gezeigt. So sehr sie auch schmerzt, eine saubere Wunde wird mit der Zeit auch wieder heilen.«

»Du … du darfst jetzt nicht nach Persien fahren, Papa … äh … ich meine …«, Randolph stockte und schwieg.

Arthur lächelte ihn sanft und liebevoll an. »Im Herzen wirst du immer mein Sohn bleiben und ich werde dich immer als solchen lieben. Aber ich darf sehr wohl nach Persien reisen und werde das auch tun. Ich werde Lord Woollard schreiben und die Adelswürde ablehnen. Vielleicht komme ich eines Tages aus Persien zurück, vielleicht auch nicht. Der Familienbesitz steht deiner Mutter zur Verfügung. Bitte sorge dafür, dass Mrs Ellison morgen sicher nach St Mary in the Marsh zurückkehrt. Jetzt möchte ich mich zurückziehen und eine gute Nacht wünschen.« Arthur erhob sich. Er sah immer noch überraschend gut aus, aber es war vor allem seine Würde, die im Gedächtnis haften blieb. »Und auf Wiedersehen«, fügte er noch hinzu, bevor er sich umdrehte und den Raum ohne einen Blick zurück verließ. Nicht einmal Bedelia sah er an.

Zachary reichte Agnes seine Hand und sehr zögerlich, als könnte sie es gar nicht glauben, griff sie danach.

Widerwillig verließ Mariah den Tisch und empfahl sich ebenfalls. Es war gänzlich unmöglich zu bleiben. Sie hatte ihnen die Wahrheit offenbart. Was sie damit machen würden, konnte sie nicht beeinflussen. Sie konnte nur hoffen.

Oben, in ihrem Zimmer, sank sie in den Sessel. Die Beine versagten ihr plötzlich den Dienst und sie merkte, dass sie zitterte. Hatte sie ihr Soll erfüllt? Hätte sie versuchen sollen, einen handfesten Beweis zu erbringen, der vor Gericht standhielt?

Die Familie kannte jetzt die ganze Wahrheit. Soviel war gewiss. Arthur würde fortgehen, vielleicht für immer. Bedelia würde ihn wahrscheinlich nie wieder zu Gesicht bekommen. Die Leute wüssten auf ihre Art Bescheid. Sie würden hinter ihrem Rücken tuscheln. Allerlei hässliche Mutmaßungen würden die Runde machen.

Das Netteste, was sie erwarten konnte, wäre Mitleid. Für eine Frau wie Bedelia wäre aber gerade Mitleid das Schmerzlichste überhaupt. Sie könnte es den Blicken auf der Straße ansehen, den halb verborgenen Lächeln.

Allmählich würde die Wahrheit vielleicht auftauchen, aber die Fantasie wäre lebendiger und grausamer. Endlich wären Agnes und Zachary glücklich miteinander und vielleicht sogar mit Randolph und auch mit Clara. Die alte Mrs Dowson könnte jetzt einiges besser verstehen. Sie wäre wohl diskret, aber Bedelia wüsste, dass sie Bescheid wusste und niemals zulassen würde, dass Maudes Name in den Schmutz gezogen würde.

Bedelia wäre versorgt, würde bedient, aber dennoch verhungern, weil ihr weder Freundschaft noch Bewunderung entgegengebracht würden. Niemanden würde interessieren, wie schön sie einmal gewesen war oder wie klug. Sie wäre einsam und ungeliebt.

Auf den ersten Blick erschien diese Strafe milder als ein Gerichtsurteil oder gar der Galgen. Möglicherweise gäbe es aber auch einen Freispruch, doch diese Strafe war ihr gewiss, und sie war länger, viel, viel länger. Sie würde Bedelia ihr Leben lang begleiten.

Die anderen aber wären glücklich, vielleicht zum ersten Mal in ihrem Leben.

Nun zitterte Mariah nicht mehr. Sie saß ruhig da. Langsam breitete sich ein Lächeln über ihr Gesicht, auch wenn Trauer und Mitleid darin waren.

Am nächsten Morgen fuhr Zachary sie durch den immer tieferen Schnee nach St Mary in the Marsh zurück. Er sprach nicht viel, aber sie spürte, er hatte endlich gemerkt, dass Agnes nicht etwa eine blassere, minderwertigere Ausführung von Bedelia war, sondern vielmehr eine gütigere, wenn auch weniger tapfere Person, eine sanftere, großmütigere Frau, die jetzt vielleicht endlich den Mut aufbrächte, ganz sie selber zu sein. Und sie hatte ihn immer aufrichtig geliebt.

»Danke, Mrs Ellison«, sagte er, als der Pferdewagen die letzte Kurve durch den glitzernden Schnee nahm und Mariah schon Joshuas und Carolines hell erleuchtetes Haus erspähte.

»Ich hoffe, Sie werden glücklich«, erwiderte sie. Diese einfachen Worte konnten kaum ausdrücken, wie aufrichtig sie das meinte.

»Ich … ich kann gut verstehen, warum Sie und Maude gute Freundinnen wurden«, sagte er ernst. »Selbst in so kurzer Zeit. Sie ähneln Maude sehr. Sie haben den Mut, die Wahrheit zu sagen, so schwer sie auch sein mag, und Sie haben Freude am Leben. Ihr Mitgefühl mit uns, selbst für die Schwächeren, beeindruckt mich sehr. Sicher werden Sie ein schönes Weihnachtsfest verbringen. Dafür werden Sie schon sorgen. Ich wünsche es Ihnen von ganzem Herzen.«

»Ja, das wird ein schönes Fest«, versicherte sie ihm, als sie vor dem Haus anhielten. Die Tür öffnete sich, Joshua kam die Treppe herunter und über den Rasen zum

Wagen, um ihr beim Aussteigen zu helfen. »Das werden die schönsten Weihnachten meines Lebens«, sagte sie, immer noch an Zachary gerichtet. »Langsam verstehe ich, was Weihnachten eigentlich bedeutet.«

»Willkommen zu Hause, Schwiegermama.« Joshua zog erstaunt die Augenbrauen hoch. Er reichte ihr den Arm und sie stieg vom Wagen.

»Danke Joshua.« Sie lächelte ihn an. »Frohe Weihnachten, mein Lieber. Ich werde euch Wunderbares erzählen, tapfere und schöne Dinge, sobald ich alles in Worte fassen kann. Von Hoffnung und Ehre und davon, was Liebe eigentlich bedeutet. Ihre Tante Maude war eine wunderbare Frau. Sie machte mir das größte Geschenk überhaupt – sie verhalf mir zu einem tieferen Verständnis von Weihnachten.«

»Ja, das sehe ich«, sagte Joshua plötzlich voller Überzeugung. »Das ist wirklich ganz offensichtlich. Frohe Weihnachten, Schwiegermama.«